Е. О. КОМАРОВСКИЙ

НАЧАЛО ЖИЗНИ
ВАШ РЕБЕНОК ОТ РОЖДЕНИЯ ДО ГОДА

Я полагаю, что мы пришли после других для того, чтобы делать лучше их, чтобы не впадать в их ошибки, в их заблуждения и суеверия.

П. Я. Чаадаев

КЛИНИКОМ
Москва

УДК 616.21-036.1-053.2-085
ББК 57.33
К63

Художники М. М. Осадчая, А. В. Павлюкевич, В. М. Юденков

Книга выходит в авторской редакции.

Комаровский Е. О.

К63 Начало жизни. Ваш ребенок от рождения до года. / Е.О. Комаровский; худ. М. М. Осадчая, А. В. Павлюкевич, В. М. Юденков. — М. : Издательство «Э», 2017 — 320 с., ил. — (Б-ка доктора Комаровского).

ISBN 978-5-91949-003-6.

Доступная и увлекательная книга, написанная практикующим врачом-педиатром и рассказывающая о наиболее сложном и ответственном этапе в жизни ребенка и его родителей.

Простые решения, казалось бы, сложных задач. Ответы на вопросы о том, что такое хорошо и что такое плохо, рекомендации, позволяющие принять правильные решения, и советы, способствующие укреплению нервной системы мам, пап, бабушек и дедушек.

УДК 616.21-036.1-053.2-085
ББК 57.3

ISBN 978-5-91949-003-6

СОДЕРЖАНИЕ

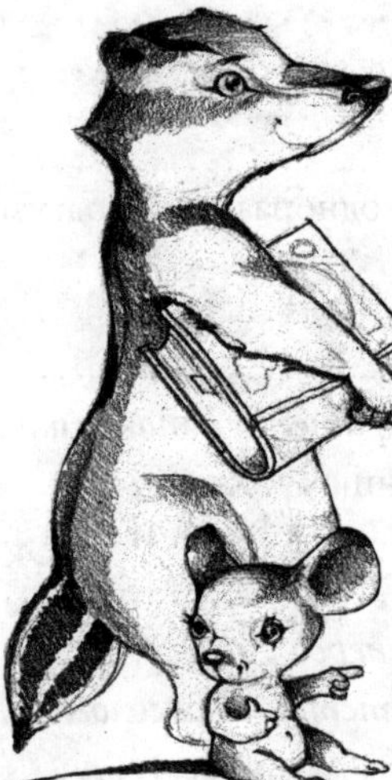

ЗНАКОМСТВО

Большая или меньшая степень уважения, питаемая к автору, зависит от большего или меньшего сходства его идей с идеями читателя.

Гельвеций

Автор — не профессор и даже не доцент, а просто детский врач — самый обыкновенный, окончивший обыкновенный медицинский институт. И написана эта книга для людей обыкновенных, живущих обыкновенной человеческой жизнью. Что *теоретически* создает условия для будущего взаимопонимания[1].

Эту книгу автор адресует родителям — тем, которые родителями уже стали, и особенно тем, кто только собирается стать ими. Это

1 Фраза «не профессор и даже не доцент» вовсе не свидетельствует о моем негативном отношении к профессорам и доцентам. Хотя определенная часть читателей откажется, по-видимому, получать информацию от человека, не обремененного степенями и званиями. Жаль, конечно. Но вот уже более 25-ти лет я имею самое прямое отношение исключительно к практической медицине, к лечению детей. Санитар, медбрат, врач-реаниматолог, заведующий отделением областной больницы. Теперь вот веду прием в своем консультативном центре. Чего только не пришлось увидеть за эти годы... Десятки больниц. Сотни врачей. Тысячи детей, тысячи мам, пап, бабушек, дедушек. Тысячи, дающие мне возможность и моральное право писать эту книгу, не будучи ни профессором, ни доцентом.

не учебник, не сборник рецептов и инструкций, не энциклопедия и, упаси боже, не руководство по диагностике и лечению!

Скорее всего, это среднего размера путеводитель, который должен помочь вам избежать многих проблем.

Главное — чуть-чуть здравого смысла, чуть-чуть логического мышления — и мы договоримся обо всем.

Произведений на аналогичную тему написано во всем мире преогромное множество. Неудивительно, что, потратившись на приобретение очередного «труда», будущие или уже состоявшиеся папа и мама хотят прежде всего узнать, **в чем состоят особенности этого труда и есть ли они вообще**.

Таких особенностей три:

Первая особенность — возможность выполнения рекомендаций. Ведь сотни книг, посвященных уходу за детьми и воспитанию детей, написаны таким образом, что сам процесс общения с ребенком воспринимается в отрыве от реальной жизни. Не учитываются такие «мелочи», как пришедший с работы голодный папа, магазины и поликлиники, исчезнувшая горячая вода, сломавшийся утюг, особо мудрая свекровь, очередная беременность, сокращение штатов, количество дней до зарплаты и т. п.

Вторая особенность состоит в том, что, имея высшее медицинское образование, автор и сам не всегда и не все понимает в умных произведениях, рассчитанных на «широкую читательскую аудиторию». Поэтому он очень и очень старался сделать так, чтобы книга была максимально доступной, но не примитивной.

Третья особенность, пожалуй, главная — я не просто говорю «делайте так» — я пытаюсь убедить вас в том, что именно так делать и надо.

Следует отметить, что современные родители довольно редко принимают на себя весь груз ответственности за здоровье ребенка. Якобы государственный подход к этому вопросу состоит в том, что за здоровье ребенка «вообще» якобы отвечает участковый врач. Но ответы на большинство «детских вопросов» даются на семейных советах, где маме и папе — как лицам наименее опытным — отводится малозначительная роль. С одной стороны, это вполне понятно. С другой — именно мама и папа всегда оказываются «крайними», если дитя болеет или плохо себя ведет. Тут уж родственники, знакомые и, разумеется, бабушки-дедушки не преминут заметить, что надо было слушаться старших.

В связи с вышеизложенным, **обращаю внимание** мамы и папы на следующие моменты:

- *оглянувшись по сторонам, вы легко убедитесь в том, что ни вы сами, ни ваши друзья не отличаются железным здоровьем. Поэтому произнесенная свекровью или тещей фраза: «Я троих вырастила» не является сколько-нибудь весомым аргументом;*
- *что бы ни советовали вам друзья, родственники и знакомые, запомните главное: не спать ночами, бегать по аптекам и больницам будете вы и только вы!*
- *вы ведь прекрасно знаете: переделывать (перевоспитывать, переучивать) намного сложнее, нежели поступать правильно с самого начала. Поэтому не доводите своего ребенка до такого состояния, когда только самые решительные меры позволят вам преодолеть возникшие сложности.* ***Лучше уж с самого рождения выбрать правильное направление: это и проще, и дешевле, и приятнее;***
- *если же с самого рождения не получилось — не знали или думали, что знаете, не хотели, не понимали — помните: взяться за ум никогда не поздно, но чем раньше, тем проще.*

* * *

Здоровье наших детей в большинстве случаев не устраивает ни родителей, ни педиатров[1]. И это вдвойне неприятно с учетом того, что по количеству детских врачей мы оставили далеко позади не только Бангладеш, но и Соединенные Штаты Америки.

Вывод прост: ***ни количеством, ни качеством педиатров проблемы здоровья детей решить нельзя. А нельзя, скорее всего, потому, что упомянутое здоровье в гораздо большей степени зависит от мамы и папы, чем от всех педиатров вместе взятых.***

1 *Педиатр* — врач, занимающийся оказанием лечебной и профилактической помощи детям. Поскольку книга все-таки имеет отношение к медицине, то без «особо умных» специальных слов обойтись вряд ли удастся.

Говоря другими словами, родители вполне могут сделать так, чтобы их дитя болело мало, а если уж все-таки болело, то имело возможность сопротивляться болезням и выздоравливать с минимальными потерями[1].

Вот тут и становится понятной роль педиатра, к которой необходимо стремиться всегда, везде и при любых обстоятельствах, — роль консультанта. И в этой роли **педиатр нужен не столько ребенку, сколько родителям ребенка**!

В этой книге мы постараемся помочь маме и папе усвоить главные принципы ухода и воспитания, главные правила оказания помощи при болезнях. Но реализовывать их на практике вам придется самим — тут уж помощи ждать не от кого. Правда, принципы автора и жизненная позиция родителей могут не совпадать, поэтому, чтобы быть откровенным до конца, сообщаю следующее:

- *автор является категорическим и последовательным противником педиатрического и педагогического экстремизма во всех его проявлениях.* Поэтому заранее обречены на провал всякие попытки найти в этой книге рецепты по поводу того, как купать в проруби новорожденных или брать в горы трехмесячных детей, как закапывать в нос мочу или учить годовалого ребенка читать, двухлетнего — играть в шахматы, а трехлетнего — готовить к будущей семейной жизни;
- *автор убежден, что рождение и воспитание детей не является главным и единственным предназначением человека.* И рождение, и воспитание представляют собой лишь одну (возможно, самую большую и важную) сторону многогранника[2], которая ни при каких обстоятельствах не должна перекрывать другие его стороны — любовь, дружеское общение, работу, книги, домашних животных, увлечения (вязание, рыбалку, новую прическу, автомобиль, огород);

1 Потери, как вы понимаете, могут быть самые разные — от потери здоровья до потери времени. Про финансовые затраты мы уже и не говорим.

2 Автор на самом деле знает, что у многогранника сторон нет — одни лишь грани, но сути дела это не меняет.

- ***никто, ничто и никогда не сможет поколебать уверенности автора в том, что счастливый ребенок — это, прежде всего, ребенок здоровый и только потом уже умеющий читать и играть на скрипке. Счастливый ребенок — это ребенок, у которого есть и мама, и папа, находящие время не только для того, чтобы этого ребенка любить, но и для того, чтобы любить друг друга.***

Вот, собственно говоря, и все. Ежели устраивает — читайте дальше, нет — извините...

К
Б А

ЧАСТЬ ПЕРВАЯ
НАЧАЛО ЖИЗНИ ВАШЕГО РЕБЕНКА

У полосатого удава и детеныши в полоску.

Африканская пословица

1. БЕРЕМЕННОСТЬ

Сколько мы перемучались из-за того, что не случилось, но лишь могло бы случиться.

Томас Джефферсон

Человек — это Царь Природы, но в то же время он ее часть. Часть, которая нарушила Главный Закон Джунглей[1] и возвысилась над всеми остальными, создав при этом себе и всем, оставшимся внизу, массу неприятностей. В основе этих неприятностей — постоянные и, к сожалению, вовсе небесплодные попытки борьбы с законами Природы. Кто возьмется утверждать, что человек как биологический вид создан неправильно? Никто[2]! Следовательно, передающаяся от поколения к поколению наследственная информация достаточно хороша, а от возникающих отклонений Природа пытается всеми силами избавиться самостоятельно, несмотря на активное противодействие ей современной медицины.

1 Не высовываться!

2 Заметим: непринципиально, кем этот вид создан — Богом или эволюцией.

Появившийся на свет человеческий детеныш уже владеет совокупностью наследственных (генных) признаков, которая называется **генотипом**[1]. Но родившийся хозяин генотипа не имеет возможности самостоятельно распоряжаться своим богатством. Под влиянием окружающей среды генотип превращается в **фенотип** — совершенно определенную совокупность внешних признаков.

При одном и том же генотипе можно получить преогромное количество фенотипов — здесь все зависит от:

1. ***среды обитания*** (климат, город, деревня, поблизости завод или, наоборот, сосновый бор, подвал, десятый этаж, пыль, химия, радиация и т. д.);
2. ***родителей***, точнее от условий, которые они создадут своему ребенку.

Со средой — тут уж как кому повезло. А родители — это, между прочим, мы с вами и есть.

Суть приведенных рассуждений очевидна: с точки зрения Природы (генотипа), здоровье родившегося ребенка очень мало отличается от здоровья его предшественника, появившегося на свет 20 или 30 тысяч лет назад и не знавшего, что такое паровое отопление, адаптированная молочная смесь, стерильная соска, кипяченая вода и многое, многое другое, но при этом, ухитрившегося не только выжить, но и дать потомство. А этим самым потомством мы с вами, между прочим, и являемся. И **наша главная задача — не позволить ребенку растерять здоровье, которым его Природа уже наградила.**

Приступать к решению поставленной задачи надобно как можно раньше — лучше всего уже во время беременности.

* * *

Беременность не возникает сама по себе, без предшествующих ей половых контактов[2].

1 Читателям, возмущенным обещанием автора изъясняться попроще и не употреблять особо «умных» словечек, сообщаю: слово «генотип» входит в учебную программу по биологии обычной средней школы.

2 Исключения, правда, бывают (читай «Новый завет»), но они очень редки.

Отсюда следует, что все остальные признаки — отсутствие месячных и, напротив, присутствие рвот, тошнот и стремительно меняющихся взглядов на окружающую действительность — являются всего лишь следствием одного из наиболее интересных, значительных и широко распространенных проявлений человеческого бытия, а именно — половой жизни.

Вероятность того, что эта книга попадет в руки человека, не знакомого с тем, от чего беременность возникает и как она проявляется, очень невелика. Ну а коль скоро мы до этого договорились, условимся: при наличии сомнений (подозрений) следует обратиться к врачу, который, отвечая на подобные вопросы, зарабатывает себе на жизнь и называется гинекологом.

Мы не ставим своей целью обсуждение причин беременности (когда, после чего, зачем, от кого и т. п.). И автора, и читателей беременность, разумеется, интересует, но, прежде всего, с позиции ребенка — как жить будущей маме, дабы потом родить и при этом свести к минимуму потребности в детском враче.

Порядок, при котором одному и тому же человеку доверено наблюдение за беременной, принятие родов и последующее наблюдение за ребенком, к огромному сожалению, совершенно не принят[1]. И в этом нет ничего хорошего. Потому что точки зрения гинеколога и педиатра довольно часто не совпадают: то, что хорошо для мамы (и гинеколога), не всегда хорошо для ребенка (и педиатра).

Итак, самая обычная женщина, достигшая детородного возраста, решила этот возраст не упустить. Эта самая обычная женщина самой Природой подготовлена к вынашиванию ребенка и родам.

И Природа, и человеческое естество, и законы логики, да и вообще элементарный здравый смысл не в состоянии объяснить, почему беременная должна не уставать, побольше спать, не поднимать больше одного килограмма и т. п. Ведь эта самая женщина несколько тысяч лет назад в аналогичной ситуации продолжала бы жить по законам племени — ну кто бы перестал готовить еду или перемещаться вслед за оленями только потому, что кому-то там мешает живот или его, видите ли, тошнит... И надо задуматься самой. Представить своего мужа в виде большого лохматого и не слишком хорошо

[1] По крайней мере, в обозримом для автора географическом пространстве.

пахнущего самца, а себя — в виде озабоченной «интересным положением» самки, которая просто должна в процессе беременности, во-первых, не дать этому самцу переметнуться к другой, а во-вторых, сохранить оптимизм и, к чему скромничать, красоту.

Самое главное правило — БЕРЕМЕННОСТЬ — НЕ БОЛЕЗНЬ!

Однако очень и очень многие женщины именно так рассматривают это состояние. Во многом им помогают гинекологи — редко какой визит к врачу не заканчивается рассуждениями об узком тазе, кривой матке, воспалении придатков и вообще: как это вас, девушка, угораздило... Да еще и подруги наговорят про адовы муки роддома. Опять-таки — надо сдать много-премного анализов и обойти много-премного специалистов. Могу клятвенно заверить, что еще ни разу не встречал человека, посетившего большое количество врачей, сдавшего большое количество анализов и не обнаружившего при этом какой-нибудь дремавшей в нем хвори. Тем более что у нас принято бегать по врачам после того, как беременность стала свершившимся фактом, а не до того, как...

Кстати, сам факт беременности в большинстве случаев порождает множество других проблем — сексуальных, материальных, наконец, квартирных.

И нет ничего странного в том, что стрессовое состояние — удивительно частый спутник беременности. Ведь очень трудно противостоять обильному наплыву негативной информации. Для этого надо иметь очень-очень крепкие мозги или не иметь их вообще. И то и другое — редкость, поэтому **желательно запомнить:**

- *слушать надо прежде всего себя — двигаться, если хочется двигаться, спать, если хочется спать, есть, если хочется есть, и заниматься с мужем любовью, если хочется ею заниматься;*
- *если вы хотите ребенка и при этом* ***уже*** *беременны, то никакие обнаруженные врачами болезни не должны вызывать у вас отчаяния. Констатируйте в глубине души тот факт, что надо*

было раньше махать руками, но не стремитесь себя спасать, поскольку трудно найти методы лечения, одновременно полезные и ребенку, и маме;

- *любое лечение беременной женщины должно проводиться только тогда, когда без этого **однозначно** нельзя обойтись (кровотечение, явная угроза срыва, нефропатия, выявленный сахарный диабет, ревматизм или другие страсти).*

Вы живете в стране, где количество проверяльщиков и тех, кто учит, как надо лечить, почти равно количеству тех, кто действительно лечит. Тот, кто лечит, прекрасно знает, что за назначение 10 лекарств при насморке никто его не будет ругать — ведь по поводу каждого их этих 10 лекарств защищена, как минимум, кандидатская диссертация. Беременность — это всегда риск. Очевидный риск для самой беременной и не менее очевидный риск для врача, который, учитывая оценку его труда обществом, рисковать не собирается[1]. И надо иметь очень много мужества, чтобы не назначить, не послать на консультацию, не уложить в стационар, не начать стимулировать, не запретить. Надо оторваться от бумажек и найти время, чтобы спокойно поговорить, объяснить и, в конце концов, **сознательно** разделить риск пополам. Но ведь проверяют врача не по отзывам пациентов, а по качеству исписанных им «документов»! А коль скоро какой-либо диагноз в карточке записан, то обязательно надо лечить: а вдруг какая неприятность, тут уж учителя и проверяльщики по всей строгости спросят: как это вы, батенька, не назначили? И ведь действительно иногда случаются неприятности — у одной из 100, но назначают всем — на всякий случай. Помогите врачу быть с вами честным и откровенным — не требуйте от него уникальных лекарств и вашего немедленного спасения, не кричите: «Мы готовы на все!», выясните все-таки, а что будет, если не делать ничего, и что опаснее — лечить или не лечить. Я, по вполне понятным причинам, не называю конкретные болезни, не в этом суть. Просто беременная должна попытаться взглянуть на себя глазами врача, к которому она пришла. Она должна понять то, что понимает

1 К вопросу об оценке врачебного труда. В первом издании книги «Начало жизни вашего ребенка» автором было отмечено, что на момент написания указанных строк месячный труд специалиста с дипломом о высшем медицинском образовании оплачивался так же, как 1 (один) час работы проститутки. Мне очень хотелось исключить это сравнение из второго издания книги. Потом хотелось исключить из третьего, потом из пятого... Прошло уже 10 лет, но своей актуальности оно (сравнение), к сожалению, не утратило по сей день. Хотя определенные сдвиги есть. И могу торжественно заявить (переписать): «На момент написания указанных строк месячный труд специалиста с дипломом о высшем медицинском образовании оплачивается так же, как 2 (два) часа работы проститутки».

любой врач: **беременность — это нормальный физиологический процесс, и чем меньше мы будем вмешиваться в нормальные физиологические процессы, тем лучше будет нам всем!**

А если не совсем нормальный? Так подумать надо, настолько ли мы мудры, чтобы Матушке-Природе мешать, если она чуть-чуть споткнулась. А если совсем не нормальный — тогда лечиться, но помнить при этом замечательный афоризм, родившийся в среде практикующих врачей: *«То, что бывает редко, — бывает очень редко; то, что бывает очень редко, — не бывает никогда».*

* * *

Переходим теперь к конкретным рекомендациям.

1.1. КОГДА ЛУЧШЕ ЗАБЕРЕМЕНЕТЬ?

К огромному-преогромному сожалению, планирование беременности до настоящего времени не является всеобщим правилом. Но если ваша семья в своей эволюции достигла того, что, во-первых, может позволить себе беременность в определенный момент, а во-вторых, может сделать эту беременность реальным фактом, то следует знать: ***чем выше к моменту зачатия уровень здоровья будущих папы и мамы, тем здоровее будет ребенок.***

Поэтому желательно **до того:**

- проверить состояние своего здоровья и, если надобно, подлечиться;
- посетить стоматолога[1];
- по возможности отказаться от приема любых лекарственных препаратов; единственное исключение — попить фолиевую кислоту (хорошо бы в течение месяца до зачатия). Фолиевая кислота (витамин B_9) оказывает профилактическое дей-

1 До рождения ребенок формирует свой скелет из кальция и фосфора матери. Поэтому в связи с нехваткой кальция и фосфора у нее могут начать «портиться» зубы. Если они уже не очень хороши, то желательно привести свой рот в порядок заранее, дабы потом, будучи беременной, не бегать еще и к стоматологам.

ствие в отношении многих пороков развития будущего ребенка — особенно это касается неполадок в развитии нервной системы[1];

- хорошенько отдохнуть (оптимально — провести отпуск не на диване, а на природе);
- «завязать» с разными вредностями (курением, употреблением горячительных напитков, бдениями у телевизора);
- максимально ограничить контакты с бытовой и садовой химией;
- несколько ограничить сексуальную активность.

Многих волнует время года, месяц, день и даже конкретный час. Насчет дня и часа ничего сказать не могу (это лучше выяснить у астрологов), а в отношении времени года замечу следующее. Максимальный уровень здоровья конкретного человека приходится на осень (сентябрь-октябрь): достаточное количество свежих овощей и фруктов, летний отдых (солнце, воздух, вода, физические нагрузки). С другой стороны — очень хорошо, когда ребенок рождается осенью: легче организовать закаливание, впереди зима (сложнее будет перегреть). Опять-таки очень хорошо, когда первое полугодие жизни ребенка приходится на зимние месяцы — еще действует доставшийся от мамы иммунитет ко многим вирусам, следовательно, заметно меньше вероятность заболеть.

Логика, скорее всего, состоит в том, что при отсутствии у будущих родителей серьезных проблем со здоровьем планировать зачатие следует на январь-февраль, дабы осенью родить. Ну а если здоровье не в порядке — «делать» ребенка осенью.

Особый вопрос — возраст будущей мамы. Понятно, что в 18 лет вы будете поздоровее, чем в 35. Но **главное все-таки в том, чтобы вы рожали ребенка для себя, а не в качестве подарка бабушкам**

1 Если у вас и ваших кровных родственников нет и не было проблем с нервной системой, подойдет стандартная профилактическая доза — 0,4—0,5 мг в сутки. Если в роду кто-то страдал или страдает неврологическими расстройствами, если вы больны диабетом или у вас имеется избыточный вес — не помешает около 1 мг. В стандартной таблетке фолиевой кислоты, как правило, 1 мг.

и дедушкам. Поэтому лучше быть мамой в 30 лет, чем кукушкой в 18.

И еще. Даже заводя щенка, люди, как правило, думают о том, где он будет спать, что он будет есть и кто с ним будет гулять. **Рожденному вами ребенку именно вы и только вы обязаны обеспечить существование, достойное человека...**

1.2. ЧТО ЕСТЬ И ПИТЬ?

На протяжении многих тысячелетий ваши предки ели примерно одну и ту же пищу, и те, кто не мог эту пищу переварить, давно уже вымерли.

Каждый пищевой продукт содержит в себе определенные белки, которые перевариваются другими, тоже совершенно определенными белками (ферментами). Есть белки родные, к которым мы привыкли генетически, — их употребляли в пищу наши предки (крупы, мясо, яблоки, рыба и т. п.). Есть белки, которых наши предки не видели в глаза, — цитрусовые, кофе, какао.

Задумайтесь над тем, где брала апельсины ваша прапрабабушка? Мы их, тем не менее, с удовольствием едим, и ничего с нами не происходит. Потому что все, в кишечнике толком не переваренное (полностью нерасщепленное), нейтрализуется потом замечательной перерабатывающей фабрикой, которая называется печенью.

На печень беременной нагрузка предостаточная — именно печень и есть главный борец с токсикозами[1], нейтрализатор выделений плода и т. п. Давайте ее беречь. Если вы хотите, чтобы ваш ребенок не страдал от того, что ему нельзя съесть мандаринку или шоколадку, то не надо, будучи беременной, поглощать эти самые мандаринки и шоколадки (недопереваренные частицы до того, как нейтрализоваться печенью, пройдут через плод, вызовут ответные реакции, а у дитя потом будет на эти продукты аллергия).

Проще говоря, **избегайте всего того, чего не ела ваша прапрабабушка.** Здоровее будете.

1 Токсикоз беременных — общее название всевозможных болезненных состояний, возникающих во время беременности, осложняющих течение беременности и прекращающихся после беременности.

Не надо есть[1]:

- жирное (варите бульоны — снимайте жир, уважайте «синих птиц» — тощих куриц и голодных домашних зайцев — кроликов);
- какао и его производные (шоколад, шоколадные конфеты, шоколадное масло);
- кофе;
- цитрусовые — включая лимоны, которые всем советуют брать с собой в роддом;
- очень острое, очень кислое, очень соленое;
- поменьше консервов;
- грибы;
- горох;
- свежие дрожжевые изделия;
- клубнику, малину, землянику;
- всякие вкусности с масляными кремами.

Надо бы:

- овощи, особенно зеленый лук, картофель и огурцы;
- фрукты: груши, яблоки, абрикосы;
- ягоды: виноград, черешню, вишню, арбузы;
- фруктовые, фруктово-ягодные соки и пюре, морсы;
- молочные продукты: прекрасно — творог и кефир (ряженка, йогурт, простокваша), просто обычное молоко от обычной коровы;
- мясо (нежирное), рыба нормальная (не сушеная вобла и не селедка);
- изюм, курагу;
- компот из сухофруктов;
- чай: черный некрепкий, зеленый, травяной, с добавлением фруктов.

1 Обратите внимание на интонацию — не категорически «нельзя», а просто, тихо и по-человечески «не надо».

В организации питания беременной самое главное все-таки — безопасность продуктов. Поэтому перед тем, как купить и съесть, **задумайтесь:**

- где хранился данный продукт и какова вероятность того, что в этом предполагаемом месте соблюдались элементарные санитарные нормы?
- каковы шансы на то, что наш с вами соотечественник положил в колбасу, котлетку или пирожок свежее и качественное мясо?
- что это вообще за «мясной рулет», стоимостью в три раза ниже, чем просто килограмм мяса?
- что надо было сделать с этим большим и красивым яблоком, дабы оно стало таким большим и красивым?
- почему этот тропический фрукт никак не гниет вот уже третий месяц?
- а как вам творожок, якобы без консервантов, со сроком хранения шесть месяцев?
- сколько раз пришлось заморозить и разморозить эту креветку-рыбку-птичку до того, как вышеупомянутое животное оказалось в вашем холодильнике?

Помните:

- лучше пареное, вареное и печеное, чем жареное и копченое;
- лучше недоесть, чем переесть;
- если нельзя, но очень хочется, то можно, лишь бы перехотелось;
- если сомневаетесь: можно или нельзя? — ну его;
- не надо много есть на ночь;
- вообще много — не надо;
- если обстоятельства, традиции и окружающие не позволяют обойтись без спиртного (например Новый год в разгар беременности), то либо красное виноградное вино (типа кагора), либо шампанское (и то и другое — чуть-чуть)[1];

1 Если честно, то обстоятельства, традиции и окружающие ни при чем — просто самой очень хочется, правда?

- при нехватке сладкого возникает сонливость;
- поправляются не столько от количества еды, сколько от ограничения двигательной активности;
- при нормальном самочувствии никаких оснований для того, чтобы меньше пить, нет. Если же возникли сложности (отеки, нефропатия), обязательно согласуйте с гинекологом режим питья (что? сколько?);
- хотите мел — грызите на здоровье (цветные мелки и штукатурку — не надо), но оптимальнее все-таки — кальция глюконат или (еще лучше) кальция глицерофосфат — 3 таблетки в день плюс творог — и вам, и ребенку хватит вполне;
- очень-очень желательно принимать комплексные витамины для беременных (они отличаются от других поливитаминов обязательным присутствием витамина D и микроэлементов). Следует отдавать себе отчет в том, что употребление во время беременности витаминов необходимо не столько дитю, сколько маме. Развивающийся плод найдет в вашем организме все необходимое и заберет себе. Основной вопрос — хватит ли вам того, что останется. Поэтому суть приема витаминов — забота именно о вашем здоровье и о вашей красоте — вашей коже, зубах, ногтях, волосах, сосудах и т. д.

1.3. ГИГИЕНА

- мыть руки, а за пределами родного дома использовать влажные и дезинфицирующие одноразовые салфетки;
- более активно и чаще, чем до беременности, чистить зубы;
- ванна не желательна, оптимально — душ, хоть раз в день, и не надо особо горячий;
- снова мыть руки.

1.4. ЧТО НОСИТЬ?

- то, что не давит и не жмет; то, что подчеркивает; то, что ему (мужу) нравится;
- то, в чем не холодно и не жарко;
- чем меньше синтетики, тем лучше;
- каблук — да, но сантиметра три, не больше — нам только упасть не хватало.

1.5. ЧТО ДЕЛАТЬ С МУЖЕМ?

- помнить, что он тоже человек;
- относиться к нему с пониманием;
- поощрять, не забывая говорить «спасибо»;
- напоминать, что в семье, главой которой он является, скоро станет на одного человека больше, следовательно, он станет еще главнее;
- при нем не скулить и очень, очень постараться, чтобы ваша беременность не вызывала у него чувства собственной неполноценности — совсем не обязательно (если удастся, конечно), чтобы он знал, как сильно вас тошнит, — вам ведь легче не станет, а он будет дергаться, все это, рано или поздно, выйдет боком;
- как это ни печально, но беременность — не повод для того, чтобы муж уходил на работу голодный и неглаженый (не надо нам, чтоб его где-нибудь прикармливали и гладили).

1.6. ЧТО ДЕЛАТЬ С СОБОЙ?

- руководствоваться, прежде всего, своими инстинктивными желаниями. Для того чтобы плод нормально развивался, вы должны много двигаться — чем активнее работает сердце мамы, тем активнее кровоток через плаценту, тем больше достается ребенку всяких нужных штучек, растворенных в вашей крови. Не теряйте чувства меры — утверждение автора о том, что двигательная активность беременной — это хорошо, вовсе не означает поощрение занятий атлетизмом, парашютным спортом и скалолазанием;

- не любить себя больше, чем раньше (беременность — не болезнь!!!);
- следить за собой и быть в форме (глазки, губки, щечки, ногти, прическа) и упаси боже думать, что уж теперь-то он никуда не денется;
- не надо долго пребывать на солнышке, а если быть — обязательно в шляпке;
- если хотите в солярий, то знайте: для плода он не опасен, но для кожи будущей мамы — это эксперимент с непредсказуемыми последствиями;
- поменьше аэрозолей (дезодоранты, лаки для волос), и вообще — чем меньше химии будет вас окружать, тем лучше (стиральные порошки, дихлофосы, минеральные удобрения, средства от комаров и т. п.);
- работа или учеба имеют огромное положительное значение, поскольку дают возможность поменьше думать о беременности;
- обращаю внимание: **любая** инфекция беременной принципиально опасна для плода. Конечно, не простудиться ни разу за девять месяцев очень сложно, но сознательно искать приключений, шастая по магазинам, гостям и кинотеатрам, совсем не обязательно. Знайте, что наиболее опасная для беременной женщины болезнь — краснуха (краснушный вирус очень плохо влияет на плод). Избегайте посещений детских больниц и поликлиник. Все потенциально опасные в плане поноса продукты исключить категорически (опять-таки следить за тем, что вы едите, и мыть руки);

- не надо **самой** лечить таблетками всякие недомогания, простуды и расстройства желудка — подробнее об этом чуть ниже;
- поменьше путешествуйте в поздних сроках беременности: самолет и поезд — не самая лучшая альтернатива роддому.

Совершенно отдельный вопрос — многочисленные комплексы упражнений для беременных. Автор убежден, что женщина, готовая к систематическим упражнениям, найдет время для того, чтобы купить (вариант — взять в библиотеке или у подруг) литературу по этому вопросу, написанную специалистами. Врачу-педиатру занимать место рисунками и претендовать на оригинальность, по-видимому, не стоит.

Главное, тем не менее, понять, что ***любые гимнастические упражнения глубоко вторичны в сравнении с важностью именно образа жизни*** (свежий воздух, двигательная активность). Как это ни парадоксально, но мне неоднократно приходилось сталкиваться с ситуацией, когда будущая мать 12 часов лежит на диване, затем 15 минут занимается гимнастикой, после чего 11 часов 45 минут опять-таки лежит на диване, теша себя мыслью о том, что делает все возможное для подготовки к родам.

1.7. СЕКС... СЕКС? СЕКС!

- с точки зрения христианской религии — смысла не имеет (при беременности, разумеется);
- *опасен* при угрозе срыва (сокращения матки во время оргазма);
- *категорически запрещен по медицинским показаниям* бывает очень редко;

Для того чтобы перечислить состояния, при которых половая жизнь беременной женщине запрещена, с избытком хватает пальцев одной руки.

Перечисляю, без особо подробной расшифровки, но очень прошу: если услышите подобные диагнозы из уст медицинских работников — отнеситесь к этому весьма серьезно и потребуйте аналогичной серьезности от супруга.

Итак, нельзя:

1 при разрыве плодных оболочек;

2 при преждевременных схватках;

3 при несостоятельности шейки матки, или, еще более научно, — истмико-цервикальной недостаточности. Этот диагноз наиболее актуален. С вероятностью почти 100% о нем можно говорить, если в прошлом у женщины был выкидыш в сроке от 3 до 6 месяцев. Но и при первой беременности имеются совершенно конкретные симптомы, которые можно обнаружить в кабинете у гинеколога.

- любые рассуждения касательно того, что делать «этого» ну никак нельзя, обосновываются, прежде всего, этическими (сомнительно этическими) и религиозными соображениями;
- никаких обоснованных физиологических запретов не существует — вне зависимости от сроков беременности!!! Но всегда найдутся любители запугать, запретить, предупредить, дескать, смотрите, доиграетесь. Играйте на здоровье! «Это», в конце концов, даже полезно;
- это полезно потому, что:
  - постоянно меняющийся уровень половых гормонов в крови беременной женщины создает весьма благоприятные условия для постоянной новизны ощущений;
  - с учетом женских перемен в настроении и многочисленных «выяснений отношений» — замечательный повод для того, чтобы помириться;
  - секс для женщины — прекрасный способ отвлечься от самых разнообразных нарушений самочувствия (всех этих токсикозов, тошнот, болей в пояснице и т. д.);
  - когда еще получится не думать о последствиях;
  - возможность получить от собственного мужа не только доказательства любви, но и совершенно конкретные и очень полезные вещества, содержащиеся в семенной жидкости (например простагландины — особые гормоны, которые, кстати, повышают эластичность шейки матки);
  - во время оргазма в кровь выбрасывается гормон окситоцин, вызывающий сокращение маточной мускулатуры. И этот же

гормон, но в несравнимо больших количествах, образуется в процессе родовой деятельности. Регулярная выработка окситоцина *до родов* сопровождается весьма положительными эмоциями и способствует уменьшению количества эмоций отрицательных непосредственно *во время родов*.

- если он настаивает на этом чаще, чем вы, то следует чередовать разъяснительную работу с эпизодическими контактами (совсем отлучать от тела нельзя — конкурентки не дремлют);
- если вы настаиваете на этом чаще, чем он, — ситуация самая драматичная и на сто процентов не разрешимая, возможны действия в трех направлениях:
  - ваш внешний вид;
  - его питание;
  - ограничение вашего «скуления».
- если вам хочется одинаково — сколько хочется;
- разнообразие вариантов позволяет не давить будущей маме на живот (если не знаете как, посмотрите телевизор в течение недели: научитесь обязательно).

1.8. ЛЕКАРСТВА И БЕРЕМЕННОСТЬ

С сожалением приходится констатировать: *беременная женщина болеет нисколько не реже, чем женщина не беременная*. Поскольку беременность — не болезнь, а всего лишь временное и совершенно конкретное состояние человеческого организма женского пола, очень трудно за столь непродолжительное время (каких-то девять месяцев) перестроиться. Перестроиться настолько, чтобы в корне изменить собственное отношение к лекарствам вообще и к их глотанию в частности.

Принципиальные основы риска использования фармакологических средств при беременности состоят в том, что стремительно размножающиеся клетки плода очень чувствительны к любым (!) внешним воздействиям. Малейшие нарушения развития этих клеток, особенно в первые три месяца беременности, могут привести к достаточно серьезным врожденным дефектам развития органов плода и, соответственно, будущего ребенка.

Любые лекарственные препараты, принятые беременной женщиной, проникают через плаценту и могут оказывать влияние на плод. Сей факт вовсе не свидетельствует о том, что все лекарства влияют плохо, но еще раз повторю — влияют! А как — это уже совершенно другой разговор. Другой потому, что ни сама беременная, ни окружающие ее родственники в подавляющем большинстве случаев не имеют ни малейшего представления о том, можно ли простуженной беременной глотнуть аспирин. А самое печальное в том, что, опять-таки, ни беременная, ни ее специалисты-родственники этого не понимают, не понимая, принимают ответственные, но изначально неправильные решения, а потом расхлебывают это все оставшуюся жизнь.

Способность конкретного лекарства воздействовать на плод зависит от множества разнообразных факторов — свойств самого препарата, его дозы и длительности применения, срока беременности, состояния здоровья беременной вообще и состояния плаценты в частности. Даже изначально очень опасные для плода препараты могут не вызвать никаких вредностей, и наоборот.

Любые описания побочных эффектов какого-либо препарата лишь говорят об ***увеличении вероятности*** *возникновения проблем, но вовсе не свидетельствуют о том, что проблемы обязательно наступят.* Как раз скорее всего не наступят — уж слишком много резервов вложил Создатель в человеческий организм. Но ни один беременный представитель рода человеческого, при условии, что он находится в здравом уме, не будет сознательно создавать себе проблемы, увеличивая риск возможной дефективности у собственного потомства!

Допустим, по собственной, простите, бестолковости или по наущению злой свекрови вы, находясь в беременном состоянии, съели таблетку тетрациклина. А потом прочитали, что этого делать нельзя категорически, что очень строго противопоказано, что у ребенка будут плохие зубы и желтый цвет лица. В этой ситуации немедленно перечитайте предыдущий абзац! Ибо, скорее всего, ничего этого не будет, и нечего оставшиеся до родов дни (месяцы) нервничать, бросаться на запуганную свекровь и вообще наполнять собственную, а значит, и детскую, кровь адреналином. Успокойтесь. Истерики и самобичевания влияют на ребенка не меньше, чем вышеупомянутый тетрациклин.

Глобальные теоретические основы использования лекарств при беременности состоят в следующем:

- серьезные человеческие заболевания люди не лечат самостоятельно! Этим занимаются специально подготовленные товарищи, коих именуют врачами;
- беременные люди-человеки тем более не должны лечиться самостоятельно;
- тот факт, что врач знает, что беременной можно, а чего нельзя, мы принимаем за аксиому;
- из вышеизложенного вытекает логический вывод: назначать беременной лекарства может только врач;
- «несерьезные» болезни — чихнули, кашлянули, шмыгнули носом, заболела голова, температура 37,5 °C, першит в горле, бурчит в желудке и т. д. и т. п. — лечатся не потому, что без лекарств нельзя выздороветь. Просто совсем неохота страдать;
- стремление беременной облегчить себе жизнь может, мягко говоря, выйти боком... Если изначально терпимый симптом не проходит или становится нетерпимым — обратитесь к врачу. Пусть ваши страдания облегчает врач.

Никогда не забывайте о том, что механизмы воздействия лекарства на плод очень сложно изучать. Для того чтобы определить, можно ли данный препарат назначать беременной или нельзя, ученые мужи:

- изучают механизмы воздействия препарата на ткани человеческого организма;
- проводят эксперименты на животных;
- наблюдают за беременными любительницами самостоятельного лечения.

Эксперименты над беременными, разумеется, не проводят. С животными свои сложности. Оказывается, что из 1600 лекарств, коими пичкали несчастных животных, почти 800 вызывали появление у детенышей бедных зверюшек аномалии развития. Но!!! Лишь 30 из этих препаратов оказались опасными для человека. С другой стороны, страшный препарат талидомид (снотворное, применявшееся в некоторых странах Европы в 50—60-е годы прошлого века), вызывающий жуткие уродства у человека, килограммами поедался экспериментальными крысами без каких-либо последствий. Напротив, адреналин, пенициллин и дигоксин опасны для животных, но неопасны для человека.

Вот и получается, что эксперименты экспериментами, но полной уверенности нет, ибо есть лишь теория и единичные практические наблюдения.

И очень-очень хочется попросить всех беременных ни в коем случае не рассматривать себя и своего будущего ребенка в качестве субъектов экспериментальной деятельности.

Конкретные ценные указания

- Если терпимо — терпите.
- Если плохо — к врачу.
- Предыдущие пункты тем актуальнее, чем меньше срок беременности. Особая осторожность в первые 3 месяца!
- Любой приобретенный вами лекарственный препарат в ***обязательном*** порядке должен иметь инструкцию по применению. И в этой инструкции ***обязательно*** должен быть пункт, описывающий возможность или невозможность использования данного лекарственного средства при беременности. Если инструкции (на вашем родном языке) нет — это неправильное лекарство, недостойная вашего внимания фирма-производитель или, что редко, но вполне возможно, лекарство, вообще не разрешенное к применению в стране, где вы имеете счастье обитать.
- Изучив инструкцию — сделайте правильные выводы.

Ваш участковый терапевт, в отличие от гинеколога, может и не знать о вашей беременности. И если уж вы пришли к нему с жалобами на кашель, порадуйте доктора этой информацией *до того*, как он начнет выписывать рецепты.

Если вы не знали о том, что беременны, и, по стечению болезней или обстоятельств, чего-то там глотали — обязательно обсудите этот вопрос с врачом.

Повторяюсь в силу особой важности вопроса. Если терпимо — терпите. Если не терпится — отправляйтесь к врачу: пусть лучше у врача голова болит по поводу того, чем вас лечить.

1.9. ЧТО ДЕЛАТЬ БУДУЩЕМУ ПАПЕ?

Прежде всего не утверждать: «Все, что надо, я уже сделал».

Несмотря на то что беременность — не болезнь, вам все-таки необходимо пересмотреть свое отношение к супруге. Поскольку вы никогда не сможете испытать то, что в процессе беременности испытывает ваша жена, то и никогда не сможете до конца понять и объяснить себе разные ее капризы. Поймите и осознайте: количество вредных раздражителей у беременной достаточно велико (хождения по врачам, беседы с подругами, нарушения самочувствия). Поэтому *увидьте свою главную задачу в том, чтобы не стать дополнительным стрессовым фактором.*

Золотые правила будущего папы:

- *поменьше рассуждайте по поводу того, кого вам больше хочется — мальчика или девочку. Пол ребенка определяется отцовским сперматозоидом, поэтому, в случае чего, нечего на зеркало пенять...;*
- *не надо расстраиваться в связи с тем, что вам стали уделять меньше внимания — то ли еще будет, когда вы действительно станете папой;*
- *поинтересуйтесь бытом — посетив магазин или выкрутив белье, вы никак не уроните своего мужского достоинства;*
- *найдите время, чтобы спокойно обсудить ваши совместные действия — где будет стоять кроватка, что и когда надо купить, что делать, пока супруга будет находиться в роддоме*[1]*;*

[1] Я совершенно сознательно не фиксирую внимания на вопросах, связанных с подготовкой к встрече младенца (сколько, чего, почему, зачем?). Прочитайте еще несколько глав, и все будете знать сами.

- *не покупайте ей всякие вкусности, которые не желательны к употреблению (см. выше). Будет очень разумно и благородно, если вы не будете при жене есть то, чего ей нельзя, но хочется;*
- *не поощряйте просто ничегонеделание жены (диван, телевизор). Лучше прогуляйтесь с ней на свежем воздухе, сядьте где-нибудь в парке на лавочке и вслух почитайте эту книжку;*
- *соизмеряйте свой сексуальный пыл с ответными реакциями супруги и не дуйтесь в случае чего; помните, что беременная женщина меньше склонна прощать в сравнении с просто женщиной;*
- *курить в квартире совсем не обязательно;*
- *если во сне вы имеете привычку ворочаться, крутиться и при этом еще и дергать ногами, то желательно последние недели беременности поспать отдельно;*
- *беременность, в конце концов, длится всего девять месяцев*[1].

* * *

Очевидная суть этой главы:

в большинстве случаев беременность протекает нормально. И вести себя при беременности надо нормально. И помнить, что, хоть медицина у нас и бесплатная, за здоровье конкретного человека отвечает не врач, а сам конкретный человек. И не морочить самой себе голову, выискивая болезни. Подавляющее большинство сложностей порождаете вы сами, нервничая и переживая понапрасну.

Не создавайте себе дополнительных проблем. Своевременно станьте в поликлинике на учет, обойдите врачей и сдайте анализы до того, как живот не позволит вам войти в автобус.

Успокойтесь, ради бога! Не вы первая, не вы последняя, простите за банальность. Родим, никуда не денемся.

Итак, поехали в роддом.

1 Пусть вас утешит: муж слонихи — слон — должен терпеть аж 22 месяца!

2. РОДЫ И РОДДОМ

Не беда появиться в утином гнезде, если ты вылупился из лебединого яйца!

Ханс Кристиан Андерсен

Готовить себя к пребыванию в роддоме необходимо, прежде всего, психологически. Как бы вы ни были богаты и здоровы, удачные роды все-таки лотерея, правда, с очень значительными шансами на выигрыш.

Тем не менее одной психологической подготовкой здесь не обойдешься. Поэтому следует заранее приготовить ряд вещей, которые поедут в роддом вместе с вами. Ниже — ориентировочный список, но вы ведь понимаете — точно все, что может вдруг понадобиться, перечислить невозможно, да и у родственников будет возможность передать недостающее, дабы полностью удовлетворить вновь возникшие или неожиданно возросшие потребности. Если что-то окажется лишним — опять-таки родственники не дадут пропасть...

Итак, берем с собой:

Бумаги разной степени ценности:

- документы (паспорт, обменная карта из поликлиники, контракт на платные роды, полис медицинского страхования, анализы и паспорт мужа, если роды совместные);
- мелкие деньги (для неожиданных покупок и стимуляции активности работников);
- блокнот и пишущие принадлежности (для ведения дневника, написания записок родне и запоминания докторских рекомендаций);
- телефонная книжка или список нужных телефонов (друзья, подруги, коллеги, родственники, начальники);
- книга для чтения, например «Начало жизни. Ваш ребенок от рождения до года» доктора Комаровского.

Вещи для мамы:

- одежда (моющиеся тапочки, халат, пара ночных рубашек, носки, трусы, лучше одноразовые, бюстгальтеры, лучше специальные — для кормящих мам);
- посуда (тарелки, блюдца, чашки, ложки, вилки, как вариант — одноразовые, нож);
- средства гигиены (полотенца, гигиенические салфетки — сухие, влажные, дезинфицирующие; мыло в мыльнице или жидкое, гель для душа, шампунь, зубная паста и щетка, прокладки гигиенические maxi, прокладки одноразовые в бюстгальтер, расческа, туалетная бумага);
- минимально необходимая косметика, ножницы, гигиеническая помада, крем для рук, лица, тела, для профилактики трещин сосков;
- одноразовые пеленки для осмотров да и малышу пригодятся.

Вещи для дитяти:

- подгузники;
- пеленки тонкие (5—7 штук);
- пеленки фланелевые (3—5 штук);
- одежда — шапочки (1—2), ползунки (5—7), распашонки-рубашечки (3—5);
- присыпка и детский крем (или масло);
- ватные палочки.

Техника:

- мобильный телефон + зарядное устройство;
- фотоаппарат, видеокамера (разумеется, с запасными батарейками, пленками, заряженным аккумулятором);
- фен;
- часы.

Что еще может пригодиться:

- одноразовые пакеты для мусора;
- накладки на унитаз;

- настольная лампа;
- электрочайник;
- шоколадки и баночки с кофе для дарения окружающему медперсоналу.

Медикаменты, но точный список (или отсутствие списка) — это уже строго индивидуально и требует отдельной предварительной беседы с конкретным врачом конкретного роддома.

Роды — явление для современной женщины редкое, однако естественное и протекающее чаще всего нормально. Шансы родить плохо не очень велики, с точки зрения статистики, хотя основания для волнения у вас, конечно же, есть. В то же время, дойдя до приемного покоя роддома, вы уже в очень малой степени способны влиять на ситуацию.

Главное — не паниковать, пытаться слушать то, что вам говорят, и по возможности более точно выполнять инструкции человека, который роды принимает.

Поменьше инициативы. Лишние мозги — главная помеха, когда речь идет о родах (неудивительно, что женщины с высшим образованием и интеллигенция вообще рожают труднее).

Подробно расписывать правила поведения во время родов мы не будем (литературы по этому вопросу предостаточно). Ведь роддом интересует нас как место, с которого начинается жизнь ребенка, а интересам последнего, собственно говоря, эта книга и посвящена.

Очень и очень многое из того, что происходит в роддомах, не является однозначно правильным. Но нет резона начинать дискуссию, потому что — еще раз повторю — мы с вами не можем влиять на ситуацию и рожать, скорее всего, будем в обыкновенном государственном роддоме.

Нельзя не упомянуть о том, что в очень-очень недалеком прошлом любая женщина, осмелившаяся родить за пределами роддома, вызывала чувства жалости и гневного недоумения общественности. В настоящее время ситуация начала меняться — по крайней мере, государственный роддом перестал быть тем единственным и безальтернативным местом, где ребенок имеет право появляться на свет.

С одной стороны, появились не государственные, т. е. не теоретически бесплатные, а практически платные роддома, с другой — существенные подвижки имеются в самих роддомах: пускают желающих пап — посмотреть и поболеть, организуют «палаты совместного пребывания», где ребенок находится вместе с мамой сразу после родов.

В некоторых крупных городах возникли «клубы по интересам», готовящие беременных к родам на дому, естественно, под присмотром медицинских работников.

Происходящие перемены имеют свои плюсы и минусы. В родильном зале, вместо помощи роженице, откачивают потерявших сознание отцов; в «палате совместного пребывания» лежат не мать и дитя, а пять матерей и пять детей и т. п.

Здравый смысл состоит, по-видимому, в возможности выбора. И если у беременной нет проблем со здоровьем (не узкий таз, подтвержденное ультразвуковым исследованием нормальное положение плода и т. п.), то почему бы и не рожать дома, где уютнее, где меньше стрессов? И если после родов есть силы и настроение быть вместе с ребенком, то почему бы и нет? Но зачем это, если новоиспеченной маме плохо, если послеродовая депрессия, если ребенок беспокойный?

В любом случае, где бы мы ни рожали и какие бы эксперименты над нами ни проводили, **наша конечная цель одна: поскорее попасть домой вместе с ребенком.**

Ведь дома ответственность за малыша полностью ложится на плечи родителей, которые имеют возможность действовать не в соответствии с инструкциями и приказами Министерства охраны здоровья, а в соответствии с логикой и здравым смыслом. В то же время неделя, проведенная в роддоме, может оказать на маму весьма негативное воздействие, поэтому некоторые вещи все-таки необходимо знать.

* * *

Итак:

1 Одна из наиважнейших задач — сохранить грудное молоко. Его количество зависит не от размеров груди, а от нервной системы матери. Старайтесь, очень вас прошу, старайтесь не нервничать. Это очень трудно, потому что вам много расскажут «хорошего» и о вас, и о вашем ребенке, да еще соседки по палате поделят-

ся своими страхами. Если очень страшно, **знайте: женщин, которые родили и за все время пребывания в роддоме ни разу не услышали о какой-нибудь собственной или детской ненормальности, просто не существует.** Может, где-нибудь такие женщины и есть, но у нас их нет. В то же время **почти все больные и ненормальные рано или поздно возвращаются домой, становясь нормальными и здоровыми.**

2 Чем раньше приложат новорожденного к груди, тем лучше (оптимально — прямо в родзале) — этот факт убедительно доказан физиологами и врачами. Во-первых, само раздражение соска во время сосания способствует сокращению матки, что, непосредственно после родов, очень важно. Во-вторых, первые капли молока — *молозиво* — содержат в себе вещества, «запускающие» развитие иммунной системы и нормального пищеварения, препятствующие возникновению в дальнейшем аллергических реакций и кишечных расстройств.

Тем не менее в сотнях роддомов детей приносят для первого кормления на вторые-третьи сутки, а то и позже. Мотивируется это усталостью матери, слабостью ребенка, возможностью некоторых врожденных болезней, при которых прикладывание к груди опасно, а для уточнения диагноза требуется время. На самом деле реальные причины для того, чтобы не кормить сразу после родов, имеют место очень-очень редко. Пути решения проблемы — доверительная беседа *будущих родителей* с врачом, принимающим решение о времени первого кормления, — педиатром роддома. *Всегда следует помнить, что не кормить сразу — решение менее рискованное и менее ответственное, а оплата труда врача-педиатра никоим образом не стимулирует его к принятию ответственных решений.*

Поэтому, если в родильном зале вам дали ребенка для кормления, то либо с вашим малышом все в полном порядке, либо вас окружают прекрасные специалисты, а и то и другое — просто замечательно. Если же ребенка не дали, то это вовсе не повод для беспокойства. Причины могут быть самые разные. Акушеры-гинекологи, например, дежурят круглосуточно всегда и во всех роддомах, а неонатологи[1] — не всегда и не во всех. Акушер-гинеколог не всегда хочет рисковать и принимать решение о кормлении, которое должен принимать педиатр.

1 Неонатолог — педиатр, специалист по новорожденным.

В конце концов, **не нервничайте**, пожалуйста, — не дали и не надо: миллионы детей, которых принесли кормиться лишь на вторые или третьи сутки, живут себе, радуя родителей.

3 **Не переживайте**, если малыш неохотно или вяло сосет — врачу об этом, конечно, сообщите, но сами **не паникуйте**. Если, с вашей точки зрения, его унесли ненаевшимся, то поверьте — умереть от голода ему не дадут.

4 На второй-третий день после родов ваш ребенок обязательно пожелтеет — может, сильно, может, чуть-чуть. **Не нервничайте** — так должно быть, и это называется «физиологическая желтуха новорожденных».

5 В первые дни после рождения ребенок в весе не прибавляет, а, наоборот, теряет его — может, сильно, может, чуть-чуть. **Не нервничайте** — так и должно быть.

6 Не надо особенно волноваться в связи с тем, что вы не можете влиять на то, когда и сколько времени его кормить, во что его одевать, кто у него соседи по палате. **Не нервничайте! Почти невозможно испортить нормальное живое существо за неделю.**

7 Вы, скорее всего, услышите много страшных слов, таких, например, как «асфиксия», «обвитие пуповины», «нарушение гемо-ликвородинамики», «энцефалопатия» и т. д. и т. п. Все эти состояния излечиваются и нечасто дают ощутимые последствия.

Возможно, упомянутые слова будут относиться именно к вашему ребенку, но, придя домой, вы не обнаружите в нем никаких болезненных черт. Конечно, можно возмутиться и спросить: а зачем тогда пугать только-только родившую женщину, зная, что у нее может исчезнуть молоко, нарушиться сон, пропасть аппетит и прочее? Не обижайтесь, пожалуйста. Новорожденный ребенок малопредсказуем. И каждый врач знает: ни о каких стопроцентных гарантиях речь не идет. Это ж кому хочется услышать: было все хорошо, так они довели! А они не доводят. Они получают то, что вы им родили, — не лучше и не хуже. И стремятся сразу вам сообщить, мол, не все хорошо, чтоб потом от вас же не выслушивать.

И мы все, всё общество, в этом виноваты, потому что привыкли всегда и во всех собственных бедах искать крайних. Кто хоть когда-нибудь возмущался по поводу высокой температуры в палате для новорожденных? Никто и никогда! А упаси боже будет холодно — растерзают. Хотите тепла — нате! И дома вы обнаружите у ребенка опрелости — зато было тепло! Не простудился...

Как это природа умудрилась придумать биологический вид, рожающий детенышей, которые могут существовать только при температуре не ниже 22 градусов[1]?

Таким образом, родильнице[2] предстоит решить **три главные задачи**:

1 не нервничать;

2 отдыхать (вариант — спать);

3 заниматься собственной грудью[3].

Действия папы, который в томительном ожидании бегает вокруг роддома, более разнообразны и заключаются в следующем:

- Готовиться к встрече — еще раз убедиться, все ли куплено, убрать в доме, запастись продуктами, привлечь бабушек или подруг, дабы хоть в первый день после возвращения домой мамочка не думала о кухне.
- В отношении продуктов, передаваемых в роддом, помнить: все, чего нельзя было во время беременности, нельзя и во время кормления грудью[4].
- Обязательно и регулярно передавать жене записки (лучше письма и подлиннее), содержащие признания, восхищения, восхваления и благодарности. Спрашивать: «Чего изволите?»

1 Именно такая минимальная температура должна быть в палате новорожденных роддома в соответствии с инструкциями.

2 Именно так называется находящаяся в роддоме женщина, которая уже родила. Та, которая не родила, называется роженица. О, великий и могучий русский язык!

3 О женской груди и молоке позже и подробнее в отдельной главе.

4 Кстати, рекомендации врачей в отношении питания родильницы прекрасно иллюстрируют различие во взглядах гинекологов и педиатров. Гинекологи требуют давать шоколад, чтобы мама побыстрее восстановила силы, а педиатры, наоборот, давать шоколад не разрешают, поскольку знают, что ребенку подобное восстановление сил выйдет боком.

и, по возможности, все пожелания осуществлять. Успокаивать. Самому знать, что на третий-пятый день после родов у женщины, в связи с разными гормональными сдвигами, может необоснованно испортиться настроение.

- Об одежде для младенца, транспорте, цветах, шампанском и конфетах подумать заблаговременно.
- В день, когда надо забирать мать и дитя, ни в коем случае не опоздать ни на секундочку!

* * *

После того, как автомобиль выедет за ворота роддома, начнется совершенно новый этап в вашей жизни. И не важно — этот ребенок первый или пятый, мальчик или девочка.

Теперь уже только от вас — от мамы и папы — зависит здоровье малыша, которое, как мы уже договорились, является основой его будущего счастья.

3. ВАШ НОВОРОЖДЕННЫЙ

— Мне только два дня.
Нет у меня
Пока еще имени.
— Как же тебя назову?
— Радуюсь я, что живу.
Радостью — так и зови меня!

Уильям Блейк

Название главы при кажущейся простоте требует расшифровки. Начнем с определения, ибо сам термин **«новорожденный»** — понятие растяжимое. Если новобрачные перестают быть таковыми по окончании медового месяца, то для новорожденного срок, отведенный медицинской наукой, и того меньше и составляет, согласно указаниям Всемирной Организации Здравоохранения, всего 28 дней. **28 дней от момента рождения, еще точнее — с момента перерезания пуповины и отделения плода от матери.**

Это во-первых. Во-вторых, слово «**ваш**» является ключевым для понимания сути происходящего. Ведь выписываясь из роддома, вы, наверное, думали, что ребенок *ваш* уже пять, семь или десять дней (кому как повезет со сроками выписки). Но трезво сопоставив факты, вы *должны согласиться с тем, что в роддоме «ваш» ребенок совсем вашим не был.* Вы кормили, когда его приносили или когда разрешали покормить; вы не могли влиять на то, какие лекарства ему дают, каким шприцем делают ему прививку, от какой женщины и каким молоком его подкармливают.

Я вовсе не хочу сказать, что его неправильно приносили кормить, давали ему плохие лекарства, кололи нестерильным шприцем или подкармливали молоком женщины, съевшей перед этим килограмм шоколада. Я просто хочу подчеркнуть: к принятию каких-либо решений касательно младенца вы прямого отношения не имели и никакой ответственности за эти решения, разумеется, не несли. Совершенно естественно, что нельзя назвать своим то, чем (кем) вы не владеете и не распоряжаетесь. В подтверждение этих слов привожу определение из толкового словаря русского языка:

«ВЛАДЕТЬ — *иметь своей собственностью, держать в своей власти, управлять*»[1].

Получив от медсестры роддома плотно упакованный сверток с вашим собственным детищем, вы, наконец, вступаете в реальное владение им.

Условия, в которых будет находиться доставленный из роддома ребенок, во многом определят его будущее здоровье.

К глубочайшему сожалению, в широких народных массах прочно укоренилась уверенность в том, что новорожденный очень слаб, подвержен многочисленным хворям и вообще жизнь его просто висит на волоске. Основой столь распространенных убеждений являются люди старшего поколения (включая и медработников).

Их основные «жизненные» тезисы состоят в следующем:

- вам что, для ребенка жалко?! (вариант — «Все лучшее детям!»);
- плачет, бедненький;
- у него пятки холодные (вариант — холодный нос);
- сквозняк!

1 Словарь русского языка /Сост. С. И. Ожегов. М.: Русский язык, 1984 г.

Самое интересное, что эти же люди говорят: «Нет, вы только посмотрите — у Ивановых пятеро, все бегают раздетые и голодные, и хоть бы что! А наш...»

Отсутствие какой бы то ни было логики сразу бросается в глаза, особенно с учетом того, что все знают — любимые дети болеют чаще.

Новорожденный ребенок — существо действительно нежное, но не столько нежное, сколько неожиданное. Его неожиданность состоит прежде все в том, что вы даже приблизительно не можете определить, каковы его способности, что он может, чего хочет, чего боится. Руководствуясь собственным опытом, вы уверены в том, что он хочет того же, чего и вы, боится того же, чего и вы, но не может того же, чего и вы, потому что слабенький, маленький и вообще человеком его можно назвать лишь с учетом того, что его папа и мама — человеки.

На самом же деле это совсем не так, и знать возможности и умения своего новорожденного ребенка вы просто обязаны.

Понятно, что новорожденные весьма отличаются друг от друга, как состоянием здоровья, так и степенью доношенности. Рассуждать об умениях новорожденного, не уточнив, о каком, собственно, новорожденном идет речь, — дело неблагодарное, ибо между здоровым доношенным младенцем и малышом, родившимся семимесячным, — дистанция огромного размера. Поэтому договоримся сразу — предметом нашего обсуждения станет именно здоровый, родившийся в срок новорожденный, поскольку физиологические особенности детей недоношенных — тема специфическая, требующая акцента не столько на «умениях», сколько на отличиях от нормы и вытекающих отсюда особенностях ухода.

Стартовая оценка умений, а соответственно и состояния здоровья новорожденного, проводится медицинскими работниками непосредственно в родильном зале. Итог этой оценки каждый родитель сможет обнаружить в документах, полученных при выписке из роддома, где прочитает, например: «родился 8—9 баллов по Апгар».

Не все знают, кто такой или что такое «Апгар»; многие уверены в том, что это некая аббревиатура и безуспешно пытаются ее расшифровать. Поясним: Апгар — это фамилия такая, с ударением на первой букве «А». Принадлежит она (фамилия) женщине, американскому анестезиологу. Апгар предложила шкалу, в соответствии с которой пять основных признаков здоровья (нездоровья) новорожденного — а именно сердцебиение, дыхание, мышечный тонус, рефлексы и окраска кожи — оцениваются по трехбалльной системе: получают 0, 1 или 2 балла. Так в сумме и набирается максимум 10.

Но оценивать по Апгар — это дело людей в белых халатах. А рядовому среднестатистическому родителю как быть?

Вот прибыли из роддома домой, вот собрались на семейный совет, приступили к осмотру малыша. Имеем новорожденного. Врачи сказали, что все в порядке. Но одолевают сомнения. Красный какой-то, глаза в разные стороны, ручонками машет странным образом, ножками дергает, губки выпячивает, головой вертит и вообще орет...

Столпившиеся у кроватки родственники выдвигают самые разнообразные и вовсе неутешительные версии, повергающие в уныние молодых родителей и отнюдь не способствующие нормальной лактации у матери.

Отметим следующее: если вы с ребенком попали домой в периоде новорожденности, то, скорее всего, ваш малыш здоров, он нормален, такой, как все, или почти такой, как все. Какие-либо недостатки у него, может быть, и есть, но, если уж домой вас отпустили, то недостатки эти устранимы и в домашних условиях, а следовательно, ничего особо страшного нет[1].

Отношение к тому, что вы увидите, развернув пеленки, может быть самым разным и зависит от того, кто смотрит (мама, папа, бабушка, дедушка, старший братец и т. д.), в который раз смотрит (это первый ваш ребенок, второй, третий и т. д.), какой ценой он вам достался (девять месяцев скитаний по больницам, десять лет лечения от бесплодия, тяжелые роды и т. п.) и еще от многих других факторов.

1 Поясняю: если ребенок действительно серьезно болен, его лечение продолжается в специальных отделениях патологии новорожденных или в отделениях для недоношенных детей. В этом случае попасть домой в первые 28 дней после рождения — т. е. в периоде новорожденности — не всегда удается, а если удалось, значит, самое страшное, по-видимому, уже позади.

Вы, разумеется, не очень хорошо знаете, каким должен быть новорожденный (если, конечно, вы не окончили медицинский институт, но и это не гарантия). Находящиеся рядом с вами многоопытные специалисты-родственники тоже не очень хорошо знают. Поэтому **не пытайтесь давать оценку тому, что вы увидели у малыша, сравнивая его с собой.** Очень многое, что вы посчитаете плохим или неправильным, на самом деле таковым не является. Еще раз повторю: если вы с ребенком дома в периоде новорожденности, то ничего особо плохого и особо неправильного нет.

В оценке состояния ребенка родителями, как правило, прослеживаются две четкие тенденции: одни глубоко убеждены в том, что большей красоты им в жизни видеть не приходилось, другие все свои усилия направляют на поиск недостатков, подлежащих немедленному искоренению. Постарайтесь прежде всего отбросить подальше ненужные эмоции. Маме это, разумеется, очень трудно, но отец просто обязан не ныть, не кричать: «Я боюсь что-нибудь ему сломать» и поменьше делиться с женой своими опасениями по поводу того, что младенец худой (толстый), лысый (волосатый), вялый (беспокойный), тихий (шумный), бледный (красный) и т. д. и т. п.

С учетом вышеописанной и очень типичной ситуации (когда гнетут сомнения) постараемся рассказать о том, как все-таки должно быть, ибо самый надежный способ избежать стрессов — вовремя получить информацию. Есть и второй способ — попросить родственников воздерживаться от комментариев, дабы ненужные стрессы не создавать, но в рамках отечественной ментальности это задача практически нереальная.

Начнем с органов чувств. На самом деле, по издавна заведенным правилам, оценкой работы органов чувств врач осмотр ребенка заканчивает, но именно это волнует родителей больше всего — что дитя видит, что слышит, что чувствует.

Зрение. И глазной нерв, и мышцы, двигающие глазное яблоко, у новорожденного полностью не сформированы. Дитя ощущает лишь сам свет как таковой, т. е. отличает день от ночи, но понять, что перед ним размахивает руками именно бабушка, — не в состоянии. Упомянутая незрелость глазодвигательных мышц формирует физиологическое, т. е. совершенно нормальное для периода новорожденности, косоглазие.

Специфика именно новорожденного — мигательный рефлекс. Суть: сколько бы вы ни размахивали различными предметами возле его глаза — не мигает, а вот на яркий и внезапный пучок света — реагирует.

Слух. Сразу после рождения несколько снижен (полость уха заполняется воздухом постепенно), но к тому моменту, как ребенок окажется дома — он слышит почти как взрослые. Но не понимает и поэтому не реагирует. Если же звук достаточно громкий — вздрагивает, при этом может изменяться глубина и частота дыхания, реагируют мимические мышцы лица.

Обоняние. На резкие запахи дитя явно реагирует (как правило, изменением частоты дыхания), но отличить одеколон папы от духов мамы не в состоянии.

Вкус. Вот с этим — уж точно все в порядке. Сладкое действует успокаивающе, малыш облизывает губы, делает глотательные движения. Соленое и горькое не любит. Прекращает сосать, кривится, плачет.

Поскольку вкус и обоняние развиты у новорожденного очень даже неплохо, то вполне возможны, и это надобно обязательно учитывать, его отрицательные реакции на «невкусные» лекарства и средства гигиены, коими пользуется кормящая мать.

Осязание. Развито хорошо, но неравномерно, поскольку у новорожденного неравномерно распределены нервные окончания. Прикосновения к лицу и конечностям он воспринимает более активно, чем поглаживание спины. Ну а реагирует вполне цивилизованно — плачет от холодного и твердого, успокаивается от мягкого и теплого.

Итак, с органами чувств мы разобрались. Теперь понемножку обо всем остальном, не менее важном.

Кожа. Прекрасно кровоснабжается, самые мелкие сосуды (капилляры) шире, чем у взрослых (относительно, разумеется). Существенно недоразвиты потовые железы. С этими двумя факторами связана значительная чувствительность новорожденного к повреждающим факторам, особенно к перегреву. Но есть и заметный плюс — очень высокая восстановительная способность: заживает все очень быстро, естественно, в том случае, если устраняется повреждающий фактор.

Мышцы. Специфическая особенность — повышение мышечного тонуса, но сами мышцы недоразвиты, особенно мышцы конечностей. Да и общая мышечная масса новорожденного ребенка заметно отличается от взрослого человека и составляет всего 22—25% от веса тела, тогда как у папы с мамой — не менее 40%.

Дыхательная система. Легочное дыхание, как известно, у плода отсутствует в принципе, обмен газов осуществляется посредством так называемого плацентарного кровообращения. Сразу же после рождения ребенок делает первый вдох, верхние дыхательные пути и легкие заполняются воздухом, — малыш начинает дышать по-человечески. Важная особенность новорожденного — узость и носовых ходов, и гортани, и трахеи, а покрывающие их изнутри слизистые оболочки очень нежные и активно кровоснабжаются. Слизистые оболочки верхних дыхательных путей легко повредить ковыряниями в носу, легко пересушить. При сухости и запыленности воздуха в большом количестве вырабатывается защитная слизь, а коль скоро все ходы узкие, то нередко возникают проблемы, когда слизь накапливается в дыхательных путях. Чихнуть новорожденный может, а вот высморкать нос — уж никак. Знать это важно именно потому, что малыш, разумеется, может дышать по-человечески (т. е. носом и без хрюканья), но только в том случае, если любящие родственники создадут ему человеческие условия — чтоб пыли было поменьше, чтоб не переусердствовать с обогревателями, чтоб вовремя проветрить и увлажнить детскую комнату.

Нормальная частота дыхания для новорожденного ребенка колеблется в пределах 40—60 дыхательных движений в минуту.

Сердечно-сосудистая система. Сразу же после рождения прекращается плацентарное кровообращение. Работа сердца и сосудов новорожденного существенно изменяется. Наполняются кровью легкие, перестают функционировать и закрываются некоторые сосуды и отверстия (через них у плода осуществлялся кровоток в обход легких). Сердце новорожденного — один из самых здоровых органов, оно весьма устойчиво и к нагрузкам, и к нехватке кислорода. Частота сердечных сокращений колеблется от 110 до 140 ударов в минуту, и колебания эти происходят постоянно — практически любое внешнее воздействие серьезно изменяет частоту пульса.

Система пищеварения. Ребенок рождается с очень хорошо развитыми жевательными мышцами и относительно большим языком. Это делает возможным длительное и активное сосание. А вот слюнные железы еще незрелые, и самой слюны немного. Органы пищеварения растут очень быстро. Так, в первый день жизни ребенка его желудок вмещает около 20 мл молока, через неделю — уже 50 мл, а к концу периода новорожденности — больше 100 мл. Поскольку организм новорожденного ребенка ориентирован именно на молоко, то ферменты желудка и кишечника по качественному и количественному составу ориентированы на успешное переваривание именно молока. В первые 10—20 часов жизни кишечный тракт практически стерилен, но он очень быстро заполняется микробами. Размножающиеся в кишечнике бактерии изменяют внешний вид кала — поначалу он коричневый, затем зеленовато-желтый, еще через несколько дней — светло-желтый, кашицеобразный, с кисловатым запахом.

Система выделения. Уже при рождении в мочевом пузыре ребенка есть небольшое количество мочи. В первые три дня жизни мочеиспускание относительно редкое — 4—5 раз в сутки: это вполне нормально. Но количество «хождений» по малой нужде стремительно возрастает и на второй неделе жизни составляет от 15 до 25 раз в сутки. Объем мочевого пузыря у новорожденного от 50 до 80 мл, но накапливать мочу в таком количестве дитя не умеет — 10—15 мл «собралось» и достаточно — пора менять пеленки. Что же касается самих почек, то они хоть и способны вполне успешно выполнять свои функции, но к моменту рождения недоразвиты. В связи с этим характеристики мочи новорожденного (удельный вес, реакция, содержание белка) — отличны от норм взрослого человека.

Нервная система новорожденного имеет целый ряд особенностей, это, пожалуй, именно та система организма, что претерпевает самые большие изменения именно в течение первых месяцев жизни. И рефлексы, и возбудимость, и реакции на окружающее меняются постоянно. Мышечный тонус больше выражен именно в мышцах, сгибающих ручки и ножки. Некоторые признаки, абсолютно ненормальные для взрослых, вполне естественны для новорожденных. Так, например, дрожание мышц конечностей (так называемый тремор) очень нежелателен для разволновавшихся бабушек, но для новорожденного — это норма. Сухожильные рефлексы (те, что врач-невропатолог определяет с помощью молоточка) у новорожденного не постоянны, ну разве что коленный определяется практически всегда и у всех.

Но есть и совершенно особые рефлексы, их так и называют **«физиологические рефлексы новорожденных»**. Упомянутые рефлексы обусловлены незрелостью головного мозга новорожденного, они имеются у всех здоровых детей, но по мере того, как мозг «созревает», они угасают и к 4—5 месяцам исчезают. Эти рефлексы может обнаружить у своего дитя каждый родитель и убедиться тем самым в его (дитя) нормальности. Примеры:

Хватательный рефлекс. Если взрослый поднесет к внутренней стороне ладони малыша свой палец, то дитя обхватывает его и будет крепко держаться. Так крепко, что ребенка несложно поднять вверх над поверхностью стола.

Рефлекс объятия. Возникает при ударе по столу, на котором лежит ребенок, при внезапном громком звуке, при похлопывании малыша по ягодицам или бедрам. Состоит рефлекс из двух фаз. В первой — ребенок откидывается назад, разворачивает плечи, а руки разводятся в стороны. Во второй фазе он сводит руки на груди.

Рефлекс ползания. Если малыша уложить на животик и ладони взрослого приставить к ступням, ребенок отталкивается.

Рефлексы опоры и автоматической ходьбы. В вертикальном положении (дитя держат под мышки) ребенок упирается ножками в пеленальный столик. А если его немного наклонить вперед, возникают движения, напоминающие ходьбу.

Перечисленными рефлексами список не ограничивается, но для родительских экспериментов этого перечня вполне достаточно.

* * *

Приведенная информация позволяет нам составить вполне определенное впечатление об умениях новорожденного младенца. Малыш, хоть и кажется слабеньким и беспомощным, умеет, на самом деле, очень много. **Главное умение — способность отличать хорошее от плохого и сообщать об этом родственникам.** Плакать и звать на помощь, когда голоден, когда испытывает дискомфорт, когда болит что-то; успокаиваться и вести себя вполне прилично, когда все устраивает. Умеет сосать и глотать, умеет справлять нужду, отличать день от ночи, тишину от шума, вкусное от горького, мягкое от твердого — не так уж и мало для человека, возраст которого определяется днями.

Совершенно уникальной отличительной чертой новорожденного является его способность приспосабливаться к условиям окружающей среды.

Ребенок, которого вы принесли из роддома, очень незначительно отличается по способностям отстаивать свое право на жизнь от точно такого же малыша, появившегося на свет где-нибудь в пещере много-много веков тому назад. Дети и до настоящего времени благополучно появляются на свет в юртах, чумах и вигвамах (пустынях, джунглях, горах, тайге, тундре и т. д.).

Новорожденный мало чего боится, потому что ко всему может приспособиться, если ему немного помочь.

Когда же приспосабливаться не к чему (сытно, чисто, тепло, не дует и т. п.) — приспособительные системы просто отключаются.

Если в течение первых двух-трех месяцев жизни вы создадите для ребенка комфортные условия, то в дальнейшем существовать без таких условий ему будет очень и очень трудно.

А жизнь человеческая все-таки не очень коротка. И на пути вашего малыша рано или поздно появятся сквозняки и лужи, жаркое солнце и мокрый снег с дождем, необходимость посещения детского сада (школы). Кто, оглянувшись по сторонам, может быть абсолютно убежден в том, что не придется нашим детям мерзнуть в окопах и стирать в проруби белье...

Постараться восстановить потерянное можно, разумеется, и в три года, и в двадцать лет. Но разумно ли терять то, что уже есть? Не только не разумно, но и глупо, поскольку быть здоровым не только приятнее, но и проще, и дешевле...

* * *

Дорогие папа и мама! Вы молоды, полны сил и планов.

Вы, конечно же**, не хотите**:

- чтобы ваш ребенок болел;
- чтобы он орал по ночам;
- чтобы устраивал истерики в городском транспорте;
- чтобы всякое падение заканчивалось вывихом или переломом;
- чтобы превращались в трагедию мокрые ноги, случайный сквозняк, порция мороженого, апельсин, стакан холодной воды, сопливый соседский ребенок;
- чтобы популярная медицинская энциклопедия заменила вам все сокровища мировой литературы.

Вы, конечно же, **не хотите**:

- обзванивать знакомых в поисках хорошего врача, а потом ломать себе голову над тем, что, сколько и в каком виде ему преподнести;
- бегать по аптекам в поисках особо ценных лекарств и по магазинам в поисках особо ценных продуктов;
- лечить осложнения лечения;
- видеть мир через окно больничной палаты или слышать его крик: «Мамочка, забери меня отсюда!»

Но при этом вы наверняка **очень хотите**:

- спать по ночам;
- не бояться ежеминутно и ежечасно за его жизнь;

- смело ходить в гости и путешествовать;
- видеть его здоровым и счастливым.

Вы надеетесь, что скоро он вырастет, и вы снова легко найдете время для театров и друзей, для любимых книг и увлечений, друг для друга, наконец.

Ваши мечты вполне осуществимы! Но остановитесь и подумайте, просто и спокойно подумайте, отбросив в сторону страхи и эмоции.

Ваш новорожденный здоров. Он не дышал в течение многих лет атмосферой города, не пил, не курил, не переносил множества разных болезней, не стоял в очередях, не нервничал, не толкался в городском транспорте. Весьма вероятно, что в вашей семье он сейчас самый здоровый. Тысячи поколений предков передали ему множество приспособительных реакций. И не надо относиться к малышу снисходительно, недооценивать его.

Родители просто обязаны предпринять целый ряд мер для того, чтобы не растратить напрасно здоровье, подаренное ребенку Природой. Некоторые из этих мер носят неотложный характер.

Вернувшись из роддома, вы находитесь на распутье — **три дороги перед вами**:

I — традиционный путь — кстати, традиционный не с точки зрения медицины, а с точки зрения общественного мнения;

II — волнующий и полный приключений путь педагогического экстремизма;

III — путь логики и здравого смысла, представляющий собой тропинку, которая петляет, приспосабливаясь к окружающей местности, плавно огибает бытовые и материальные преграды, стремясь *кратчайшим путем* привести к намеченной цели.

Автор, как вы уже догадались, предпочитает третий путь и искренне надеется взять вас с собой в это путешествие[1].

* * *

Но прежде чем приступить к рассмотрению конкретных рекомендаций, мы должны обратить внимание на одно исключительно важное обстоятельство: *основные принципы ухода за ребенком, относящиеся к одежде и температурному режиму, купанию и гулянию, кормлению и сну, не меняются с возрастом. Новорожденный не исключение.*

Само собой разумеется, что каждому возрасту присущи свои особенности (и мы, конечно же, обратим на них внимание), но принципы постоянны.

1 «Единственная моя ошибка, что подозреваю родителей в способности логично мыслить», — так сказал знаменитый педиатр и педагог Януш Корчак. Как хочется, чтобы читатели этой книги стали исключением...

4. ПРИНЦИПЫ УХОДА ЗА РЕБЕНКОМ И ИХ ВОПЛОЩЕНИЕ В ЖИЗНЬ

Обстоятельства переменчивы, принципы — никогда.

Оноре де Бальзак

Надо, чтобы вы руководили принципами,
а не принципы вами.

М. М. Жванецкий

Уход за ребенком осуществляется в двух направлениях — создание оптимальной среды обитания и непосредственное обеспечение потребностей.

С точки зрения родственников малыша, его важнейшей потребностью является питание, и оспаривать это просто бессмысленно. Но нельзя переоценивать значимость правильного вскармливания без решения других детских проблем. Поэтому мы с вами поступим следующим образом: поговорим сейчас обо всем, кроме еды, отложив последнюю на закуску (закусим в следующей главе).

4.1. ДЕТСКАЯ КОМНАТА

С грустью необходимо отметить, что детская комната для очень многих наших соотечественников — до сих пор понятие теоретическое. Вариант, при котором в одной комнате с ребенком находятся только мама и папа, считается вполне замечательным, но суть не в этом. Принципиально важен тот факт, что необходимые ребенку условия никогда и ни при каких обстоятельствах не могут оказаться неподходящими для других членов семьи (проще говоря: что полезно ему — полезно и вам).

Если у вас имеется возможность выбора комнаты (с чем очень хочется вас поздравить), то желательно, чтобы эта комната не была проходной и имела выход на балкон. Если вы настолько благополучны, что имеете несколько балконов и можете выбирать стороны света, на которые окна вашей комнаты ориентированы, выберите юго-запад, но не это важно — лучше комната с северной стороны, но с видом на сад, чем юго-западная с видом на автомагистраль. Чем больше будет комната, тем легче будет младенцу в ней дышать, но тем труднее будет вам поддерживать в ней должный порядок.

Тщательная заклейка окон (чтоб не дуло) и плотная подгонка дверей (чтоб не было сквозняков) ребенку не нужны. Если этого боятся папа и мама, то заклейте и подгоните, но не надо собственную хилость прикрывать заботой о новорожденном.

***Важное правило*:**

В комнате должно быть минимально возможное количество накопителей пыли (ковров, мягкой мебели, книг, ненужных вещей). Особенно это касается ковров, которые в последнее время превратились чуть ли не в обязательный элемент благополучия. Вы должны знать, что очень многие микробы, быстро погибающие в воздухе или во время мытья, способны неделями и месяцами сохраняться в источниках домашней пыли — это стафилококки, стрептококки, дифтерийная палочка, сальмонеллы (список неполный, но и этого, думаю, хватит)[1].

1 Для сведения: стафилококки вызывают огромное количество болезней — от воспаления легких и поноса до менингита; стрептококки — ангину, скарлатину, ревматизм, рожистое воспаление; дифтерийная палочка — дифтерию; сальмонеллы — тяжелейшие кишечные инфекции.

Таким образом:

- чем меньше ковров — тем лучше;
- книги — только за стеклом;
- потерпите с мягкими игрушками;
- количество развешенных по стенкам сувениров — умеренное;
- на шкафах, в углах и под кроватями нет склада ненужных вещей.
- Понятно, что от очень многого отказаться нельзя, поэтому:
- все имеющиеся в детской комнате накопители пыли (мягкая мебель например) должны постоянно и систематически приводиться в порядок с помощью пылесоса;
- желательно стремиться к тому, чтобы поверхность всех предметов могла быть подвергнута влажной уборке;
- если по причине отсутствия кладовок вы просто вынуждены использовать шкаф как хранилище не очень нужных вещей (они лежат на нем, покрываясь пылью), то вымойте их, сложите аккуратно и накройте полиэтиленовой пленкой.

Не помешает, а в некоторых случаях даже будет полезен (увлажняет воздух) аквариум, особенно если вы умеете за ним ухаживать и не имеете привычки издеваться над рыбами, заставляя последних поглощать сухой корм. Чучело скоропостижно скончавшегося любимого попугайчика или шкуру медведя, побежденного дедушкой в неравной борьбе, лучше разместить в комнате у того же дедушки.

В детской комнате нам понадобятся:

КРОВАТКА — оптимально деревянная, еще лучше, когда дерево обработано лишь механически, без применения лаков, пропиток, красителей и тому подобной химии. Очень хорошо, если можно регулировать высоту дна и боковин. Матрац должен быть ровным и плотным. **Подушки не нужны никакие** (вне зависимости от мягкости и размеров).

ПЕЛЕНАЛЬНЫЙ СТОЛИК — вещь очень желательная, хотя можно, конечно, пеленать ребенка и на диване, и на журнальном столике, и в его собственной кроватке. Специально приобретать столик, как правило, нет необходимости — в доме всегда найдется стол, без которого можно полгода обойтись. Прекрасно, если маме не приходится наклоняться, пеленая дитя (это по поводу высоты столика).

Рядом с пеленальным столиком хорошо бы расположить ТУМБУ ИЛИ ПОЛКУ ДЛЯ ХРАНЕНИЯ ДЕТСКИХ ВЕЩЕЙ: шапочек, пеленок, распашонок, подгузников и т. п. Поскольку пеленальный столик будет использоваться нами в качестве места, где мы будем приводить ребенка в порядок (вытирать, протирать, стричь, присыпать, смазывать, обрабатывать), то непосредственно на нем или рядом с ним (на тумбе например) надо бы разместить АПТЕЧКУ и всякие там БАНКИ (с ватой, сосками, пустышками) и БУТЫЛКИ (с водой, маслом).

КОМНАТНЫЙ ТЕРМОМЕТР — штука нужная и полезная. Только, главное, не изгаляйтесь, идя по пути красоты и размеров. Надежность — прежде всего. Обычный спиртовой термометр оптимален. Повесьте невдалеке от детской кровати на высоте примерно 1,5 метра от пола.

ГИГРОМЕТР — это прибор, измеряющий и показывающий влажность воздуха. Точный гигрометр — вещь довольно дорогая, но нам особой точности не надо: вполне подойдут недорогие электронные часы, снабженные датчиками измерения комнатной температуры и относительной влажности воздуха.

Несколько месяцев вы, скорее всего, будете спать с ребенком в одной комнате, поэтому необходим небольшой СВЕТИЛЬНИК (лампочка 25 или 40 W), который можно будет легко и быстро включить (желательно не вставая с кровати), не рискуя что-либо опрокинуть.

4.1.1. ВОЗДУХ В ДЕТСКОЙ КОМНАТЕ

Почти во всех книгах и учебниках, посвященных уходу за детьми, обращается внимание на тот очевидный факт, что у младенца несовершенны механизмы регуляции температуры тела, в связи с чем существует большой риск переохлаждения. Из этого, в общем-то, абсолютно правильного положения, зачастую делаются абсолютно неправильные выводы[1]. Защите ребенка от переохлаждения уделяется первоочередное внимание, вплоть до того, что покупка электрообогревателя представляет собой одно из наиболее обязательных действий при подготовке к встрече новорожденного. Если, как мы уже упоминали, температура воздуха в палате новорожденных роддома должна, в соответствии с инструкциями, быть не ниже 22 °С (как правило, она выше), то всего боящиеся родители любой ценой будут стремиться к тому, чтобы ниже этой цифры она (температура) никак не опустилась. Автор посетил сотни новорожденных в первые дни после их выписки из роддома, и чувство нехватки воздуха было наиболее постоянным и наиболее типичным из всех чувств, которые ему приходилось испытывать после кратковременного пребывания в детской комнате.

Панически боясь холода, родители зачастую и не задумываются о том, что упомянутое нами несовершенство механизмов терморегуляции чревато не только переохлаждением, но и перегревом.

Обмен веществ у новорожденного протекает очень интенсивно и сопровождается выработкой значительного количества тепла. От этого тепла организму ребенка необходимо избавляться. Сделать это можно двумя путями — через легкие и через кожу (непосредственный перенос тепла при контакте двух сред с разной температурой плюс испарение пота).

Воздух, вдыхаемый человеком (новорожденный — не исключение), достигая легких, нагревается до температуры тела. Т. е. ребенок вдыхает воздух с температурой 18 °С, а выдыхает, соответственно, 36,6 °С. При этом, разумеется, определенное количество тепла теряется. Если температура вдыхаемого воздуха 23 °С, то очевидно, что потери тепла заметно снижаются. Но терять тепло надо! И ребенок активизирует второй путь потерь — через кожу. Необходимо образовывать пот[2], который не только мокрый, но и соленый — значит, теряются вода и соли, а запасы и того и другого у новорожденного очень незначительны.

Даже при небольшой нехватке жидкости существенно нарушается работа всех систем и органов. И последствия этих нарушений вы обязательно обнаружите, развернув ребенка. Организованный в роддоме перегрев (лишь бы вы не сказали, что простудили) прежде всего виден на коже вашего новорожденного — она ярко-красная, в тех местах,

1 Выводы эти, как правило, делают не авторы книг и учебников, а родители.

2 Потовые железы у новорожденного развиты плохо, т. е. он самой Природой приспособлен к потере тепла именно посредством дыхания.

где скапливается пот (в паху например), — опрелости[1]. Малыша пучит, и у него болит животик (густые из-за нехватки жидкости кишечные соки с трудом способны переваривать еду), во рту — белые пятнышки: молочница[2] (густая из-за нехватки жидкости слюна не выполняет своих функций), в носу — сухие корочки, затрудняющие дыхание (иногда даже сосать не может), и т. д.

Регуляция температурного режима новорожденного может быть осуществлена посредством решения двух задач:

1 температура воздуха в детской комнате;
2 одежда ребенка.

Обе эти задачи должны быть решены немедленно, в первые же сутки после возвращения из роддома. Чем дольше вы будете собираться и решаться, тем хуже будет вам и вашему младенцу, тем большие усилия понадобятся впоследствии для того, чтобы наверстать упущенное.

Исключительно важно (!!!) не путать и не смешивать такие понятия, как «холодно ребенку» и «температура воздуха, которым дышит ребенок».

Оптимальная температура детской комнаты составляет 18—19 °С.

Чем выше, тем хуже. Но на всю жизнь — и вашу, и детскую — необходимо запомнить важнейшее правило, позволяющее принять верное решение при наличии сомнений[3]:

ЛУЧШЕ ПЕРЕОХЛАДИТЬ, ЧЕМ ПЕРЕГРЕТЬ

1 Опрелость — воспаление кожи, возникающее, главным образом, в ее складках.

2 Молочница — воспаление слизистой оболочки полости рта, вызванное дрожжеподобными грибками.

3 Воплощать это правило в жизнь необходимо, разумеется, не в пять лет и не в десять, а с момента рождения.

Только так и не иначе, потому что нельзя, ни в коем случае нельзя забывать о том, что перегрев ребенка не менее, а, как правило, значительно более опасен, чем переохлаждение!

Природные условия обычно позволяют создать оптимальный температурный режим (18—19 °C), но бывают исключения, и они совсем нередки. Ребенок может родиться в жаркое время года, в стране с жарким климатом, в городе, где работники теплосетей склонны с повышенным рвением относиться к своим обязанностям, и т. д.

Уберечь ребенка от перегрева при высокой температуре в помещении (выше 22 °C) можно, действуя в трех направлениях:

1. одежда, точнее ее минимальное количество;
2. достаточное поступление в организм ребенка жидкости, помимо молока (вода);
3. ванна.

По всем этим направлениям мы в дальнейшем основательно пройдемся.

Еще один фактор — не менее значимый в сравнении с температурой в детской комнате — **относительная влажность воздуха**.

Актуальность этого параметра исключительно высока именно для детей, и связано это все с теми же, ранее упоминавшимися нами особенностями терморегуляции младенцев. Выдыхаемый воздух имеет температуру тела и влажность 100%. Чем суше вдыхаемый воздух — тем больше жидкости тратит организм ребенка на его увлажнение, а к чему приводят дополнительные потери воды — мы уже сообщили.

Большинство читателей этой книги живет в весьма специфических климатических условиях, когда не менее шести месяцев (с октября по апрель в лучшем случае) имеет место отопительный сезон, а принципиальной особенностью практически всех отопительных систем является высушивание воздуха в жилых помещениях.

Оптимальная относительная влажность воздуха в детской комнате — 50—70%.

Обогрев воздуха, как правило, приводит к тому, что его влажность в среднем раза в два ниже рекомендуемой. И чем больше родственники дитяти озабочены риском замерзания, чем активнее детская комната нагревается — тем суше воздух, тем выше вероятность возникновения проблем со здоровьем у малыша: пересыхание слизистых оболочек дыхательных путей (покашливание, хрюканье носом), проблемы с кожей, сгущение крови и т. д.

Вывод очевиден: ***контроль над влажностью воздуха в помещении и поддержание ее на должном уровне — важнейшая родительская задача.*** Частая влажная уборка, открытые емкости с водой, пульверизаторы, декоративные фонтанчики, аквариум — варианты ее решения. Современные технологии делают достижение цели менее трудоемким. Родственники дитяти должны, по крайней мере, знать о том, что существует такая несложная, не особо дорогая и весьма эффективная штуковина, которая называется *бытовой увлажнитель воздуха* (они бывают паровые и ультразвуковые; вторые тише и безопасней).

* * *

А сейчас давайте обратим внимание на такое удивительное с бытовой точки зрения явление, как сквозняк[1].

«СКВОЗНЯК — *сквозной ветер, струя воздуха, продувающая помещение насквозь»*[2].

Интересно, кому первому пришла в голову мысль касательно того, что Природа может создать биологический вид, для которого струя воздуха представляет собой грозную опасность?

Люди дорогие! Это мы с вами сквозняков боимся, потому что родители наши оберегали нас всеми возможными способами от этих самых сквозняков. Но ребеночек тут при чем? Палку,

1 Автору почему-то кажется, что у большинства читателей нет кондиционеров и установок искусственного климата. Открытая форточка — наиболее распространенное техническое устройство для снижения температуры воздуха в помещении. Разговор о сквозняке в этом случае может оказаться вполне уместным.

2 Определение из Словаря русского языка С. И. Ожегова, М.: Русский язык, 1984.

конечно, перегибать не надо, но постоянные возгласы: «Закройте скорее дверь!» не ведут ни к чему хорошему. Ребенок боится незнакомого. И нельзя прожить жизнь, ни разу не встретившись со сквозняком. Так лучше познакомиться с ним в младенчестве, перестав бояться, чем взрослым и солидным дядей кричать на весь автобус: «Закройте окно, сквозит!»

С момента возвращения из роддома не обращайте внимания на то, открыта или закрыта дверь в комнату, где находится ребенок. Не имеет значения, с точки зрения его здоровья, где расположена кровать и попадает ли на нее воздух из приоткрытого окошка. Для пятилетнего ребенка, уже испорченного стремлениями его уберечь, имеет. А для новорожденного — нет.

4.2. ОДЕЖДА

Родители должны добиться следующего:

1 не дать ребенку замерзнуть;

2 сделать так, чтобы уход за одеждой (стирка, глажка, сушка) занимал как можно меньше времени.

Прежде всего отметим, что *чем меньше химии и синтетики будет ребенка окружать, тем лучше*. Натуральные ткани — лен, хлопок. Белый цвет оптимален: меньше красителей — раз, скорее видна грязь — два, не линяет при стирке и вываривании — три.

ПЕЛЕНКИ нужны всякие. Главное: не экономить на их размерах при покупке и (или) самостоятельном изготовлении. Дети имеют тенденцию расти довольно быстро, и нет ничего хорошего в том, чтобы через два месяца после рождения начинать заново делать приобретения. Тонкие пеленки наиболее употребимы и нужны будут постоянно в относительно больших количествах. Более плотные (байковые) пеленки понадобятся для прогулок, их нужно меньше.

Вопрос о количестве пеленок определяется в зависимости от того, как решена проблема ПОДГУЗНИКА. Подгузники бывают многоразовые и одноразовые. *Многоразовый подгузник представляет собой небольшую, чаще всего марлевую пеленку, которая должна первой принять на себя кал и мочу младенца, не дав им поразить всю остальную одежду.* В какой-то степени это ему (подгузнику) удается, но лишь в какой-то степени. Кое-что на остальные пеленки все-таки попадает, и они нуждаются в стирке (застирывании). Совершенно другое дело, когда речь идет о современных одноразовых подгузниках. Последние сохраняют сухой вид довольно долго — внутренний слой пропускает мочу, а наружный, напротив, мочу не пропускает, оставляя пеленки сухими и чистыми, что многократно уменьшает потребности в пеленках, простынках и других предметах детской одежды.

4.2.1. ОТДЕЛЬНО ПО ПОВОДУ ОДНОРАЗОВЫХ ПОДГУЗНИКОВ

На территории бывшего СССР одноразовые подгузники традиционно называют «памперсами». Теоретически это неправильно, ибо само слово «памперс» не является синонимом понятия «одноразовый подгузник», а представляет собой всего лишь совершенно конкретную торговую марку фирмы Procter & Gamble. Практически же Pampers от Procter & Gamble были не только первыми одноразовыми серийно выпускаемыми подгузниками вообще, но и первыми одноразовыми подгузниками, появившимися в продаже на территории СНГ. Так что традиция имеет свои реальные корни. Тем не менее автор просто обязан отметить тот факт, что, произнося в дальнейшем слово «памперс», он имеет в виду именно одноразовые подгузники в целом, а не торговую марку.

У каждого человека, реально столкнувшегося с уходом за новорожденным именно сейчас, когда тысячи магазинов продают сотни самых разнообразных подгузников, имеется свое к ним отношение, и это отношение удивительно часто служит поводом для семейных конфликтов.

Интересен факт, с которым автору приходится сталкиваться неоднократно: бабушки (ваши мамы) подгузники-памперсы, как правило, не любят, а вот прабабушки (ваши бабушки) относятся к ним очень даже благосклонно. И этому, странному на первый взгляд, явлению есть довольно простое объяснение, уходящее своими корнями в специфические психологические законы.

Бабушкина логика проста, но признаться в ней сложно. Мол, если я стояла, простите, попой кверху и с утра до ночи стирала, то неплохо и тебе, девочка, испытать, каково это мне было тебя растить. А ты, цаца, хочешь и дитя вырастить, и не стирать, и не гладить с утра до ночи? Очевидно, что в отношении внуков (внучек), т. е. вас, подобной логики чаще всего не наблюдается, оттого и настроены прабабушки более мирно.

Особую угрозу распространению памперсов представляют бабушки-врачи. Они пишут про развитие какого-то особого «парникового эффекта», про то, что яичкам очень нужен холод, а повышенная температура им (яичкам) противопоказана (дедушки-врачи про это не пишут), договорились (дописались) уже до того, что использование памперсов приводит к бесплодию... Откуда наши врачи взяли эту информацию, не ясно. Но всегда приятно обвинить заморские памперсы в наших местных проблемах, особенно учитывая тот факт, что не менее 15% супружеских пар являются бесплодными. Заметьте: по поводу «парникового эффекта» от четырех пеленок на ребенке и двух обогревателей в детской комнате никто и ничего не пишет.

Суть и идеология одноразовых подгузников состоят в следующем:

ПАМПЕРС НУЖЕН НЕ РЕБЕНКУ! ПАМПЕРС НУЖЕН МАТЕРИ РЕБЕНКА!

Уход за кожей младенца прекрасно может быть осуществлен при использовании обычных марлевых подгузников. Но ведь совершенно однозначен тот факт, что в первые месяцы после родов здоровью, отдыху и образу жизни матери должно уделяться внимания не меньше, чем уходу за ребенком. Памперсы — один из способов решения этой задачи.

И именно поэтому, с точки зрения автора, человек, придумавший одноразовые подгузники, совершил подвиг. При наличии памперсов пеленки стираются по мере естественного загрязнения, что уменьшает их количество (и необходимое, и подлежащее стирке) в несколько раз. Если в вашем присутствии кто-нибудь и когда-нибудь скажет, что памперсы — это плохо (якобы не гигиеничны, якобы давят, якобы способствуют раздражению кожи и т. п.), знайте: либо у этого человека была прислуга, которая занималась стиркой[1], либо он памперса никогда не видел в глаза. Запомните: даже *если по каким-то вашим соображениям обычные марлевые подгузники лучше памперсов, то это может быть справедливым лишь по отношению к ребенку. По отношению к тем, кто за ребенком ухаживает, это однозначно и категорически неправильно.* Небольшие неудобства, доставленные ребенку, меньше отразятся на здоровье семьи в сравнении с многими часами, которые проведут его родители за стиркой и у гладильной доски.

В отношении одноразовых подгузников есть лишь две действительно существующие проблемы — цена и умение ими пользоваться.

Первая проблема (изыскание средств) целиком зависит от вас. Уверяю — все, что вы сбережете на собственноручной стирке, вы же и потратите на восстановление здоровья. В этой книге мы не раз еще коснемся вещей, которых покупать не надо[2]. Но на собственном здоровье не экономьте. Распространите среди своих друзей, родственников и сослуживцев лозунг: «Памперсы — лучший подарок!», и финансовые сложности решатся сами собой. Для тех, кто впервые отправляется на поиск-приобретение одноразовых подгузников, сообщаю, что они, как правило, бывают универсальными, значительно реже предназначенными отдельно для мальчиков и для девочек, а также разных размеров в зависимости от веса ребенка. И вес и пол указаны на упаковке.

Теперь про ***правила использования***.

- При стандартно-хорошей (с точки зрения среднего нашего человека) температуре в детской комнате — а это 24—25 °С — ребенок в одноразовом подгузнике будет страдать. Неминуемы опрелости, раздражение кожи под памперсом. Несложно понять, что *памперсы являются уникальным барометром, позволя-*

1 Кстати, прислуга не обязательно должна быть со стороны (работник наемного труда). Нередки случаи, когда в качестве прислуги молодой папа рассматривает собственную жену или тещу, а молодая мама — свекровь.

2 Вот, например, маленькую ванночку покупать не надо — подробности чуть ниже, в главе про купание.

ющим с уверенностью ответить на вопрос: перегрели вы ребенка или нет? При нормальном температурном режиме покрытый одноразовым подгузником участок тела по цвету не отличается от остальных. А если отличается, то это не памперс виноват, а любящие родственники. Правила понятны — поддерживать должный температурный режим, а если это невозможно (июльская жара) — памперсы не использовать вообще или использовать эпизодически: например, только в ночное время.

- Все *хорошее должно иметь свое начало и свой конец*. Еще раз подчеркиваю: памперс — это для мамы! Если после родов вы силы восстановили, если чувствуете себя неплохо, если имеете, в конце концов, стиральную машину-автомат — не увлекайтесь.
- *Не используйте памперс в то время, когда ребенок не спит.* Поскольку по мере взросления спит ребенок все меньше и меньше, то и продолжительность общения с памперсом все время должна уменьшаться.
- Особая осторожность необходима, если ребенок заболел и у него высокая температура — ведь памперс покрывает около 30% поверхности тела и препятствует отдаче тепла. *Поэтому при температуре тела выше 38 °С памперс лучше не использовать.*

Таким образом, необходимое количество пеленок и подгузников зависит от того, как будет решен вопрос с памперсами. Бессмысленно говорить о том, сколько их (пеленок и подгузников) надо. Цифра определяется, прежде всего, вашим финансовым положением. Ясно ведь, что иметь возможность стирать не каждый день — очень хорошо, но для этого необходимы запасы: по крайней мере, тонких пеленок должно быть никак не меньше 20, а пеленок потолще — 10—12.

РАСПАШОНКИ и ПОЛЗУНКИ — заменители пеленок. В сочетании с пеленками они нужны для того, чтобы, с точки зрения родителей, ребенок был больше похож на человека. Никакой естественной потребности в них нет, по крайней мере, для новорожденного. Возможно, что от дополнительной стирки распашонок и ползунков кто-то и получает удовольствие, но мне таковых встречать не приходилось. Спать вполне можно в пеленках, а распашонки и ползунки понадобятся позже — тогда, когда малыш в промежутках между кормлениями захочет подрыгать ногами, а температура воздуха в комнате (ниже 18 °С) не позволит держать его совсем голеньким.

Автор ничего не имеет против ползунков и распашонок — автор против сочетания их с пеленками. Надо выбрать что-то одно, и вполне возможно, что полный отказ от пеленок более рационален.

С момента рождения ребенка одевают, используя распашонки и ползунки. И в этом нет ничего плохого, поскольку стирка и сушка занимают меньше времени и сил, движения младенца ничем не ограничены, нет угрозы, что среди ночи он распеленается в прохладной комнате.

Отказ от пеленок позволяет использовать мужчин для одевания (раздевания) малыша. Многолетний опыт показывает, что отец, освоивший искусство пеленания, должен быть занесен в Красную книгу. Что же касается распашонок и ползунков, то мужчины, в силу своей природной сообразительности, очень быстро догадываются, куда надо засовывать ноги, куда — руки и куда — голову.

Утверждения о том, что без пеленок дитя хуже спит, дрыгается и само себя будит, довольно далеки от истины. Так говорит тот, кто после трех месяцев пеленания попытался уложить ребенка спать без пеленок. Еще один довод сторонников пеленок— необходимость тугого пеленания для обеспечения ровности ног. Это — печальное заблуждение, никакой научной почвы под собой не имеющее. Ровность ног зависит от наследственности, рационального питания и своевременной профилактики рахита путем назначения витамина D. И я не припомню такого случая, чтобы кривую ногу сделали ровной, туго ее обмотав.

Поэтому будьте последовательны и осуществляйте выбор — либо пеленки, либо распашонки и ползунки — сразу же после возвращения из роддома. С точки зрения здоровья, этот выбор не принципиален. Решайте сами — что проще, что удобнее, что дешевле. Лично я советую вам ориентироваться на время года. Если ребенок «летний» (родившийся летом) и в комнате тепло (выше 20 °С), лучше сразу от пеленок отказаться. Ну а «зимнему» будет в пеленках поуютнее.

ШАПОЧКА. **При температуре выше 18 °С не нужна вообще.** Понадобится обязательно для прогулок в холодное время года и после купания. Многочисленные разговоры о необходимости беречь уши являются исключительно разговорами, никакой логической основы под собой не имеющими. Ясно ведь, что коль скоро ушная раковина и слуховой проход постоянно защищены от воздействий перепадов температуры, влаги и влияния движущегося воздуха (того же сквозняка), то первый же контакт с водой и ветерком закончится какой-нибудь болячкой — отитом (воспалением уха) например.

* * *

По мере роста ребенка количественный и качественный состав одежды будет существенно меняться, но главное все-таки — это одежда в первые месяцы жизни. Нельзя предугадать все, что может понадобиться. В июле шестимесячному ребенку вполне хватит маечки и трусиков (подгузников), а в феврале уже понадобятся ползунки, кофточка и комбинезончик. Для нас с вами важно понять ПРИНЦИПЫ ОДЕВАНИЯ, а ответить на остальные вопросы любой здравомыслящий человек вполне сможет самостоятельно.

Главный принцип мы уже изложили, но для надежности повторим еще раз — **лучше переохладить, чем перегреть.**

Далее: **лучше накрыть, чем закутать.**

Объясняю: если ребенок спит в детской комнате, вы запеленаете его при помощи всего двух предметов одежды: подгузника (памперса) и тонкой пеленки. Всем остальным — более теплой пеленкой, полотенцем, одеялом — его нужно будет прикрыть. Но родителям всегда непонятно: сколько же надо всего остального? Как определить, холодно ребенку или жарко?

Наиболее весомый критерий — внешний вид кожи: она должна быть бледно-розовой[1]. Красная — значит, перегрели, и в следующий раз необходимо использовать меньше одежды (в меньшее количество закутывать, меньшим количеством накрывать). Особенность здорового ребенка состоит в том, что на холод он очень бурно реагирует— громко кричит, двигается. Если вы запеленали ребенка и он спокойно уснул — ни о каком холоде речь идти просто не может. Но ежели вам очень страшно за него — накройте лишней пеленкой, только не нервничайте.

Одежда всегда имеет меньшее значение по сравнению с температурой воздуха в комнате.

При температуре ниже 18 °C перегреть ребенка практически невозможно — как бы вы его ни кутали, лишнее тепло уйдет в процессе дыхания.

При температуре от 18 °C до 22 °C — одной-двух пеленок и подгузника вполне достаточно.

При температуре выше 22 °C здоровый ребенок не замерзнет вообще, а вот перегреть его легко.

Очень много заблуждений существует по поводу того, какой должна быть температура кожи малыша — не та температура, что показывает термометр, а на ощупь — ручки, ножки, нос, уши и т. д. **Совершенно неправильно, когда прохладные и бледные пятки рассматриваются в качестве угрозы здоровью или как признак болезни!**

В любом теплокровном организме, как мы уже выяснили, постоянно происходят два процесса — теплообразования и теплоотдачи.

В нормальном организме эти процессы находятся в состоянии равновесия, которое составляет порядка 36,4—36,9 °C (в подмышечной впадине), однако возможны индивидуальные колебания (т. е. бывают люди — и дети, и взрослые, — для которых вполне нормальна температура тела, скажем, 36,3 °C или 37,2 °C).

[1] Существует еще один важный критерий, читайте о нем в главе 5 — раздел «Чем, как и в каких количествах поить».

Когда в помещении, где находится ребенок, прохладно, а ребенок здоров, его организм реагирует совершенно определенным образом — уменьшает потери тепла. Достигается это довольно легко — сокращаются сосуды кожи, уменьшается интенсивность циркуляции в них крови и, таким образом, уменьшается теплоотдача. Кожа при этом прохладная на ощупь, что свидетельствует о нормальной теплорегуляции.

Если в комнате 18 °С, а у голенького малыша розовые и теплые пятки — значит, вы его уже успели испортить: он не умеет сохранять тепло, а следовательно, может быстро переохладиться и заболеть.

4.3. СТИРКА

Прежде всего, не ищите сами себе работу — если капля мочи попала на краешек простыни, то в этом нет ничего особенно страшного. Сполосните проточной водой упомянутый краешек, а постираете, когда это действительно понадобится.

Интенсивность и частота стирки зависит от кожи ребенка — если повреждений нет, то и в повышенном рвении нет необходимости. В любом случае **нельзя стирать детские вещи вместе со взрослыми.** Нежелательно использовать и обычные стиральные порошки — с биосистемами, ароматическими добавками, химическими нейтрализаторами жесткости воды и т. п. Благо в настоящее время выбор порошков, специально предназначенных для младенческого гардероба, более чем достаточный. Упомянутые порошки и (или) измельченное детское мыло — на этом перечень моющих средств можно закончить.

При организации «постирочного» процесса особое внимание следует обратить на предметы одежды, испачканные каловыми массами (на русском языке они называются закаканными). Использование одноразовых подгузников сводит количество таких вещей к минимуму, но инциденты возможны. Именно эти, особо пострадавшие вещи, желательно прокипятить, и для этой цели неплохо иметь специальную посуду (ведро, кастрюлю). Для стирки-кипячения закаканной одежды часто использую обычное хозяйственное мыло, но это скорее дань традиции, нежели реальная необходимость. Качественный современный стиральный порошок с биосистемой — в этом случае вполне цивилизованная альтернатива (это уж точно не опаснее хозяйственного мыла), но вне зависимости от выбора первоочередное внимание должно уделяться тщательному полосканию.

Обязательное проглаживание не является таким уж обязательным при здоровой коже, но в первый месяц жизни малыша и при любых кожных болезнях обойтись без него (проглаживания) нельзя. В целом, если ребенок здоров, то проглаживание одежды необходимо для удовлетворения потребностей взрослых в красоте.

4.4. СОН

4.4.1. ПОДГОТОВКА ПОСТЕЛИ

Матрац, как мы уже говорили, должен быть относительно плотным и, разумеется, ровным. Возможные варианты действий (если купленный матрац указанным требованиям не удовлетворяет):

1. прямоугольный лист поролона толщиной 2—3 см;
2. сложенное в соответствии с размерами кроватки одеяло, покрывало и т. п. (толщина та же — 2—3 см).

Подготовленный матрац необходимо вложить в большой полиэтиленовый пакет. Обратите внимание — именно вложить в пакет, а не прикрыть сверху клеенкой или полиэтиленовой пленкой. Как бы плотно вы ни накрыли, рано или поздно матрац станет мокрым (дети удивительно изобретательны).

Вам, конечно, очень хочется, чтобы кроватка ребенка была похожа на вашу, чтоб на матраце лежала, например, беленькая и чистенькая простынка. Даже при наличии памперса ребенок будет иметь неограниченные возможности эту простынку запачкать — младенцы обоих полов имеют тенденцию «пускать слюни» и срыгивать. Что же касается мальчиков, то в их способностях мочиться самыми разнообразными способами и в самый неподходящий момент вы не раз убедитесь[1]. Поэтому лучше использовать не простыни, а тонкие пеленки, которые в 2—3 раза меньше по размеру, а следовательно, в 2—3 раза легче стираются, отжимаются и высушиваются.

Еще раз подчеркнем, что никакие подушки не нужны, включая подложенные под головку ребенка пеленки.

4.4.2. КАК СПАТЬ?

Оптимально — на животе или на боку. Голова повернута в сторону, и сторону эту необходимо каждый раз менять. Некоторые дети лучше всего спят в среднем положении — между на боку и на животе — с подложенной под бочок и сложенной в несколько раз пеленкой.

Дети, особенно первого полугодия жизни, склонны к срыгиваниям, а в положении на спине это очень(!) опасно. Малыш, с момента рождения спящий на животе, раньше начинает держать головку; во время движений дополнительно массажирует сам себе живот, у него легче отходят газы. При плотном матраце и отсутствии подушки всякие разговоры о возможности задохнуться просто бессмысленны. Несправедливо и утверждение о том, что без подушки лежащий на боку ребенок свернет себе шею. Если обмотать его десятком пеленок, может, и свернет, а если пеленок одна-две — никогда.

В отношении сна на животе не все так однозначно. В медицинской литературе неоднократно описан так называемый «синдром внезапной смерти младенца». Суть этого страшного и совсем нередкого[2] явления состоит в следующем. Здоровый ребенок умирает во время сна, и на вскрытии никаких признаков болезни не обнаруживается.

1 Двухмесячный сын моих приятелей обладал уникальным талантом пускать струю через собственную голову (в положении лежа на спине).

2 По данным зарубежных авторов, от 20 до 30% детей, умирающих в возрасте от одной недели до одного года, погибают именно от синдрома внезапной смерти младенца.

До настоящего времени медицинская наука не в состоянии однозначно ответить на вопрос — из-за чего это происходит. Первопричина — внезапная остановка дыхания, а вот почему дыхание останавливается?.. Статистика лишь указывает на факторы, увеличивающие вероятность развития синдрома, но сами механизмы не ясны совершенно. Чаще — мальчики, чаще — в возрасте 2—3 месяца, чаще — зимой. Неблагоприятные факторы: недоношенность, ребенок из двойни, мама моложе 18 лет, меньше года интервал между беременностями, курение матери.

В последнее время в список неблагоприятных факторов стали включать и сон на животе. Не могу об этом не написать, поскольку являюсь сторонником сна именно на животе.

Следует знать, что в ответ на сжимание ноздрей очень многие малыши, особенно в первые три месяца жизни, не пытаются освободиться, и у них возникает остановка дыхания на 10—15 секунд. Неудивительно, что сжиманию ноздрей могут способствовать подушка и мягкий матрац. Кроме этого, самый незначительный насморк в сочетании с температурой в комнате выше 23 °С и сухостью воздуха приводит к образованию плотных корочек слизи, которые, в свою очередь, перекрывают носовые ходы и приводят к остановке дыхания.

Убедить людей в том, что недопустимы подушки, недопустимы мягкие матрацы (а ведь именно мягкими да еще и кривыми матрацами сплошь и рядом комплектуются детские кроватки!), очень сложно. Убедить людей в том, что ребенку нельзя спать в комнате с теплым и сухим воздухом — еще сложнее. Проще написать в средствах массовой информации о том, что сон на животе увеличивает вероятность синдрома внезапной смерти.

4.4.3. СКОЛЬКО СПАТЬ?

Здоровый ребенок сам знает, сколько ему необходимо спать. Никогда не мешайте ему расти и отдыхать — именно этим он во сне и занимается. Когда придет пора для других дел — еды например, — малыш вам об этом решительно напомнит.

4.4.4. УКАЧИВАНИЕ

У детей очень слабый вестибулярный аппарат (орган равновесия). При качании быстро возникает ощущение головокружения, а в некоторых случаях ребенок просто теряет сознание. На народном языке это называется «укачали». Малыша, привыкшего к качанию, отучить исключительно сложно. Поэтому очень важно не начинать, поскольку укачивание, мягко выражаясь, не очень полезно для ребенка и не очень приятно для родителей[1].

4.5. ПУПОК

Именно пупочная ранка принципиально отличает новорожденного от детей постарше. Из-за риска инфицирования до ее заживления нежелательна общая ванна, вообще нежелательно, чтобы в незаживший пупок попадала вода[2]. При выписке из роддома в обычные сроки (пятый — седьмой день) пупочная ранка полностью зажить не успевает. Традиционно принято обрабатывать пупок раствором бриллиантового зеленого (зеленкой). И делать это надо ежедневно до тех пор, пока ранка не станет полностью сухой. Никогда не ковыряйтесь в детском пупке спичкой, обмотанной ватой. Возьмите пипетку и капните в пупок 1—2 капли зеленки, после чего подождите, пока высохнет. Если имеются небольшие кровянистые выделения, приложите на пару минут ватный тампон, смоченный перекисью водорода (перед тем, как капать зеленку).

Пупок новорожденного может стать причиной некоторых болезней, которые, к счастью, довольно редки. Тем не менее родители должны знать ситуации, при которых только врач способен к принятию адекватных решений: кровотечение или выделение гноя из пупочной ранки, краснота кожи вокруг пупка, пупок, мокнущий более трех недель

1 Вполне возможно, что выработанная в раннем детстве привычка к головокружению способствует возникновению вредных пристрастий. Ведь по своей сути укачивание такая же вредность, как курение или алкоголизм.

2 Вполне возможно, что, по науке, новорожденный — это ребенок от момента рождения до 28 дней. Но что в этой информации для родителей? Да ничего! Ведь уход за малышом в 20 дней и в 40 совершенно одинаков. Другое дело, незажившая пупочная ранка, когда нужны особые предосторожности. И, с точки зрения здравого смысла, новорожденный перестает быть новорожденным после того, как зажил пупок — последнее связующее звено между ребенком и организмом его матери. Поэтому один младенец перестает быть новорожденным в 7 дней, а другой — в 14. Но главное — все они разные. И родители в своих действиях должны ориентироваться не на календарь, а на сигналы, которые подает Природа.

после рождения. У очень многих детей первого года жизни имеется пупочная грыжа (выпячивание в области пупка, появляющееся, чаще всего, при крике). В подавляющем большинстве случаев она не представляет никакой опасности, не требует никакого лечения и проходит сама по мере роста ребенка и укрепления мышц брюшного пресса.

4.6. КОЖА

Детская кожа очень нежна и весьма склонна к возникновению всевозможных болячек.

Главная и наиболее частая причина повреждения кожи у маленьких детей — нарушение температурного режима (перегрев).

Поэтому помощь и профилактика сводятся к достаточно простым действиям, которые заключаются в:

- оптимизации температурного режима и предотвращении перегрева;
- поддержании оптимальной влажности воздуха в помещении;
- обработке поврежденных участков кожи;
- купании.

Изменения на коже, с медицинских позиций, очень разнообразны и имеют огромное количество всевозможных названий.

Родителям надо знать, что поврежденный участок кожи может быть либо мокрым (выделения тканевой жидкости), либо сухим (трещины).

Основной принцип обработки — сушить мокрое (присыпки) и увлажнять сухое (масла). Любая (!) одежда препятствует восстановлению целостности кожи, поэтому необходимо максимально использовать любую возможность подержать малыша голеньким.

Не стоит обрабатывать зеленкой (йодом, марганцовкой, синькой и т. п.) первый же попавшийся вам детский прыщ. После того, как вы удовлетворите свои малярные наклонности, ни один профессор не разберет, что там было на самом деле.

Обязательно следите за НОГТЯМИ — и детскими, и своими. Выделите для ребенка специальные ножницы. Не надо особенно переживать, что вы ему не так и не то отрежете. Но если уж очень страшно, то, хотя бы в первый раз, попросите старших, более опытных и менее нервных товарищей (прекрасный повод для бабушки проявить себя). Помните два правила:

1. лучше стричь чаще, но не очень коротко;
2. на ручках — по кругу, на ножках — ровно.

Все процедуры, имеющие отношение к уходу за здоровой кожей, необходимы один раз в день — после купания.

4.7. КУПАНИЕ

В этом процессе можно выделить два направления — эпизодическая обработка ребенка после того, как он удовлетворит свои естественные потребности, и гигиеническая ванна.

Общие ванны возможны только после полного заживления пупка.

Кипяченая вода при здоровой коже не нужна[1]. Для обработки ребенка, запачкавшего себя и пеленки, всегда оптимальна проточная вода температурой 34—37 °С[2], вполне допустимо прямо из крана, особенно если в вашей квартире есть такой кран, а в нем есть вода. Еще раз подчеркиваю: следите, чтобы вода не попадала

1 Автор логично подразумевает, что воду вы берете из крана или колодца, а не из лужи, реки или пруда.

2 На самом деле можно и 20 °С, просто теплой водой легче отмыть то, чем он себя запачкал.

в незаживший пупок. Прекрасная альтернатива воде — влажные гигиенические салфетки.

При нормальных условиях существования новорожденного — чистый прохладный влажный воздух, недопущение перегрева, обусловленного избытком одежды, — пупочная ранка при должном уходе полностью заживает на 10—14 день жизни. До этого момента общие ванны ребенку не нужны. Гигиена тела поддерживается обработкой кожи ребенка мягкой губкой, смоченной теплой водой или гигиеническими салфетками. При отсутствии перегрева выделения кожи незначительны, и первые две недели жизни без мыла вообще можно обойтись. Если же такая необходимость возникла[1] — только «Детское» и тщательно смывать.

После мытья — не вытирать, а промокать!

Необходимо отметить, что *правильно организованное купание представляет собой один из наиболее действенных способов сохранения здоровья ребенка.*

Именно поэтому мы выделим купание и комплекс связанных с ним вопросов в отдельную главу.

4.8. ГУЛЯНИЕ

Какой бы замечательной ни была детская комната, малышу все-таки необходим свежий воздух, и чем больше, тем лучше, потому что это для него совершенно естественно.

Всегда следует стремиться к тому, чтобы ребенку было выделено (найдено) место, где он будет гулять. В принципе идеален балкон, если вы живете в городе, или определенное место во дворе, если вы имеете свой дом. Наиболее сложна ситуация, когда нет ни того ни другого: любая прогулка требует постоянного присутствия возле

1 Автор, если честно, не знает, что надо делать с новорожденным, дабы возникла потребность купать его в мыле в первые недели жизни.

ребенка взрослых, которые имеют и другие дела (стирка, уборка, сон, приготовление еды и т. п.).

Для начала давайте рассмотрим наиболее стандартную, а значит, наиболее часто встречающуюся ситуацию[1].

Итак, ребенок живет с родителями в обычной квартире многоэтажного жилого дома. Еще до прихода из роддома балкон должен быть подготовлен к гулянию — очищен от хлама, неплохо, если застеклен, но это совсем не обязательно. На балконе мы поставим коляску, в ней дитя и будет спать[2].

Совершенно не рациональна ситуация, когда при наличии балкона совершаются героические усилия по вытаскиванию коляски на улицу, а потом затаскиванию ее обратно.

Прогулки мамы, заключающиеся в перекатывании коляски с одной улицы на другую, ребенку не нужны. Я прекрасно понимаю, что вам очень хочется продемонстрировать соседкам и подругам новомодный домик на колесиках, но младенцу этого не понять. У мамы всегда есть куча дел, и не будет ничего хорошего в том, что вы вдоволь нагуляетесь, а пришедший с работы папа будет рыскать по кухне в поисках съестного. К тому же совсем не обязательно, чтобы на ребенка чихали прохожие и летела грязь из-под колес.

Любое катание по улицам должно быть обусловлено необходимостью: нет помощников, а надобно посетить магазин или молочную кухню, пришло время побывать в поликлинике, вечером хочется погулять вместе с мужем и отдохнуть от домашней суеты, нет балкона, в конце концов.

Чем раньше вы начнете приучать ребенка к пребыванию на свежем воздухе, тем лучше. Уже на десятый день жизни можно посидеть с ним на балконе минут 15—20. На следующий день — два раза по полчаса и, постепенно увеличивая частоту и длительность гуляний, к месячному возрасту сделать так, чтобы ребенок проводил на балконе весь день.

1 Я уверен, что любой здравомыслящий родитель, зная, как поступить в стандартной ситуации, сможет использовать эту информацию применительно к реальным условиям существования его семьи.

2 И здесь, и далее, говоря о балконе, автор подразумевает второй вариант стандартной ситуации — определенное место во дворе при условии, что вы имеете свой дворик. Очень важно, чтобы ребенка можно было увидеть, не выбегая во двор, и услышать, когда он заплачет.

Проснулся, покормили — гулять. Занесли, покормили — гулять, и так далее. На балконе ребенок всегда лучше спит и ест после этого с большим аппетитом. И совершенно непонятно, почему гулять надо один или два раза в день.

Особый вопрос — погодные условия. При нормальной одежде и защите ребенка от ветра здоровый малыш вполне прилично себя чувствует и при отрицательной температуре. Вот правило, удобное для запоминания: на каждый месяц жизни — минус 5 °С, но не ниже 15 °С. Перевожу: в возрасте 1—2 месяца температура не должна быть ниже минус 5 °С, в 2—3 месяца — ниже минус 10 °С и т. д.

Все приведенные цифры и сроки очень и очень условны. При адекватной одежде диапазон температур чрезвычайно широк, а время просто не ограничено.

По большому счету, холод создает заметно меньшее количество проблем с гулянием, в сравнении с теплом (помните, мы еще в главе «Беременность» ратовали за то, чтобы ребенок родился осенью). Летом, в жару, особенно если балкон на солнечной стороне, гулять вообще невозможно и следует искать наиболее прохладное место в доме или во дворе.

Родителей всегда волнует, как одевать малыша, собирающегося на прогулку. Ответить на этот вопрос можно только после того, как вы вернетесь. Если ребенок потный и красный, обязательно уменьшите в следующий раз количество одежды. Каждое дитя по-своему реагирует на гуляние, и дать универсальные рекомендации практически невозможно. Будет вполне объяснимо, если в первый раз вы переусердствуете с одеждой. Главное, чтобы потом вы сделали правильные выводы. Обычно, если ребенку жарко, он капризничает, и его быстро приходится заносить в дом. Холодно бывает исключительно редко — взрослые холодом настолько запуганы, что не допускают этого никогда. Я, по крайней мере, ни разу не сталкивался с замерзшим ребенком. Но детей, удивительно напоминавших вареных раков, видел многократно.

На балконе ребенок, как правило, спит на боку. Важно при этом так расположить коляску, чтобы вы видели его личико через оконное стекло, не выскакивая на балкон.

В описанном режиме гуляния заинтересован не только ребенок, но и его родители. Никогда больше такого «золотого» времени у вас не будет. Первые 3—4 месяца жизни младенец спокойно спит на балконе большую часть дня, позволяя матери нормально отдохнуть и привести в порядок детские вещи, квартиру и себя.

Само собой разумеется, что по мере роста ребенка гуляние будет представлять все большую проблему, требуя времени и внимания.

Но **главные принципы гуляния** останутся пожизненными:

- *соответствие одежды и температуры;*
- *ребенку легче согреться двигаясь, а не одеваясь!*
- *если говорит, что жарко, — поверьте и помогите.*

4.9. МАНИПУЛЯЦИИ С МЛАДЕНЦЕМ

В большинстве случаев обращение с ребенком (особенно новорожденным) напоминает обращение с фарфоровой чашкой древнекитайского производства. Боязнь чего-нибудь там поломать, вывихнуть, растянуть (варианты — искалечить, разбить, повредить) настолько сильна, что многие мужчины к детям не прикасаются вообще, а матери, особенно молодые, испытывают подколенную дрожь при необходимости перенести ребенка из кроватки на пеленальный столик.

В целом, единственное, чего с ребенком делать нельзя категорически, так это его ронять. Почти все другие манипуляции он выдерживает вполне спокойно. Но заниматься этими манипуляциями необходимо начиная с периода новорожденности, а не перед школой.

Родители должны четко осознавать тот факт, что падения и ушибы встречаются в детской жизни не реже, чем простудные заболевания. И руки, и ноги, и шея, и... все остальное нуждаются в тренировке.

Точнее, не столько в тренировке, сколько в небездействии. Природа (опять она, родимая) вполне подготовила ваше дитя к тому, чтобы вы скакали по деревьям, а оно при этом держалось за вашу шкуру. Мы уже упоминали, что с момента рождения у ребенка прекрасно выражен так называемый хватательный рефлекс: вложите в ладошку малыша ваш палец, и он схватится за него. Нередко можно поднять руки, и дитя будет само висеть. Совсем не держать вы, разумеется, побоитесь, поэтому используйте указательный и большой пальцы (сначала большой в обе ручки, а когда схватится, придерживайте указательным). Это не «фокусы» и не «издевательство». Именно так можно и нужно переносить ребенка, вначале, желательно, на небольшие расстояния, а затем сами увидите, как это ему нравится. Заплакал. Необходимо перепеленать. Приготовьте все на столике, разденьте ребенка в кроватке, дайте ему схватить ваши руки и спокойно перенесите. Новорожденного можно взять за ножки и перевернуть вниз головой — тоже ничего страшного. Некоторые варианты действий показаны на рисунках.

Поверьте доктору, пожалуйста!

Глупо недооценивать ребенка, а вот с собственным страхом бороться надо. Бороться со страхом, чтобы потом бояться меньше, хотя поводов, скорее всего, будет больше.

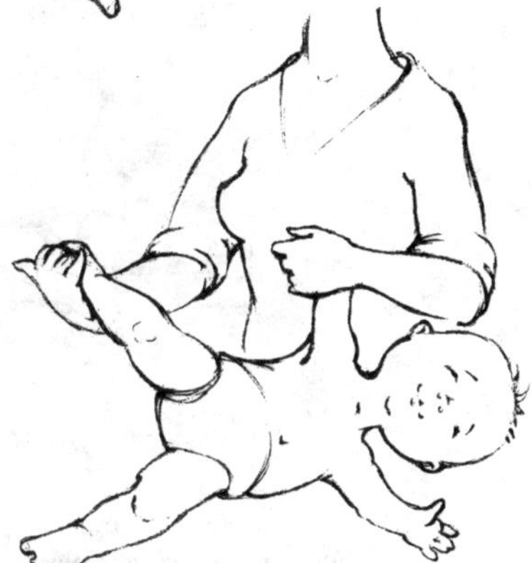

5. КОРМЛЕНИЕ

Человек живет не тем, что он съедает, а тем, что переваривает. Положение это одинаково справедливо относится к уму, как и к телу.

Бенджамин Франклин

Актуальность этой главы вполне очевидна и не требует, по-видимому, подробной аргументации. Кормлению придается настолько огромное значение, что нет в жизни ребенка процесса, даже приблизительно сравнимого с едой по количеству рекомендаций, предрассудков и, разумеется, ошибок.

С точки зрения законов Природы, еда должна обеспечить организм необходимыми питательными веществами. Если взрослому питательные вещества нужны для того, чтобы поддерживать нормальное существование, то ребенку нормального существования мало. Он (ребенок) должен расти и развиваться, а следовательно, правильное питание для него заметно важнее, в сравнении, например, с питанием его родителей. Абсолютно все взрослые это понимают. И реализуют в своих семьях принцип «все лучшее — детям», но... То, что любящие родители считают лучшим, очень часто оказывается не только не нужным, но и вредным.

Поэтому давайте придерживаться здравого смысла, чтобы не вредить и разобраться с терминами «лучше», «хуже», «хорошо», «плохо», «полезно», «вредно» и т. п.

Ребенок должен питаться теми продуктами, которые являются для него наиболее естественными в соответствующем возрасте.

И наверняка отсутствует надобность доказывать кому-либо, что ***нет и не может быть для новорожденного ребенка продукта более ценного (естественного), чем материнское молоко.*** Неудивительно, что вскармливание младенца молоком матери так и называется — естественным.

Следует заметить, что сотни страниц, посвященных преимуществам естественного вскармливания, в целом не приводят к каким-либо существенным результатам и некоторым образом напоминают борьбу с курением — все знают о вреде курения, но курят миллионы. Тем не менее, приведем лишь самые главные аргументы, доказывающие, что естественное вскармливание — это хорошо.

1 Молоко матери всегда:
- оптимальная температура еды;
- идеальная чистота еды;
- дополнительные вещества, помогающие ребенку переваривать пищу;
- вещества, помогающие ребенку бороться с инфекциями и защищающие его от них.

2 Материнское молоко — это значительная экономия финансовых ресурсов семьи: молочные смеси, особенно хорошие, обходятся совсем недешево.

3 Естественное вскармливание — экономия времени. Покормить грудью легче и быстрее, чем купить, прокипятить, насыпать, нагреть, перемешать, остудить, помыть, прокипятить, насыпать и так далее по замкнутому кругу почти до бесконечности[1].

[1] Правды ради необходимо отметить, что в первый месяц кормления грудью очень редко на этом удается сэкономить время. Приготовить смесь легче, чем активно сцеживаться и вообще за грудью следить. Но мать и дитя довольно быстро друг к другу приспосабливаются, и чем старше ребеночек, тем меньше времени и хлопот требует кормление грудью.

4 При кормлении материнским молоком практически невозможно заболеть кишечной инфекцией (ребенку, разумеется). А вот обеспечить идеальную чистоту во время приготовления и хранения молочных смесей, особенно в жаркое время года, не всегда удается. О прелестях инфекционной больницы надо ли рассказывать?

5 Еда для ребенка всегда с собой, где бы вы ни были.

6 Состав молока изменяется с течением времени, идеально удовлетворяя потребности младенца в соответствующем возрасте.

7 Скептически относясь к преимуществам естественного вскармливания, вы даже приблизительно не представляете себе, какое количество проблем может возникнуть, если у ребенка будет непереносимость коровьего молока. О том, сколько стоит вырастить такое дитя (денег, прежде всего, о нервах я уже и не говорю), просто страшно подумать.

8 Ребенок, которого вы кормите грудью, очень быстро докажет вам, что вы настоящая женщина. Ни один мужчина, каким бы Казановой он ни был, этого сделать не в состоянии.

Отсутствие у матери молока давно уже перестало быть трагедией. Миллионы детей благополучно выросли и узнали, что такое женская грудь, будучи уже взрослыми. С одной стороны, это хорошо, с другой — очень плохо. Плохо потому, что молодая мама не воспринимает отсутствие или нехватку молока как несчастье, совсем этого не боится и не прикладывает серьезных усилий для того, чтобы молоко сохранить. Опять-таки потому, что знает — миллионы благополучно выросли...

Необходимо, тем не менее, помнить и понимать: *сохранить ребенку здоровье при естественном вскармливании гораздо легче. Из этого, конечно, не следует, что без материнского молока малыш непременно будет болеть. Но дополнительные сложности возникнут обязательно.*

5.1. ЕСТЕСТВЕННОЕ ВСКАРМЛИВАНИЕ

Вопрос о том, будет у мамы молоко или не будет, как правило, не стоит. Молоко есть всегда и у всех, но вот его количество не всех детей устраивает.

К сожалению, существует фактор, определяющий количество молока и совершенно не поддающийся влиянию лекарств, диет и образа жизни, — генетическая предрасположенность. Т. е. количество образующихся в организме матери гормонов[1], стимулирующих продукцию молока, зависит от наследственности. Но если ваша мама выкормила вас грудью, то вы просто обязаны своего ребенка кормить, поскольку оправдать собственную лень ссылками на плохую наследственность в этом случае вам не удастся.

На количество молока, помимо генетической предрасположенности, влияют: собственно ребенок, точнее, раздражение соска в процессе сосания, состояние нервной системы матери, точнее, количество отрицательных эмоций, образ жизни (сон, двигательная активность, усталость от домашних дел) и характер питания.

Не нервничать матери, по вполне понятным причинам, очень трудно. Но образом жизни вполне можно управлять. Он должен быть организован так, чтобы свести к минимуму количество ненужных и неприятных действий — чем меньше времени вы будете проводить на кухне, за стиркой и возле гладильной доски, тем лучше будет вам, а значит, вашему ребенку. *Женщина не может нормально кормить грудью, если не имеет возможности высыпаться, отдыхать и заниматься еще какими-нибудь делами, непосредственно с ребенком не связанными (папой[2] например).*

В целом, содержимое предыдущего абзаца является ключевым для понимания основного принципа адекватного воспитания: **ребенок с момента рождения — член семьи. И ни в коем случае**

1 Гормон — вещество, выделяемое в кровь железами внутренней секреции.

2 Кстати, про папу. Замечено, что сексуальное общение усиливает лактацию. А еще замечено, что кормление грудью усиливает интенсивность женского оргазма. И это «усиление» сохраняется «на потом» — можете рассматривать в качестве еще одного аргумента в пользу естественного вскармливания.

нельзя внимание, заботу и любовь к ребенку доводить до такой степени, чтобы от этого другим членам семьи было плохо. Необходимо искать золотую середину. Потому что вскакивая по ночам к любимому и долгожданному малышу каждые пять минут, вы, в конце концов, лишите его молока. А менее любимый и менее долгожданный (на первый взгляд) будет еще долго получать удовольствие от наиболее естественной близости любимой мамочки — ведь именно таковой и является кормление грудью.

В дальнейшем мы попытаемся более подробно рассказать о том, как сделать режим семьи оптимальным, чтобы всем было хорошо. А сейчас остановимся на вопросах, непосредственно связанных с естественным вскармливанием.

5.1.1. ПИТАНИЕ КОРМЯЩЕЙ МАТЕРИ

Прежде всего посоветуем внимательно перечитать рекомендации по питанию в главе, посвященной беременности. Поверьте, количество объектов еды, абсолютно безопасных и для матери и для ребенка, достаточно велико. Поэтому искренне призываю вас поменьше экспериментировать. Чем меньше вы употребите цитрусовых, какао (шоколада), кофе, клубники и других продуктов, принципиально опасных в плане аллергии, тем лучше будет младенцу. Вы же сами потом и пожалеете, когда после съеденной в двухлетнем возрасте шоколадки ребенок покроется сыпью и будет всю ночь чесаться.

Вы должны знать: практически все, что ест мама, в том или ином виде присутствует в молоке. Следует избегать продуктов, которые могут ухудшить вкусовые качества молока (соленое, кислое, острое) и его запах (чеснок). Некоторые съеденные мамой продукты, например, бобовые и белокочанная капуста, плохо действуют на кишечник ребенка — повышают газообразование, иногда вызывают понос.

Чем выше жирность молока, тем больших усилий потребует его переваривание, тем тяжелее будет ребенку сосать, а матери сцеживать. Поэтому сознательно повышать жирность молока, поглощая в больших количествах жиры (сметану, свинину, масляные кремы и т. п.), не надо. Растительные жиры (подсолнечное, оливковое и кукурузное масло) предпочтительнее в сравнении с животными[1].

Если у вас нет существенных проблем с собственным весом, то очень хорошо съесть вечером тарелку манной каши. Нужны овощи и фрукты (не менее 500 г в сутки), разнообразные и, желательно, в свежем, а не в консервированном виде. Вообще, чем меньше консервов съест кормящая мать, тем лучше.

Всегда следите за реакциями ребенка. Если сомневаетесь — можно съесть или нельзя, — съешьте немножко. С ребенком все в порядке — не появилась сыпь, не изменились сон и стул — ешьте на здоровье.

Вопрос о том, надо ли много пить кормящей матери, до настоящего времени остается спорным. Огромное количество ученых утверждает, что увеличение объема выпитой жидкости не увеличивает количество молока, но не менее огромное количество матерей настаивает на обратном.

В конце концов, если молока хватает или оно остается, то вы ничего не должны пить специально, против желания. Но в ситуации, когда количество молока ребенка не удовлетворяет, каждое кормление должно заканчиваться тем, что вы, уложив малыша спать, отправляетесь на кухню, где вас поджидает «сиротская» кружка объемом эдак в 0,3—0,5 л. Кстати, ночное кормление не должно представлять исключение, поэтому желательно приготовить заранее чай (компот) в термосе, дабы спросонок не суетиться понапрасну.

Оптимальные напитки:

- чай (зеленый лучше черного) с молоком, достаточно сладкий;
- компот из сухофруктов (курага, яблоки, изюм);

1 Подчеркиваю: речь идет не об исключении жирной пищи, а об употреблении ее в меньших количествах. Полностью исключать жиры, например, борясь за свою фигуру, вообще недопустимо, хотя бы потому, что многие витамины растворяются исключительно в жирах.

- соки (яблочный, виноградный, морковный), но в меру;
- коровье молоко и кисломолочные продукты. Молоко обязательно кипяченое или топленое; оптимально, чтоб его жирность не превышала 2,5%.

Существует множество рекомендаций в отношении продуктов, увеличивающих количество молока (орехи, дрожжи, отвар крапивы, пиво и т. д.), а также лекарственных препаратов, обладающих аналогичным эффектом (никотиновая и глутаминовая кислоты, апилак, пирроксан). Но вы ни в коем случае не должны переоценивать их значимости.

Поверьте, здоровый ребенок и спящая ночью мама, которая не нервничает и не дергается по мелочам, способствуют выработке достаточного количества молока в заметно большей степени, чем все продукты питания и медикаменты вместе взятые.

5.1.2. ОТДЕЛЬНО О ЖЕНСКОЙ ГРУДИ

Как кормить грудью? Удивительно интересный вопрос, ответ на который не менее удивительно прост.

Прежде всего, следует довести до сведения всех женщин, этим вопросом интересующихся, что в человеческой жизни существуют процессы, регулируемые инстинктом[1]. Ребенка ведь никто не учил сосать — он это и так умеет. Природа предусмотрела некоторые инстинктивные действия, требующие для своей реализации двух участников, — кормление грудью и половой акт.

Можете ли вы себе представить первую брачную ночь в окружении толпы наставников? С трудом, правда? Однако большинство людей вполне благополучно справляются с задачей, руководствуясь инстинктом продолжения рода.

1 Инстинкт — врожденная способность совершать целесообразные действия.

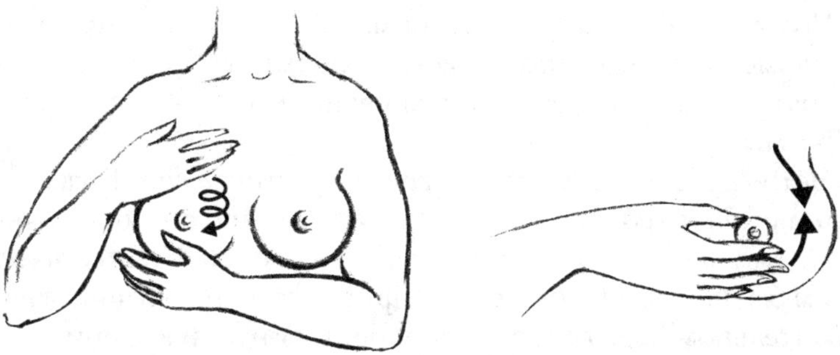

С кормлением грудью ситуация аналогичная, но мало кому удается свои инстинкты спокойно реализовать. И неудивительно. Когда вам подробнейшим образом расскажут о том, как кормить ребенка правильно: как сидеть (лежать), как поддерживать грудь, как вложить сосок в рот малыша, как следить за его носом, то, смею заверить, хоть что-нибудь вы обязательно сделаете не так. А учителя будут вас терпеливо на путь истинный наставлять, давая десятки ценных указаний. И очень вероятно, что, в конце концов, вы убедитесь в собственной неполноценности, и кормление грудью превратится в пытку и для вас, и для ребенка.

Поэтому *первое и главное правило кормления грудью*, особенно актуальное в первые недели жизни малыша: ***во время кормления будьте вдвоем.***

Постарайтесь сделать так, чтобы вам обоим было хорошо: хотите — лежите, хотите — сидите. Все и так получится, вы только поменьше думайте о том, как правильно, а как — нет.

Есть, тем не менее, вещи, которые необходимо знать обязательно — на одних инстинктах далеко не уедешь. Человеческий организм устроен таким образом, что очень редко позволяет себе образовывать что-нибудь лишнее. Если в молочной железе[1] после кормления ребенка остается молоко, то, по логике Природы, его много. Реакция организма, как правило, соответствующая — молоко вырабатывается в меньших количествах. А мы еще имеем привычку ставить Природу в тупик, не подпуская ребенка к материнской груди по два-три дня после рождения.

1 Удивительно, но женская грудь и молочная железа — это одно и то же.

Поэтому следует начинать заниматься собственной грудью еще в роддоме, если вы не имеете возможности заставить ребенка ею заниматься. Массаж железы и сцеживание молока — пути решения проблемы.

Не имеют значения размеры груди и ее плотность. Грудь может быть мягкой и небольшой, но молока будет вполне достаточно.

Не имеет значения форма соска, хотя и не все с этим согласятся. Каким бы плоским ни был сосок, при достаточно активном и продолжительном кормлении он приобретает нужную форму.

Не имеет значения внешний вид молока — не должно оно по цвету соответствовать коровьему!

Очень многое не имеет значения — не ищите в себе болячек и недостатков.

Теперь подробнее про сцеживание и массаж. И первым, и вторым, как правило, приходится заниматься недолго — три-четыре недели после родов, а потом все нормализуется само собой.

Еще раз подчеркнем: массаж и сцеживание **необходимы**, если по каким-то причинам ребенка не приносят кормить после родов и всегда после кормления. И будет очень хорошо, если еще в роддоме медработники или соседки по палате покажут вам, как это надо делать.

В любом случае и сцеживанию, и массажу, и кормлению должна предшествовать гигиеническая обработка рук и груди. Забудьте, пожалуйста, про всякие спирты и будьте уверены: обычное «Детское мыло» — достаточно надежный антисептик[1]. Только не надо мыло, во-первых, экономить, а во-вторых, оставлять на груди — какое бы оно ни было детское, его вкус все-таки не особенно приятен. Само собой разумеется, что вначале следует мыть руки, а затем уже приниматься за грудь. Не только не нужно, но и опасно использовать мыло (тем более, спиртовые дезинфицирующие растворы) для мытья груди перед каждым кормлением — мыло нейтрализует жир, а покрывающая кожу тонкая жировая пленка выполняет защитные

1 Антисептик — вещество, обладающее противомикробной активностью.

функции. Поэтому мойте грудь с мылом максимум один раз в сутки, а в остальных случаях достаточно обмывания теплой водой.

Массаж груди несложен. Прежде всего обратите внимание на то, что ткань железы должна быть одинаковой плотности. Если вы нащупали участки уплотнения, то именно в этих местах массаж должен быть более интенсивным. Одной рукой поддерживайте грудь снизу, а четырьмя пальцами (кроме большого) другой руки круговыми движениями массируйте грудь, смещаясь от ребер к соску. Та рука, что снизу, тоже не должна бездействовать — техника аналогичная.

При наличии уплотнений делать акцент не на увеличение силы, а на удлинение времени массажа.

Массаж всегда предшествует сцеживанию. Очень полезно перед началом кормления провести непродолжительный массаж. Кстати, если вам кажется, что молоко у вас есть, а ребенку оно не достается (нередко так и бывает), прервите кормление, помассируйте грудь и продолжайте.

Высокоэффективным устройством для осуществления массажа является папа, особенно если мама в состоянии его научить, а он испытывает желание учиться и умеет регулировать свою силу.

Занятия массажем и сцеживанием нужны даже тогда, когда молока в избытке. Не допустить появления уплотнений в железе — значит избежать ее воспаления (мастита).

В сцеживании участвуют, как правило, всего два пальца — большой и указательный. Осуществляя его, нежелательно сдавливать непосредственно сосок и очень важно правильно направлять усилия — от ткани железы к соску. Тем не менее самый эффективный способ быстрого и беспроблемного сцеживания состоит в использовании технического устройства под названием «молокоотсос». Выбор последних просто огромен — на любой вкус и кошелек.

Сцеженное молоко может понадобиться, а может — и нет. Но его всегда желательно сохранить до следующего кормления. Поэтому сцеживайтесь в идеально чистую посуду (банку, чашку, пиалу), которую после окончания процедуры нужно плотно закрыть и поставить в холодильник. Сцеженным молоком ребенка можно докармливать в следующие кормления. При хранении в холодильнике менее 10—12 часов молоко в кипячении не нуждается — достаточно нагреть его до температуры тела[1].

Множество неудобств и неприятных ощущений могут доставить **трещины и ссадины сосков**, появление которых зависит от:

- особенностей кожи кормящей матери;
- гигиены;
- активности ребенка.

Принципы профилактики:

- чистота груди;
- короткие ногти (сами поцарапаетесь во время сцеживания или массажа, а потом будете жаловаться подругам, что младенец вас покусал);
- сосок должен быть сухим — остатки молока после кормления промокнуть ватой (марлей) или вытереть, но очень осторожно. Если молоко вытекает в промежутках между кормлениями, подложите в бюстгальтер чистую марлевую салфетку или специальную впитывающую молоко прокладку, старайтесь поменьше сдавливать грудь;
- никакой синтетики, контактирующей с соском;
- не позволяйте ребенку хватать только сосок, без околососкового кружка, и не тащите с силой, если хотите прекратить кормление. Всегда можно улучить момент, когда дитя расслабится и отдаст грудь без боя.

При появлении трещины принципы профилактики остаются неизменными, но к ним добавляются **принципы лечения:**

- лечением надо заниматься сразу, пока трещины небольшие;
- нельзя доводить ребенка до такой степени голода, чтобы он набрасывался на грудь. Вполне резонно кормить чаще обычного и не держать малыша возле груди больше 10 минут;

1 Принципиальный момент: нельзя нагревать грудное молоко в микроволновой печи. В этом случае нагревание молока происходит при неравномерной температуре и многие ценные компоненты разрушаются.

- поврежденная грудь больше, чем здоровая, нуждается в массаже и сцеживании;
- стараться побольше держать грудь открытой, в непосредственном контакте с воздухом (летом неплохо и на балкон выйти — но лучше все-таки, когда стемнеет)[1].

Для обработки трещин и ссадин можно использовать масляный раствор витамина А (умное название — ретинол), облепиховое масло, аэрозоли, применяемые для лечения ожогов и не содержащие антибиотиков (ливиан, пантенол, винизоль), мази и желе, ускоряющие процессы заживления (солкосерил, актавегин, бепантен).

Выбор препарата лучше осуществлять вместе с врачом; зависит он и от того, продолжаете ли вы кормить поврежденной грудью или нет (каково на вкус то, что вы наносите на грудь, и можно ли отмыть, чтобы ребенку в рот оно не попадало).

Если появились признаки нагноения[2] — бегом к врачу, и без его санкции никаких таблеток!

В отношении необходимости массажа и сцеживания могут возникнуть вполне резонные, на первый взгляд, возражения. Ведь автор, с одной стороны, постоянно ссылается на мудрость Природы. С другой же стороны, близкие человеческие родственники — те же обезьяны, например, — ни сцеживанием, ни массажем не занимаются, а трещин сосков и других неприятностей, как правило, не имеют.

Процесс образования молока с точки зрения естественной — как в отношении человека, так и в отношении все тех же обезьян — исключительно сложен и имеет тесную связь с гормонами, состоянием психики и взаимоотношениями мать-дитя. По Природе ребенок и мать всегда(!) вместе. Нет никакой речи о стимуляции родов лекарственными препаратами (гормонами), о позднем прикладывании к груди. Нельзя забывать и о том, что современная женская грудь постоянно обрабатывается самыми разнообразными

1 Вполне возможно, что температура воздуха в помещении не позволит вам ходить с раскрытой грудью. В подобной ситуации некоторые женщины демонстрируют чудеса изобретательности, придумывая различные способы закутывания и обматывания груди, при которых остается открытым только сосок, а все остальное находится в тепле.

2 Признаки нагноения местные — гнойное отделяемое из трещин, постоянная краснота вокруг них. Признаки нагноения в самой железе — постоянная боль, часто пульсирующая, уменьшающаяся при контакте с холодным, отчетливое повышение температуры кожи груди плюс краснота или синюшность, болезненные участки уплотнения, гнойные выделения из соска.

гигиеническими средствами, довольно редко бывает открытой, как правило, фиксируется некоторыми предметами одежды. Сие, разумеется, весьма эротично, но неминуемо приводит к тому, что кровообращение в груди изменяется, кожа и самой груди вообще и соска в частности становится очень нежной. Ясно ведь, что предусмотрела Природа для предотвращения трещин сосков — с рождения соски открыты всем ветрам, и звери не носят бюстгальтеров.

Именно потому, что мы и без того во многом Природе мешаем, следует быть готовыми и к трещинам, и к тому, что при оставшемся в груди небольшом количестве молока сигнал головному мозгу на прекращение его (молока) образования может быть неоправданно сильным.

В то же время про логику и здравый смысл забывать нельзя. Если у женщины с грудью нет проблем — так и сцеживаться не надо. Следует лишь поздравить мужа этой женщины, поскольку ему досталась жена, гормоны которой находятся в состоянии весьма устойчивого равновесия.

5.1.3. ВАРИАНТЫ ЕСТЕСТВЕННОГО ВСКАРМЛИВАНИЯ

Прежде чем приступить к разговору о правилах и особенностях естественного вскармливания, надобно отметить, что единого мнения по вопросу «как, когда и с какими интервалами кормить» до сих пор не сложилось. Автор лишь расскажет о возможных вариантах, а уж выбирать, руководствуясь собственным здравым смыслом, читателям придется самим.

Хотелось бы заметить, что все эти варианты, подробно описанные учеными мужами, на самом деле присутствуют лишь в головах этих самых ученых мужей, ибо конкретные мамы, в течение миллионов лет вскармливавшие детей грудью, очень мало задумывались над тем, что своими действиями они реализуют некую, кем-то придуманную методику.

Тем не менее все разнообразие материнских действий в отношении кормления грудью можно с определенной долей условности свести к трем вариантам.

КОРМЛЕНИЕ ПО ЧАСАМ

Упоминается нами, скорее, в историческом аспекте. Этот способ, широко распространенный ранее (особенно на территории бывшего Советского Союза), ныне существенно утратил свою актуальность. Суть его заключается в кормлении младенца с определенными, строго установленными интервалами и обязательным перерывом на ночь. Классическая схема выглядит так: в течение дня кормим строго с интервалом в 3 часа, на ночь делаем перерыв 6 часов, через 2 месяца увеличиваем интервал до 3,5 часов, а ночной перерыв до 7 часов и т. д.

Теоретически основной плюс кормления по часам состоит в том, чтобы дисциплинировать ребенка с самого раннего возраста и упорядочить жизнь его родственников. На практике все оказывается многократно сложнее, поскольку и дитя, и организм мамы в большинстве случаев отказываются жить по режиму.

С учетом не совсем утешительного опыта наших дисциплинированных бабушек, автор хотел бы всячески предостеречь современных мам от попыток вскармливания ребенка с оглядкой на часы. Ну *а рекомендации про обязательный ночной перерыв в кормлении представляют собой один из наиболее радикальных способов борьбы с естественным вскармливанием.*

В течение двух-трех ночей вы, вместо сна, будете мужественно выслушивать детские вопли, в глубине души чувствуя себя образованной и дисциплинированной. После этого вы, скорее всего, поймете, что садизм не к лицу нормальной женщине. А если не поймете, то, скорее всего, лишитесь молока. Я уже не говорю о том, что у вашего невыспавшегося мужа могут возникнуть неприятности на работе[1].

Еще раз подчеркнем: на сегодняшний день кормление по часам не является актуальным, мало кто из врачей его рекомендует, и наше упоминание о нем — не более чем экскурс в прошлое педиатрической науки.

КОРМЛЕНИЕ ПО ТРЕБОВАНИЮ

В последнее время активно пропагандируется в обозримом автору географическом пространстве как единственно правиль-

1 Сонный мужчина вял и зол. Лучше добрый и активный муж, чем якобы дисциплинированный ребенок.

ная методика вскармливания и важный показатель родительской прогрессивности.

Идеологической основой кормления по требованию является неведомо кем провозглашенный постулат о том, что роды — это тяжелейший стресс для ребенка. После столь чудовищного потрясения бедный младенец якобы испытывает постоянный дискомфорт, страх и ужас, а единственным способом избавления от этого неприятного «набора» ощущений является материнская грудь. Отсюда вполне логично проистекает идея о том, что одна из главных потребностей ребенка — постоянный телесный контакт с мамой.

Мамина грудь, таким образом, рассматривается не только как источник питания, но и как средство успокоения, а сосание — в первую очередь как общение с мамой, а уж потом — как путь к насыщению.

Исходя из этого, предлагается и методика вскармливания, которая, по сути, является не кормлением, а общением по требованию. Главное в ней — обеспечить столь необходимый телесный контакт с любимой мамой. Прикладывать дитя к груди рекомендуется при первых же признаках беспокойства, при любом сосательном движении или намеке на выпячивание губ, при малейшем крике, чихе и сопении носом. Чем чаще, тем лучше. Количество таких прикладываний может достигать 30 и более раз в сутки. Сплошь и рядом для реализации описанной методики маме предлагается поменьше гулять и обязательно спать вместе с ребенком, дабы дитя могло ночью общаться с грудью сколько пожелает. Сосание во сне объявляется самым продуктивным.

Основной плюс описанной методики вскармливания заключается в том, что частое прикладывание к груди является высокоэффективным средством поддержания лактации, ибо раздражение соска во время сосания и есть самый мощный и наиболее естественный стимулятор[1]. Именно кормление по требованию является весьма уместным (а иногда — и единственно целесообразным) при наличии проблем с количеством молока. В первые две-три

1 Из основного плюса очень часто следует и существенный минус — не ограниченное по времени сосание резко повышает вероятность травматизации сосков.

недели жизни ребенка, когда лактация у мамы только устанавливается, разумное кормление по требованию в принципе можно рассматривать как наиболее приемлемый вариант естественного вскармливания[1].

На этом объективные плюсы данного вида вскармливания и показания к нему заканчиваются.

Следует, однако, отметить, что некоторые женщины находят в кормлении по требованию и другие преимущества. Большинству мам сам процесс кормления грудью доставляет удовольствие. И если женщина готова испытывать это удовольствие 24 часа в сутки, пренебрегая социальными функциями, общением с мужем и другими делами, то это ее право.

Сторонники кормления по требованию назовут вам еще массу плюсов, но все они будут из разряда гипотетических — т. е. вам *пообещают* много-много хорошего *в будущем*. Это и небывалая духовная близость с ребенком, и защищенность дитяти от жизненных стрессов. И самое главное — стопроцентная вероятность того, что дети, вскормленные по требованию, обеспечат и защитят вашу старость, дружно выстроившись в очередь со стаканами воды... Однако аргументированно доказать связь вышеперечисленного с кормлением по требованию не представляется возможным.

Здесь исключительно важно определиться: в каком качестве мы воспринимаем женщину? Как биологический объект (самку, вскармливающую детеныша) или как объект социальный? Если существо биологическое — так нет вопросов! Кормление по требованию — лучший вариант при таком подходе к проблеме, да и проблемы никакой нет. Когда мама жила в пещере и кормила по требованию, это было очень хорошо и для нее, и для ребенка. Если мама до сих пор живет в пещере — так это неплохо и сейчас.

Между тем, автор остается убежденным сторонником того факта, что женщина — человек, а не самка. Кормление по требованию, когда дитя часами висит на маме, уподобляя последнюю обезьяне, значительно сокращает время на выполнение социальных функ-

1 Разумное кормление по требованию — это когда дитя прикладывают к груди часто, но без фанатизма: каждый час, например.

ций. Одновременно кормить и при этом стирать, убирать в доме, готовить обед, водить старшего ребенка на танцы, посещать магазины и парикмахерские — очень сложно. Отсюда вывод, который для автора неоспорим: для успешной реализации кормления по требованию необходим совершенно определенный социальный статус. Либо жизнь в первобытных условиях, либо — довольно высокий материальный уровень, наличие помощников (нянь, гувернанток, кухарок), абсолютное взаимопонимания с мужем и другими членами семьи[1].

Помимо нехватки времени на выполнение социальных функций, мамы, реализующие данную методику, могут столкнуться и с другими трудностями. К примеру, если дитя по каким-то причинам не может встретиться с маминой грудью (маме внезапно пришлось уехать, лечь в больницу или пропить курс лекарств), то накормить его чем-то другим становится большой проблемой. Не меньшую проблему представляет и отказ ребенка, кормящегося по требованию, от питья, когда это жизненно необходимо.

В своей практике автор видел несколько детей, кормившихся по требованию, которые заболели тяжелой кишечной инфекцией, но от питья отказывались категорически, только на грудь соглашались. И ехали в больницу, ибо только капельницами можно было восполнить дефицит жидкости. А сотни других, знакомых не только с мамой, но и с бутылочкой, пили и вылечивались дома, без капельниц и больничных стрессов.

Еще неоднократно видел детей, которые при любом внешнем нестандартном факторе — конфликт в песочнице, например, тут же все бросали и бежали к маме, ибо только возле груди чувствовали себя спокойно. А несколько мам жаловались на то, что зимой не могут с детьми гулять — каждое падение сопровождается попыткой залезть маме под шубу...

Для многих семей и без этих дополнительных трудностей кормление по требованию превращается в одну большую проблему, когда мама обессилена морально и физически, когда папе нет места в супружеской постели, когда семья на грани распада, а все ее члены на грани или уже за гранью нервного срыва.

1 Далеко не каждый папа с энтузиазмом воспримет тот факт, что в супружеской постели мама будет заниматься кем-то третьим.

Однако здравый смысл, мера терпимости и страсть к преодолению трудностей у каждого свои. И коль семье удается реализовать данную методику вскармливания, коль в результате все довольны — что ж тут скажешь против!

Стоит, тем не менее, обратить внимание читателей на один важный нюанс: пропагандисты обсуждаемой методики однозначно утверждают, что кормлению по требованию обязательно нужно учиться, т. е. без посторонней помощи у вас вряд ли получится правильно кормить собственного ребенка грудью. Для этого, оказывается, необходимо окончить специальные курсы, приобрести ряд учебных пособий, обратиться к консультантам по грудному вскармливанию. Разумеется, не бесплатно.

Категоричность подобных высказываний, мягко говоря, смущает. Коммерческий аспект этой якобы передовой методики очевиден, а ее активно-агрессивная пропаганда наводит на грустную мысль: кому, собственно, такое вскармливание нужно больше — детям, мамам или консультантам?

И еще. Если кормление по часам воспринимается как печальное «достижение» медицинской науки, то кормление по требованию провозглашается его сторонниками вершиной педагогической и психологической мысли и рассматривается чуть ли не как путь к спасению всего человечества.

Здравый смысл, как, впрочем, и всегда, находится где-то посредине. И не стоит, наверное, бросаться из одной крайности в другую. Кормление не должно становиться испытанием на выносливость для мамы и других членов семьи. А наша основная задача — превратить уход за ребенком в удовольствие, сделать так, чтобы и дитя было довольно, и мама, и все окружающие родственники.

Именно поэтому автор является убежденным сторонником методики ***свободного вскармливания.***

Свободное вскармливание — это когда ребенок кормится по аппетиту, в том числе и ночью, но все-таки не чаще, чем раз в два часа, когда время пребывания у груди в подавляющем большинстве ситуаций ограничено 15—25 минутами, когда мама имеет возможность и время для реализации социальных функций и общения с другими членами семьи.

Поскольку автор рекомендует этот вариант вскармливания, поговорим о нем подробнее. Итак,

5.1.4. ОСНОВНЫЕ ПРАВИЛА СВОБОДНОГО ВСКАРМЛИВАНИЯ

Правила эти очень просты. Для того чтобы их понять и реализовать на практике, совсем не обязательно иметь медицинское образование и огромный опыт, связанный, например, с выкармливанием пятерых детей. Вполне достаточно наличия хотя бы зачатков логического мышления.

Здоровый ребенок сам знает, когда ему пора есть.

С точки зрения Природы, малыш, находящийся на естественном вскармливании, не отделим от матери во времени и пространстве. Поэтому грудному ребенку совершенно несвойственно испытывать чувство голода. Следовательно, если, по вашим расчетам, его пора кормить в 15.00, а он начал орать в 14.30, то не надо нервничать самой и заставлять нервничать малыша. Дайте ему грудь, и оба успокойтесь.

Среди ночи грудной ребенок захотел есть. Это нормально. И всей семье будет лучше, если мама потратит 30 минут на кормление, после чего все члены семьи мирно продолжат сон.

Никогда не будите ребенка только потому, что ему, с вашей точки зрения, пора принимать пищу.

Из этого правила есть ***исключения:***

- *не ему пора кормиться, а вам пора кормить (убегаете в институт сдавать экзамены, надо идти в поликлинику, назначена встреча в парикмахерской и т. д.);*
- *дети с малым весом или плохо в весе набирающие, которым врач рекомендовал сокращение интервала между кормлениями;*
- *трещины соска у матери (нельзя доводить младенца до чувства дикого голода).*

Для ребенка первого месяца жизни оптимальный интервал между кормлениями ориентировочно равен трем часам. В дальнейшем это время увеличивается, причем увеличивает его сам ребенок — дольше спит. И не надо заучивать таблицы и вешать на стенку расписание кормлений. Здоровый малыш сам разберется. Нет ничего страшного в том, что в субботу он ел шесть раз, а в воскресенье восемь. Но нельзя все-таки кормить ребенка с интервалом менее двух часов. Если он проголодался раньше, значит, вы ошиблись в предыдущее кормление (недокормили).

Для того чтобы решить, **сколько времени необходимо держать ребенка возле груди**, следует ответить на достаточно простой вопрос: для чего он находится возле груди?

Если для того, чтобы есть, то *15—20 минут ему более чем достаточно*. Если для того, чтобы сосать, то и трех часов может оказаться мало. Решите сами для себя эту задачку, и все станет понятно. Только не морочьте голову окружающим. Коль скоро вам очень приятен сам процесс якобы «кормления», то не надо рассказывать всем остальным про то, что он вяленький и слабенький. Но знайте: ваши удовольствия закончатся тем, что ребенок будет чувствовать себя нормально исключительно на руках, благополучно сделав вяленькими и слабенькими всех членов семьи.

В конце концов, понаблюдайте: всегда видно — ребенок глотает или только сосет. Если не глотает, отправьте его спать в кровать.

Необходимо очень стараться, чтобы в течение одного кормления ребенок имел дело только с одной грудью.

Это пожелание, но не закон. Количество различных вариантов огромно. В одной груди мало молока, в другой много. Одна грудь здорова, на соске другой трещины. Один ребенок активен, другой лентяй. Если явно не наелся, то делать нечего — приходится давать вторую грудь. Но после кормления тщательно сцеживаться! Чтоб была такою же пустой, как и первая. После следующего кормления докормим сцеженным молоком, вполне возможно, что одной груди хватит.

Если наедается только из двух грудей и в обеих после этого молока не остается, то вполне резонно каждый раз использовать все имеющиеся источники еды. По мере того, как количество молока будет увеличиваться, рано или поздно сможете обходиться только одной грудью[1].

Очень и очень часто ребенок кричит при попытке забрать грудь не потому, что голодный, а потому, что возле мамочки теплее и уютнее. По крайней мере, если молоко в груди осталось, ребенок перестал глотать, но после отлучения от мамы разорался, то это уж точно «фокусы». Сразу же решите, кого вы собираетесь воспитывать — нормального человека или фокусника[2].

Организм и поведение ребенка удивительно целесообразны. Ребенок никогда и ничего не будет делать вредного для себя (кричать например). Но если в результате крика он сделает свое существование более комфортным, привычка решать проблемы голосом может сохраниться на всю жизнь.

Ну подумайте сами — может ли боль или чувство голода пройти только оттого, что вы взяли ребенка на руки?!

Тем не менее **любые связанные с криком и продолжительные эксперименты, направленные на воспитание младенца, желательно осуществлять в светлое время суток**[3].

5.1.5. ПУСТЫШКА

Очень интересная штука, позволяющая ребенку удовлетворять свой сосательный рефлекс и не мешать при этом маме. Штука интересная, но совсем не обязательная — не хочет, и не надо, можно даже сказать так: не хочет, ну и очень хорошо.

1 Это обязательно произойдет, если молоко действительно не будет оставаться в груди.

2 Автор совсем ничего плохого не хочет сказать про фокусников, выступающих в цирке. Но морочить людям голову за пределами арены совсем не обязательно.

3 Ночью ребенку редко удается покричать в одиночку — минут через 20 к нему подключаются бабушки, которые в ярких и образных народных выражениях сообщают родителям про их педагогическую несостоятельность. Недели через две все члены семьи имеют возможность спать (кроме мамы, разумеется, которая выполняет функции детской кроватки).

Правила использования:

- содержать в чистоте, стерилизовать и хранить в специальной баночке;
- самим не облизывать и не рассказывать сказки про зверей, которые лижут своих детенышей и всю грязь слюной убивают. Звери, между прочим, не лежат в больницах, не курят, не глотают антибиотики, не жуют жвачек и не имеют дырок в зубах;
- пустышка, как правило, состоит из трех частей: резиновой соски без дырочки, кружочка, ограничивающего глубину погружения соски в рот, и пластмассового фиксатора. Внутренний конец фиксатора иногда выступает за кружочек и часто травмирует ребенку десны. Настоятельно рекомендую вам фиксатор удалять.

Большинство современных педиатров не рекомендуют использование пустышек, и в этом есть изрядная доля здравого смысла. В конце концов, суть сосания — поглощение материнского молока. Сознательно направляя с помощью пустышки силы ребенка в другом направлении, мы, невольно, уменьшаем интенсивность детских воздействий на сосок мамы. И это может оказаться решающим фактором в уменьшении количества молока. В то же время пустышка — и это имеет место довольно часто — не оказывает никаких отрицательных воздействий ни на ребенка, ни на маму в целом, ни на количество молока в частности. Напротив, выраженность сосательного рефлекса у ребенка иногда бывает настолько сильной, что пустышка является единственным (кроме маминой груди, разумеется) средством обеспечения тишины в помещении. Вышеизложенное, тем не менее, позволяет сформулировать весьма **важное правило**: *при любых проблемах с количеством материнского молока применение пустышки нежелательно.*

5.1.6. СОСКИ

Дать младенцу что-либо, кроме материнского молока, или дать молока при невозможности сосать грудь можно разными способами: из ложечки, поильничка, устройства, напоминающего шприц[1] (или, собственно, из самого шприца). Все упомянутые «устройства» объединяет один отрицательный момент: не ребенок пьет жидкость, а взрослый заливает эту жидкость в младенческий рот. Дитя первых месяцев жизни не в состоянии сделать вывод о том, что находящаяся перед ним ложка вот прямо сейчас прольется живительной влагой, поэтому может быть не готов к глотанию, отсюда риск поперхивания.

Понятно в этой связи, что соска, надеваемая на бутылочку с едой или питьем, остается наиболее рациональным и наиболее востребованным объектом во всем арсенале средств, предназначенных для вскармливания малышей.

Главное достоинство соски — поглощение еды или питья происходит наиболее естественным, а следовательно, и наиболее безопасным способом, поскольку сосательные движения приводят в состояние «боевой готовности» глотательный рефлекс.

В то же время физиологические механизмы сосания из соски и из материнской груди различны[2]. А главное и наиболее принципиальное различие состоит в том, что добыча молока из соски требует в подавляющем большинстве случаев меньших усилий, чем аналогичное действие при сосании маминой груди. А грудной младенец — такой же человек, как мы все, и, естественно, предпочитает избегать трудностей. Посему после знакомства с бутылочкой многие дети с большой неохотой переключаются обратно на грудь.

Эта упомянутая нами «неохота» является главной идеологической основой множества страхов. Кормление из соски ребенка, находящегося на естественном вскармливании, необоснованно превращают в трагедию, утверждая, что достаточно младенцу несколько раз поесть из бутылочки, и он наверняка бросит грудь.

1 Да простят меня читатели, но обращаю внимание на очевидный факт: на шприце или устройстве шприц напоминающем никаких игл быть не должно.

2 Сосание соски создает нагрузку, прежде всего, на мышцы щек, а общение с материнской грудью — на язык.

Тут важно не устраивать истерик и не обвинять во всех грехах соску, важно не идти у дитяти на поводу и определить, кто командует парадом. Возникшие трудности преодолеваются довольно просто — педагогическими методами, посредством чувства голода. По-настоящему голодный младенец не станет отвергать грудь.

Тем не менее возникновению проблем можно воспрепятствовать: подобрать соску таким образом, чтоб сосание из нее требовало физических усилий, сравнимых с сосанием груди.

Алгоритм выбора:

Идеальный вариант такой: из перевернутой бутылочки жидкость не вытекает никак — ни мелкими каплями, ни крупными, ни струйкой, никак — и все. При надавливании на расширяющуюся часть соски содержимое бутылочки начинает вытекать частыми каплями.

Приемлемый вариант: жидкость капает редкими каплями — не чаще, чем одна капля в секунду.

Частые капли или струйка — не годится.

Шансов, что первая же купленная соска удовлетворит и вас, и дитя, — немного. Поэтому купите сразу несколько — из разных материалов, разных форм и размеров, разных производителей.

Само собой разумеется, что и пустышки, и бутылочки, и соски требуют за собой ухода — регулярно мыть; перед тем, как давать, наливать и надевать, желательно ополаскивать кипятком.

* * *

В завершение раздела, посвященного естественному вскармливанию, не могу не привести официальную информацию. Делаю это для того, чтобы, приступая к выяснению отношений с врачами, бабушками и соседями, вы могли сослаться не на какого-то там врача Комаровского, а на официальное мнение Всемирной Организации Здравоохранения.

10 ПРИНЦИПОВ УСПЕШНОГО ГРУДНОГО ВСКАРМЛИВАНИЯ[1]

1. Строго придерживаться установленных правил грудного вскармливания и регулярно доводить эти правила до сведения медицинского персонала и рожениц.
2. Обучать медицинский персонал необходимым навыкам для осуществления практики грудного вскармливания.
3. Информировать всех беременных женщин о преимуществах и технике грудного вскармливания.
4. Помогать матерям начинать грудное вскармливание в течение первого получаса после родов.
5. Показывать матерям, как кормить грудью и как сохранить выработку молока, даже если они временно отделены от своих детей.
6. Не давать новорожденным никакой другой пищи или питья, кроме грудного молока, за исключением случаев, обусловленных медицинскими показаниями.
7. Практиковать круглосуточное нахождение матери и новорожденного рядом в одной палате.
8. Поощрять грудное вскармливание по требованию младенца, а не по расписанию.
9. Не давать новорожденным, находящимся на грудном вскармливании, никаких успокаивающих средств и устройств, имитирующих материнскую грудь (соски и др.).
10. Поощрять организацию групп поддержки грудного вскармливания и направлять матерей в эти группы после выписки из родильного дома или больницы.

[1] Совместная декларация ВОЗ/ЮНИСЕФ, принятая в 1989 году и адресованная медицинскому персоналу больниц, роддомов, поликлиник, организациям социальной защиты материнства и детства. Обращаю, тем не менее, внимание читателей: сформулированные принципы ориентированы не на детей вообще, а на младенцев в периоде новорожденности.

5.2. СМЕШАННОЕ И ИСКУССТВЕННОЕ ВСКАРМЛИВАНИЕ

Если грудного молока, несмотря на все ваши усилия, не хватает, волей-неволей приходится давать ребенку что-то еще. Такое питание и называется **смешанным**. Если же молока у матери нет вообще, речь идет об **искусственном** вскармливании.

Для начала цитата:

«...всякая попытка вскармливания ребенка молоком другого биологического вида является, по существу, экологической катастрофой для этого ребенка...»[1].

Современная промышленность и современная медицина позволяют если не устранить, то существенно уменьшить интенсивность катастрофических последствий. Как это осуществить на практике?

5.2.1. ЧТО ДАВАТЬ?

По логике вещей, ребенок должен получать продукт, который по своим свойствам будет максимально приближаться к женскому молоку. Такие продукты выпускаются в достаточном количестве (тысячи наименований и вариантов) и поступают в продажу под общим названием «адаптированные молочные смеси»[2]. Следует знать, что создатели любой молочной смеси пытаются, более или менее успешно, решить главную задачу: максимально приблизить ее (смеси) состав к грудному молоку.

В зависимости от того, насколько успешно решается эта задача, все выпускаемые смеси делятся на три основные категории: высокоадаптированные, менее адаптированные и частично адаптированные.

1 Справочник по детской диететике / Под ред. И. М. Воронцова, А. В. Мазурина. — Л.: Медицина, 1980. Стр. 25.

2 Суть слова «адаптированная» — приспособленная, соответствующая потребностям ребенка.

Совершенно неверным будет вывод о том, что высокоадаптированная смесь всегда лучше, в сравнении с частично или менее адаптированной. Мы ведь уже упоминали о том, что состав грудного молока меняется со временем, идеально соответствуя потребностям ребенка в определенном возрасте. Изменяя адаптированность смесей, производители пытаются по мере сил следовать Природе, определенным образом изменяя состав продуктов питания. Так, высокоадаптированные смеси идеально подходят для вскармливания детей от рождения до шести месяцев, а менее адаптированные смеси предназначены, как правило, для детей второго полугодия жизни.

Следует также знать, что имеются специальные смеси, для особых ситуаций. Особые ситуации — это нарушения в состоянии здоровья ребенка, требующие придания смеси определенных свойств. Такие смеси назначают только врачи — например, для кормления недоношенных детей или детей с малым весом при рождении, для детей с аллергией, для детей со склонностью к срыгиваниям, для кормления детей с некоторыми врожденными нарушениями обмена веществ и т. д.

Тактика и принципы выбора молочной смеси состоят в следующем:

- Ребенок, как мы уже не раз подчеркивали, обладает просто удивительной способностью ко всему приспосабливаться. В этом смысле питание не является исключением, а основные неприятности — боли в животе, поносы, аллергические реакции и т. п. — возникают, как правило, при переводе с одного вида питания на другой или при включении в пищу нового продукта. Исходя из этого, и мы с вами, и ребенок совершенно не заинтересованы в том, чтобы часто менять смеси.

  Поэтому **оптимальны два варианта действий:**

  - адаптированная молочная смесь, на упаковке которой написано: «*Предназначена для вскармливания детей от рождения до 12 месяцев*»;
  - вариант еще более предпочтительный, когда *одна смесь является логическим продолжением другой и обе смеси име-*

ют сходные условия производства. К примеру, конкретные фирмы выпускают высокоадаптированные смеси «Нутрилон», «Хипп», «Нан» и *те же самые фирмы* выпускают менее адаптированные смеси, их еще называют «последующими формулами», — «Нутрилон-2», «Хипп-2», «Нан-2». Очевидно, что состав смесей с цифрой 2 по количеству основных составляющих (белков, жиров, углеводов, кислот, минеральных солей, витаминов) соответствует именно потребностям ребенка начиная с пяти-шестимесячного возраста.

- Переходить от одной смеси к другой необходимо только в том случае, когда возникает повод для серьезного беспокойства — ребенок не прибавляет в весе, например. Но вероятность вины смеси невелика — скорее всего, что-то не так с самим ребенком, и надо вместе с педиатром думать и принимать соответствующие решения. Очень редко возникают ситуации, когда, допустим, от смеси «Симилак» ребенку было очень плохо, а стоило дать ему «Малыш» — и стало очень хорошо. Подавляющее большинство случаев непереносимости молочных смесей связано с непереносимостью коровьего молока, лежащего в основе их изготовления. Подчеркиваю: если вскармливание адаптированной молочной смесью превратилось в проблему, не пытайтесь решать ее самостоятельно[1].
- Покупая адаптированную молочную смесь, вы должны быть уверены в том, что сможете еще раз купить *точно такую же*! Прогуляйтесь по магазинам и купите то, чего много. И если в течение недели выяснится, что все в порядке (т. е. выбранная смесь ребенка устраивает), — сделайте запасы, обращая при этом внимание на сроки годности, целостность упаковки и фирму-изготовитель[2].

1 Дабы избежать ненужных материнских истерик, сообщаю, что непереносимость коровьего молока — не трагедия, а неприятность. Разработаны смеси, не содержащие белков коровьего молока (соевое, миндальное молоко).

2 Типичный пример. Смеси «Малютка» и «Малыш» могут быть произведены: МКК Хорол, Украина; МКК Истра, Россия, МКК Выяковысск, Беларусь.

- С современных позиций любые разведения цельного коровьего молока явно уступают адаптированным смесям и по качеству, и по чистоте, и по количеству витаминов[1].
- ГЛАВНЫЙ ВЫВОД: ОТ ДОБРА ДОБРА НЕ ИЩУТ. Ребенок здоров, нормально развивается, прибавляет в весе. Ну и не надо ничего менять только потому, что соседка покупает своему каждую неделю разное и одна коробочка красивее другой.

Как давать молочные смеси?

Прежде всего, строго соблюдать инструкцию в отношении хранения и разведения.

При смешанном вскармливании возможны два варианта:

- сначала грудь и только потом докормить смесью;
- полностью заменить смесью одно из кормлений.

Выбирать надо тот вариант, при котором смесь расходуется в меньшем количестве (материнское молоко, соответственно, — в большем).

Оптимальная температура смеси должна быть равна температуре тела ребенка.

5.2.2. ОТДЕЛЬНО О ДОНОРСКОМ МОЛОКЕ

Донорское молоко — это женское молоко, но не молоко матери. Почти все **преимущества**, связанные с естественным вскармливанием, **теряются** при кипячении молока — вещества, защищающие

1 Тем не менее, существует вероятность, что читатель этой книги живет в отрыве от цивилизации, имея корову, но не имея магазина, продающего адаптированную молочную смесь. С учетом этого, коровье молоко можно использовать следующим образом: 120 мл молока (кипяченого!) + 80 мл кипяченой воды + 1,5 чайных ложки сахара. В течение месяца ребенка без всяких опасений за его здоровье можно кормить разведенным коровьим молоком. Но очень желательно попытаться за этот месяц вступить в контакт с цивилизацией и все-таки купить адаптированную молочную смесь. Еще раз подчеркиваю: любая сухая смесь лучше коровьего молока — чище, стабильна по составу, содержит витамины.

ребенка от инфекций (так называемые иммуноглобулины), разрушаются. Почти все **недостатки** искусственного вскармливания **сохраняются** — надо покупать, кипятить, доводить до нужной температуры. Вы никогда не можете быть на сто процентов уверены в женщине-доноре: что она ела, не начался ли у нее мастит, не приняла ли она на ночь какую-нибудь таблетку и т. д.

По мнению автора, использование донорского молока имеет смысл лишь при непереносимости коровьего. Во всех остальных случаях — адаптированные молочные смеси и удобнее, и дешевле, и безопаснее.

Только не вспоминайте, пожалуйста, дам высшего света, отдававших своих детей на откорм другим женщинам. Между донором и кормилицей дистанция огромного размера.

5.3. ОБЩИЕ ПРИНЦИПЫ ПИТАНИЯ РЕБЕНКА

Автор не имеет своей целью строго регламентировать действия мамы и папы. При всей заинтересованности читателей они не найдут в этой книге указаний типа: «В месячном возрасте *обязательно* начинаем давать то, а в пятимесячном — это». *Наша цель — максимально упростить задачу и позволить родителям самим принимать правильные решения, руководствуясь логикой и здравым смыслом.*

Сразу же отметим, что не имеет принципиального значения акцент на определенный возраст. Каждый ребенок индивидуален, индивидуальны его потребности (помните, «на вкус и цвет товарищей нет»). Давайте, уже в который раз, обратимся за советом к Природе. Можете ли вы представить себе женщину, которая 1—2 тысячи лет назад варила своему пятимесячному младенцу овощной суп? Если можете, отложите поскорее эту книгу и займитесь написанием историко-фантастического романа. Если же не можете, ответьте вместе с автором еще на некоторые вопросы. Подчеркиваю — для того, чтобы на эти вопросы ответить, не надо иметь медицинского образования (оно, скорее всего, только помешает).

Итак, представляем себе человека *в отрыве от цивилизации* и отвечаем (напоминаю — ключи к ответу: 1) логика; 2) здравый смысл):

Вопрос: чем должен питаться родившийся ребенок?

Ответ: молоком матери.

Вопрос: а если нет у мамы молока?

Ответ: молоком соседки по пещере или погибнуть.

Вопрос: как долго необходимо кушать мамино молоко?

Ответ: до тех пор, пока не появится возможность съесть что-нибудь еще.

Вопрос: а когда такая возможность появится?

Ответ: когда еще что-нибудь дадут и когда то, что дадут, можно будет проглотить.

Вопрос: что-нибудь дать можно и в один месяц. А вот когда сможет проглотить?

Ответ: проглотить сможет тогда, когда сможет обработать во рту.

Вопрос: а когда сможет?

Ответ: когда будет, чем жевать.

Игру в логические цепочки можно продолжать до бесконечности. Но выводы напрашиваются сами собой.

С точки зрения Природы, человеческий детеныш, вне всякого сомнения, рассчитан на материнское молоко и только на него.

После появления зубов ребенок имеет возможность есть то, что папа принес с охоты или нашла мама, занимающаяся собирательством. Малышу, конечно, могут помочь родители — пережевать в собственном рту мясо или вкусный корешок и дать не твердое, а кашицу. Но вряд ли кто-то будет этим заниматься, пока нет зубов у ребенка и есть молоко у матери.

Допустить, что Природа не права, автор не может! Это противоречит разуму, а последствия противоречий в огромном количестве находятся вокруг нас, жертв цивилизации. Некоторые вещи, абсолютно бессмысленные с точки зрения Природы, воспринимаются людьми как не менее абсолютные истины.

Не все матери, но абсолютно все бабушки прекрасно знают, что ребенку с месячного возраста необходимо давать фруктовые соки.

Спорят только по поводу того, какие соки лучше (яблочный, морковный, персиковый, апельсиновый и т. п.) и сколько их надо (одна капля, две капли, стакан и т. д.). Люди дорогие! Зачем? Подумайте сами, хотя я понимаю, что очень тяжело пересмотреть взгляд на вещи, в абсолютной правильности которого вы были много лет убеждены.

Ребенку не хватает витаминов? Ну так пусть кормящая мать съест яблоко. Бесконечно трудно объяснить: почему морковка, съеденная матерью, хуже, чем капля морковного сока, полученного ребенком.

Не рассчитан организм ребенка первого полугодия жизни на овощи и фрукты, и на мясо не рассчитан, и на яичный желток. Это мы, взрослые, никак не можем смириться с тем, что он, «несчастненький», на одном молоке...

Будь эти соки, овощные супы, печенки и желтки просто не нужны — все было бы не так уж и страшно. Вполне возможно, что умные дяди и тети в Институте питания точно знают об огромной полезности этих продуктов. Но практикующие врачи и обычные люди реальной полезности увидеть не могут! Вредность — могут. Ее все, в общем-то, видят, но боятся в этом себе признаться.

- До месячного возраста все было в порядке, потом появился «диатез»[1]... (пришла пора получать соки)
- Только дали желток — на следующий день понос. Попали в больницу...

1 Слово «диатез» автор взял в кавычки совершенно сознательно. Дело в том, что широкие народные массы понимают под диатезом самые разнообразные, чаще всего аллергические, изменения на коже малыша — красные щеки, сыпи и т. п. На самом деле это совершенно не так, истинное значение понятия «диатез» (диатез — склонность к болезням) практически не знакомо среднему обывателю без специального образования. Но кавычки я больше ставить не буду, дабы не морочить читателям голову.

- Не спит по ночам, плачет — животик болит. Так мается, бедненький. А мы же для него и печеночку, и икорочку, дедушка давеча манго купил...
- Нашему прививки делать нельзя, у него жуткий диатез. Мы ему даже апельсиновый сок кипятим...

«Жизненных» примеров, по-видимому, хватит. Иногда просто диву даешься — насколько «достижения» цивилизации отучили людей от логического мышления. И величайшее человеческое заблуждение заключается в постоянных попытках рассматривать ребенка в отрыве от его естественных корней.

Не может конкретный возраст быть критерием того, что пора разнообразить пищу. И нужен, и существует другой критерий — биологический (появление зубов). А мы, благодаря этому, можем сформулировать одно из важнейших правил вскармливания детей: **до появления у ребенка зубов — только молочные продукты.**

Это правило позволяет:

- не растрачивать силы на изучение трактатов, посвященных рациональному кормлению детей;
- не тратить деньги на покупку ненужных ребенку продуктов;
- не тратить время на их приготовление;
- не лечить последствия «рационального питания».

Если это правило понятно, то не составит труда запомнить и **принципы кормления детей.**

Принципы мы изложим довольно кратко, без претензий на полноту и всеохватность — необходимости такой нет.

* * *

С момента рождения и до появления зубов в основе питания младенца лежит:

1. материнское молоко при естественном вскармливании;
2. адаптированная молочная смесь при искусственном вскармливании;
3. сочетание первого и второго при смешанном вскармливании.

* * *

Обеспечение ребенка необходимыми питательными веществами и витаминами базируется на:

1 полноценном питании его матери при естественном вскармливании;

2 приобретении качественных адаптированных молочных смесей при искусственном вскармливании;

3 сочетании первого и второго при смешанном вскармливании.

* * *

До шести месяцев ничего, кроме:

1 материнского молока (естественное вскармливание);

2 адаптированной молочной смеси (искусственное вскармливание);

3 материнского молока и адаптированной молочной смеси (смешанное вскармливание).

5.3.1. ДОКОРМ И ПРИКОРМ

Два очень часто употребляемых слова, требующих объяснения, поскольку это совсем не одно и то же.

Если материнского молока не хватает, ребенок докармливается либо молочной смесью, либо донорским молоком, либо молоком сельскохозяйственных животных (коровьим, козьим). Все эти продукты и являются ***докормом***. Принципиальное положение: докорм — это когда маминого молока не хватает, т. е. докорм имеет место только при смешанном вскармливании.

Все, что ребенок первого года жизни получает в дополнение к молоку и молочным смесям, — это и есть ***прикорм***. Т. е. ребенка сознательно *прикармливают*, готовят к взрослой жизни и к взрослой еде.

С учетом приведенных выше определений тему докорма можно считать исчерпанной. С тем, что давать, мы уже разобрались.

* * *

Теперь подробнее про прикорм. Итак, истинная суть прикорма состоит в том, что одной мамкиной сиськой всю жизнь сыт не будешь.

КОГДА НАЧИНАТЬ ПРИКОРМ?

Родители, как мы уже упоминали, неоднократно (и от медицинских работников, и от друзей-соседей, и от бабушек-дедушек) будут выслушивать советы касательно того, что, дескать, уже пора — пора давать сок, пюре, желточек... Услышат они эти советы и в месячном возрасте, и в двухмесячном и т. д. Чем старше будет ребенок, тем большее число окружающих будут высказывать свое возмущение и указывать родителям на их жадность, леность и педагогическую несостоятельность. Окружающие не виноваты — все они хотят как лучше. Просто следует знать, что сама практика кормления грудных детей соками и желтками зародилась именно в те времена, когда без этого невозможно было обеспечить ребенка полноценным питанием.

В недалеком прошлом (какие-то 30—40 лет назад!) при отсутствии или нехватке материнского молока ребенок получал различные разведения молока коровьего или донорское молоко. И первое, и второе нуждалось в обработке — прежде всего, в кипячении. Большая часть витаминов при этом разрушалась. Неудивительно, что в этих условиях недостаток витаминов, железа, минеральных солей очень быстро проявлялся в виде различных болезней — гиповитаминозах[1], снижении гемоглобина, плохой прибавке в весе, рахите, отставании в развитии. И в ответ на это возникли грамотные и разумные *по тем временам* рекомендации — и про соки, и про овощные пюре, и про желток, и про рыбий жир.

1 Гиповитаминоз — заболевание, причиной которого является недостаточное поступление в организм какого-либо витамина.

Нельзя забывать и о том, что особенности питания жителей страны победившего социализма не всегда позволяли обеспечить кормящую мать полноценными, качественными и разнообразными продуктами. В подобной ситуации — когда материнское молоко просто не могло удовлетворить всех детских потребностей — раннее назначение ребенку соков, пюре и желтков было вполне логичным и вполне оправданным.

Еще раз повторимся:

если кормящая мать может позволить себе полноценное и разнообразное питание (т. е. и овощи, и фрукты, и мясо, и хлеб, и рыбу), *если родители в состоянии приобрести для своего ребенка качественную адаптированную молочную смесь,* так вот при соблюдении всех этих условий

до достижения младенцем возраста шести месяцев ничем прикармливать не надо.

По поводу сроков начала прикорма еще несколько дополнительных абзацев в качестве информации к размышлению.

Мнение автора вполне может показаться спорным, особенно с учетом того факта, что уже процитированное нами «Руководство по детской диететике» указывает: с месячного возраста следует давать яблочный сок, а с четырех месяцев — овощной отвар.

Изучая подобные инструкции, постоянно испытываешь глубочайшие сомнения. Совершенно непонятно, как ухитряются до настоящего времени существовать другие млекопитающие? Нет, можно, конечно, допустить, что мать-волчица употребляет какую-то неведомую траву, дабы помочь волчатам встать на ноги (точнее, на лапы). Начитавшись научной фантастики, можно даже представить, как двухнедельному волчонку папа-волк приносит с охоты ценные витаминосодержащие овощи. Но даже при максимальном напряжении умственной деятельности не удается понять — где «достает» витамины белая медведица? За что умная Природа так наказала человеческих детенышей, откуда эта неполноценность? Почему все остальные звери могут жить без овощных супов, а наши дети не могут? Но допустить, что ошибся Создатель, автор не может.

И еще.

- Наука о витаминах, их нехватке и необходимости коррекции естественного вскармливания возникла много лет назад, когда никто и слыхом не слыхивал про адаптированные молочные смеси.

- Переделывать существующие инструкции и оспаривать мнения академиков от питания всегда было делом нелегким.
- Помните: соки, овощные пюре, фруктовые каши — это не просто прикорм. Это очень серьезный бизнес.
- В несчастной развивающейся стране, когда кормящая мать голодает и (или) однообразно питается (например, только рисом, или только финиками, или только рыбой, или только хлебом), давать ребенку витамины — вполне целесообразно.
- Если на зарплату можно купить в неделю одно куриное яйцо — вполне логично дать четырехмесячной крохе четвертушку желтка. Но если можно купить десяток яиц — тогда лучше кормящей маме съесть глазунью из трех глаз.
- Увидеть пользу от раннего прикорма нельзя. По большому счету, родители просто ставят на собственной совести жирную галочку, мол, мы сделали все как надо. Но вред видят тысячи — появление или усиление аллергических реакций, расстройства стула. Короче говоря, все при деле: *академики пишут инструкции, промышленность выпускает соки, педиатры рекомендуют соки, мамы соки дают, дети соки пьют, педиатры лечат поносы и аллергию, мамы покупают лекарства и другие соки — «главное, ребята, сердцем не стареть»...*

КАК НАЧИНАТЬ ПРИКОРМ?

Любая новая пища включается в рацион постепенно и с осторожностью. Вначале несколько ложек (вариант — несколько глотков) и докормить привычной едой (материнским молоком, смесью). Оценить реакцию — поведение, сыпь на коже, сон, стул. Если все нормально, то увеличиваем дозу. Что-то не так — повремените с этим продуктом и не начинайте новых экспериментов до исчезновения болезненных проявлений. Никогда не кормите малыша ничем новым, если он заболел, а также в течение трех дней до и трех дней после любой профилактической прививки.

Если ребенок отказывается от какого-либо прикорма, не настаивайте! Его организм сам и лучше вас знает, надо или нет. Хотя обмануть Природу несложно. После мандаринового сока (например) малыш наверняка будет улыбаться. Вот только слишком вероятен тот факт, что спустя некоторое время всем членам семьи будет не до улыбок.

Следует также учесть, что прикорм это не только изменение состава пищи, но и изменение ее физических характеристик —

т. е. от исключительно жидкой еды мы переходим к более плотной и часто неоднородной — со всякими там комочками и другими включениями. Отсюда потребность в ложечках, «слюнявчиках», чашечках, тарелочках и т. п.

Продукты для прикорма: с чего начать и как продолжить?

Ни педиатры, ни ученые-диетологи не имеют на этот счет единого, согласованного мнения, хотя состав и возможные варианты продуктов в целом определены и общепризнаны.

Это:

1 овощные пюре;
2 творог и кисломолочные продукты;
3 молочно-крупяные каши;
4 мясные (рыбные) блюда и яичный желток.

Каждый конкретный автор любых «питательных» рекомендаций вполне убедительно обосновывает правильность именно своей схемы. Рассмотрим следующий пример. По количеству железа, минеральных солей и витаминов овощные пюре заметно лучше, чем, к примеру, кисломолочные продукты. Напрашивается вывод — начинать с овощных пюре. С другой стороны, ребенок очень плохо переносит резкое изменение состава продуктов питания. Понятно, что между молоком и кисломолочными продуктами разница заметно меньше, чем между молоком и овощами. Следовательно, овощные пюре *теоретически* более полезны и более целесообразны, но *практически* вероятность кишечных расстройств, в свою очередь, будет заметно выше. Автор, будучи врачом практикующим, предлагает читателям определенный вариант действий. Главный, опять-таки практический, плюс именно этого варианта — наименьшая вероятность возникновения нежелательных реакций.

Итак, ***стратегия и тактика прикорма*** или, проще говоря, конкретная *последовательность действий с пояснениями и комментариями.*

▶ Еще раз подчеркнем (да простят меня читатели за многократные повторения, но в силу важности вопроса иначе просто не получается): до шести месяцев темы прикорма не существует. Ничего! Нисколько! Кормим маму — качественно и разнообразно. Нет или не хватает молока — напрягаем материальные ресурсы семьи и покупаем хорошую адаптированную молочную смесь. Неважно, как эта смесь называется и не имеет значения, это смесь, так сказать, стандартная, или специальная смесь для проблемного ребенка — соевая, низколактозная[1], гипоаллергенная, для недоношенных и т. п. Если у ребенка до шести месяцев возникли проблемы, требующие использования специальных смесей, — значит, выбор останавливаем на них (тех смесях, которые подошли) и никаких экспериментов не проводим.

- Начнем с кисломолочных продуктов: оптимально — нежирный кефир или кефир с детской молочной кухни. Наилучшее время — второе кормление (интервал, ориентировочно, с 9 до 11 часов дня). Почему именно кисломолочные продукты? Потому, что нет принципиальной разницы по составу в сравнении с просто молочными продуктами. Потому, и это уже принципиально, что любые кисломолочные продукты вообще и кефир в частности содержат в себе кисломолочные бактерии. Кисломолочные бактерии, во-первых, антагонисты (проще говоря, враги) многих вредных микробов, способных вызывать кишечные инфекции, во-вторых, они образовывают вещества, активно участвующие в процессе пищеварения и как следствие его (пищеварение) улучшающие; в-третьих, они уменьшают нагрузку на самый слабый и незрелый орган ребенка — на печень.
- Первый раз дадим совсем немного — две-три чайные ложки (и давать будем именно из ложки). Затем докормим привычным продуктом — маминым молоком из груди или смесью из бутылочки. В течение дня будем иметь возможность понаблюдать.

[1] Соевая смесь, как мы уже знаем, используется при непереносимости белка коровьего молока. Не часто, но чаще, чем хотелось бы, встречается другой вариант непереносимости — непереносимость молочного сахара (лактозы). Для подобных ситуаций и созданы низколактозные и безлактозные смеси.

При условии, что все в порядке, на следующий день увеличиваем дозу в два раза и так далее. Сие, как вы помните из курса школьной математики, называется геометрическая прогрессия. Ее особенность — все увеличивается довольно быстро: первый день — 10—15 мл, второй — 20—30 мл, третий — 40—60 мл, четвертый — 80—120 мл. Стоп. Если в любой день возникли любые проблемы или подозрения на проблемы — пауза. Дозу не увеличивать, может быть, даже уменьшить, ну а если проблемы реально беспокоят — так и вообще прекратить.

- На четвертый-пятый день применения кефира прямо в него добавляем творог и хорошо размешиваем. Творог можно сделать самим (невелика наука), можно купить. Главное: уверенность в качестве — чистоте и сроках хранения. Первый день — одна ложка, второй — две и т. д., общее количество в возрасте шести-восьми месяцев — 30 г, после восьми месяцев — 50 г. И в кефир, и в смесь творога с кефиром можно добавить немного сахара. Решение — добавлять или нет — зависит от вкуса самого кефира и от того, согласен ли ребенок есть неподслащенный кефир.

Любые запреты на использование творога (наиболее частая мотивация — быстрое зарастание родничка, нельзя много кальция, а в твороге его много) не имеют под собой никакой логической основы. В 30 г творога количество кальция ориентировочно 47 мг, а в 50 г, соответственно, 78 мг. Сравните сами: в 100 г коровьего молока — 120 мг, в 100 г женского молока — 35—50 мг.

- Таким образом, необходимо в среднем семь-десять дней для того, чтобы одно кормление было полностью заменено — 150 г кефира + 30 г творога. А все остальные кормления — по-прежнему основной продукт: молоко мамы или адаптированная молочная смесь. И в таком режиме, не дергаясь и упорно отбивая атаки советчиков, желательно провести три-четыре недели.
- Начинаем заменять еще одно кормление — желательно самое последнее, перед ночным сном. Используем молочно-крупяные

каши. Три вида наиболее рациональны — гречневая, овсяная, рисовая. Каши можно покупать — в продаже имеется преогромное количество молочных каш для детского питания, но можно готовить и самим. При самостоятельном приготовлении используем муку (рисовую, гречневую, овсяную); если же муки не купили — изготавливаем сами с помощью обычной кофемолки. В качестве основного растворителя чаще всего применяют обычное коровье молоко. В молоко добавляют муку и сахар. Следует отметить, *что вместо коровьего молока* ***многократно лучше*** *использовать молочные смеси, предназначенные для детей старше шести месяцев* (те самые «последующие формулы» с номером 2, про которые мы уже писали).

Рецепт: КАШИ

10 г (приблизительно 1,5 чайные ложки) соответствующей муки (гречневой, рисовой, овсяной) и 1/2 чайной ложки сахара растворяем в 20—30 мл кипяченой воды комнатной температуры. Полученный раствор при постоянном помешивании вливаем в кипящее молоко (количество молока — 100 мл). Варим 3 минуты. Готово. Поскольку сахар штука не стандартная, может быть, придется еще немного добавить.

Касательно приготовления каши на основе смеси. Варим кашу из соответствующей муки на воде, а когда остынет — добавляем смесь в половинной пропорции: т. е. если на 100 г воды необходимо 3 ложки смеси, то на 100 г каши на воде — 1,5 ложки. Вот и вся премудрость.

Читатели, скорее всего, удивятся, не обнаружив в списке рекомендуемых продуктов манной каши. А ведь именно каша из манной крупы и раньше, да и, пожалуй, сейчас, используется чаще всего и остается самой любимой, истинно народной детской кашей. Все в ней хорошо: цена, легкость приготовления, консистенция, вкус. И дети ее любят. Одна маленькая проблема: манная крупа богата клейковиной. Белок клейковины — на умном медицинском языке он называется глиадин — иногда провоцирует возникновение довольно серьезных болезней кишечника. Это происходит в ситуациях, когда имеется непереносимость глиадина. Имея в виду эту информацию, не следует, тем не менее, отрицать манную кашу. Просто безопаснее прикармливать кашами другими, а манную использовать чуть попозже — после восьми месяцев.

- Итак, нам уже восемь месяцев. Мы едим четыре-пять раз в день: один раз кефир, один раз кашу и два-три раза основную еду — смесь или материнское молоко. Пришло долгожданное время овощей и фруктов. Прийти-то пришло, но мы ведь еще не выяснили — есть у нас зубы или нет. Если есть хоть один — нет вопросов, начинаем овощи. Если нет, что бывает нечасто, давайте еще чуть-чуть подождем. Для начала пробное кормление — как наше дитя вообще будет на овощи реагировать. Готовим овощной отвар. В первый день предлагаем 30—50 г, на второй — в два раза больше. Если все нормально, переходим на овощной суп или на овощное пюре и, постепенно увеличивая дозу, полностью заменяем овощами одно из кормлений.

Рецепт: ОВОЩНОЙ ОТВАР

Картофель + морковь + лук + капуста: мелко-мелко порезали, залили кипящей водой, закрыли крышкой и кипятим до полного разваривания. Процеживаем через марлю, еще раз доводим до кипения и наливаем в бутылочку. Пропорция, ориентировочно, такова: на 50 г овощей 100 мл воды.

Рецепт: ОВОЩНОЕ ПЮРЕ

Разные овощи порезали, добавили немного кипящей воды и тушим; по мере выкипания воды добавляем кипяток. Готовые к употреблению горячие овощи протираем через сито, добавляем горячее молоко и щепотку соли. Хорошо взбиваем и доводим до кипения. В готовое блюдо добавляем растительное масло. Овощей — 100 г (картофель — не менее 20 г); молоко — 25 г; растительное масло — 3 г.

- Две-три недели кормим овощным блюдом (суп или пюре, не принципиально), затем, по аналогии с овощами, осуществляем пробу на мясо — варим суп не на воде, а на мясном бульоне (идеально — курица). Ежели проблем не возникло — непосредственно в суп добавляем протертое мясо, еще через пару дней, опять-таки непосредственно в суп, — круто сваренный желток куриного яйца — вначале 1/5 часть, затем побольше. В любом случае, до годовалого возраста больше половинки желтка не надо.

- Теперь про фрукты. Мы дадим их в тот день, когда увидим первый «проклюнувшийся» зуб. А если этот зуб обнаружится до шести месяцев — потерпим. Начинать именно с соков вовсе не обязательно — совсем не хуже фруктовые пюре или мякоть печеного яблока. Соки и фруктовые пюре не заменяют основную еду, их дают в дополнение, после того, как покормили грудью или молочной смесью.
- В девятимесячном возрасте три кормления полностью заменены прикормом. Повторим: один раз кефир + творог, один раз каша, один раз суп. Каши — самые разнообразные. Супы — самые разнообразные: и по составу овощей, и по виду мяса, лишь бы не очень жирное. Мы уже едим и желток, и растительное масло. Пьем соки — 30—50 г.
- Что можно еще? В кефир и творог добавить толченое печенье. Картофельное пюре с молоком и с протертым мясом. Печеное яблоко. Хлебный мякиш в суп, а хлебную корочку и кусочек яблока можно дать в руку — пососать (погрызть). С 10 месяцев можно приготовить суп не на мясном, а на рыбном бульоне.
- Как быть с основной едой, которая к 9—10 месяцам вроде бы и перестала уже быть основной? Понятно, что мы имеем в виду адаптированные молочные смеси и (или) материнское молоко. Если молоко у мамы есть, желательно до года хотя бы один раз в день ребенка кормить. После года это уже не имеет особого биологического смысла[1]. Качественные молочные смеси, которые по составу уж точно не хуже коровьего молока, вполне можно давать и до двух, и до трех лет.

1 Отсутствие биологического смысла отражает тот факт, что прекращение кормления материнским молоком никоим образом не отражается на росте и развитии ребенка. Тем не менее, многие мамы с огромным удовольствием продолжают детей кормить в течение довольно длительного времени, находя в этом множество удобств и плюсов (все удобства и плюсы описаны в разделе о кормлении по требованию).

* * *

Осуществляя любые «питательные» пробы и нововведения, помните:

наша главная задача — сохранить малышу здоровье, а чем ребенок старше — тем менее опасны для него эксперименты, связанные с питанием.

Но всегда будьте очень осторожны с генетически неродными продуктами (помните, в главе «Беременность» — чего не ела прапрабабушка, и нам не надо). Дети в малообеспеченных семьях реже болеют прежде всего потому, что не хватает средств на заморские деликатесы.

Детская печень — один из наиболее слабых органов и даже у абсолютно здорового и нормально развивающегося ребенка окончательно «дозревает» и становится, как у взрослого, где-то к 12-ти годам. Любые недопереваренные частицы (те самые, что вызывают аллергию) должны быть нейтрализованы и выведены из организма. И печени отводится в этом процессе первостепенная роль. По мере роста ребенка многие продукты, вызывавшие ранее сильнейшую аллергию, начинают вполне нормально переноситься — дозревает печень. Бабушки говорят: «перерос». Правильно говорят. Поэтому, если от шоколада, клубники или апельсинового сока у ребенка возникли признаки аллергии (сыпь, зуд, расстройство кишечника при нормальной температуре тела), это не значит, что малыш обречен на разлуку с шоколадом до конца своих дней. Потерпите. И не надо смотреть по сторонам, причитая: «Почему всем можно, а моему нельзя?»

Любой педиатр знает: по понедельникам дети болеют чаще. А знаете почему? Потому что в воскресенье ходят в гости к бабушкам, а мерилом любви у нас, к сожалению, принято считать еду.

5.4. ДЕЙСТВИЯ ПОСЛЕ КОРМЛЕНИЯ

У большинства детей (чем ребенок младше, тем чаще) к концу кормления появляется непреодолимое желание спать. Ну и хорошо. Днем — на балкон, ночью — в кроватку: будем дружно отдыхать. Если поел, но спать не хочет, пусть бодрствует. После еды у ребенка, как правило, хорошее настроение, и он не будет капризничать. Пусть полежит в собственной кровати: оптимально — в голом виде, и не надо его пеленать, пока не заметите, что он начал «скучать».

Мы уже отмечали, что грудные дети склонны к срыгиваниям. Если это происходит часто, следует после каждого кормления поносить ребенка в вертикальном положении 10—20 минут.

5.5. О ВИТАМИНЕ D

При недостатке витамина D развивается ***рахит***[1]. «Рахит» всеми воспринимается как очень страшное слово, почти равное по смыслу слову «идиот».

Достаточно врачу «обозвать» ребенка рахитом, как родители начинают предпринимать решительные меры для скорейшего спасения. А на самом деле очень многие ученые вообще не рассматривают рахит (легкие его проявления, разумеется) в качестве болезни. Ну что это за болезнь, которая в той или иной форме есть у всех детей?

Витамин D (эргокальциферол) регулирует в организме обмен кальция и фосфора. Вырабатывается он в коже под действием ультрафиолетовых лучей. Лучей этих ребенку очень часто не хватает — климатические условия (живем за полярным кругом, родились зимой), недостаточное пребывание на свежем воздухе и т. д. Поскольку профилактика рахита не представляет особых сложностей и не требует значительных капиталовложений, ею непременно следует заниматься хотя бы потому, что вашей дочери совсем не обязательно иметь кривые ноги.

Наиболее рационален метод постоянной профилактики. До тех пор, пока ребенок кормится материнским молоком, витамин D принимает мама в составе комплексных витаминов. С того момента, как другая пища (кефир, каши) начинает превышать 1/3 общего суточного количества еды, витамин D начинают давать ребенку, но доза зависит от того, какое время года за окном и что

1 Рахит (гиповитаминоз D) проявляется нарушением образования и развития костей, а в некоторых случаях — различными нарушениями со стороны нервной системы и внутренних органов.

за каши используются: в состав многих готовых каш витамин D уже включен; опять-таки, если каша готовится на смеси, так в любой нормальной смеси тоже есть витамин D. Для ребенка, находящегося на искусственном вскармливании адаптированными молочными смесями, дополнительный витамин D, как правило, не нужен (еще раз напомню — он входит в состав *всех без исключения* смесей). Если ребенок (или кормящая мама) хотя бы полчаса в день находится на солнышке, никакого витамина D не надо в принципе[1]. Поэтому активная профилактика рахита актуальна, прежде всего, с октября по март.

5.6. ЧЕМ, КАК И В КАКИХ КОЛИЧЕСТВАХ ПОИТЬ?

Здорового ребенка не имеет смысла заставлять пить воду. Т. е., если врач сказал вам, что малыш обязательно должен выпивать в день 100 мл воды, а он отказывается, то это совсем не трагедия — ваше дело предлагать, а пить или не пить — ребенок решит сам.

Общеприняты рекомендации относительно того, что ребенок должен пить кипяченую воду. Вы должны знать, что кипяченая вода не имеет ничего общего с биологическими потребностями человека, поскольку ни одно нормальное живое существо не пьет кипяченой воды.

Кипячение ставит своей целью уничтожение болезнетворных микроорганизмов, но при этом выпадают в осадок растворенные в воде соли, которые организму ребенка тоже нужны.

Таким образом, необходимо убить двух зайцев — обеспечить чистоту воды и сохранить при этом ее естественный состав. Решение поставленной задачи несложно, а сделать это можно следующими способами:

Принести *воды из родничка или артезианского колодца*: трехлитровой банки, которая в закрытом виде будет стоять в холодильнике, на 1—2 месяца вам вполне хватит, еще и останется.

1 Говоря о пребывании на солнышке, автор имеет в виду попадание на кожу ультрафиолетовых лучей. Следовательно, если вы в шубе, а ребенок в закрытой коляске, то лучше выпить витамин D.

Купить бутылку *минеральной воды* нейтрального вкуса (не нарзан, и не боржоми, и не «Миргородскую», разумеется). Если вода газирована, удалить газ (открыть, поболтать, помешать, подождать).

При невозможности использования этих путей обеспечить чистоту и приличный минеральный состав жидкости можно, приготовив *отвар изюма*. Делается это следующим образом: хорошо промытый в холодной воде изюм заваривается, как чай, или запаривается в термосе — на 1 столовую ложку изюма — 1 стакан кипятка. Через час напиток доводится до нужной температуры, и пейте на здоровье.

Количество необходимой ребенку жидкости определяется тем, сколько жидкости он теряет. Основные пути потери организмом воды — увлажнение вдыхаемого воздуха и потоотделение.

Чем теплее и суше в помещении и чем теплее одет ребенок, тем больше жидкости он теряет, тем актуальнее для него питье.

При температуре воздуха в комнате, не превышающей 20 °С, заставить младенца пить очень сложно. При 24 °С потребность в воде равна, ориентировочно, 30 мл на 1 кг веса в сутки, т. е. для новорожденного около 100 мл.

Само собой разумеется, что давать ребенку воду необходимо в промежутках между кормлениями, если проснулся, например, через час после еды. Поверьте, здоровый малыш, которому жидкости не хватает, спокойно спать от кормления до кормления не будет никогда. При нехватке жидкости кишечные соки становятся густыми и не справляются со своими обязанностями по переработке пищи. И у ребенка болит животик. Поэтому врачи придумали замечательный способ лечить боли в животе — назначают ***укропную*** воду. Ребенка не поили, и он плакал. Потом начали давать укропную ***воду*** и все прошло. Только укроп здесь ни при чем. С таким же успехом можно пить петрушечную, сельдерейную и салатную воду. Главное в другом: **если избежать потерь жидкости не удается — очень**

жарко, — обеспечению ребенка водой помимо материнского молока должно уделяться первостепенное внимание.

В отличие от молочных смесей, температура которых должна быть 36—37 °C, вода может быть прохладнее — 26—30 °C в первые один-два месяца жизни и около 20 °C — детям более старшего возраста.

В любом случае проблема питья вторична. Ее просто не существует, если в помещении обеспечен режим должной температуры (18—19 °C) и влажности воздуха (50—70%). Именно поэтому **желание или нежелание пить воду является исключительно удобным критерием, позволяющим ответить на вопрос: присутствует перегрев или его нет.** Здоров, но жадно пьет, — значит, перегрели. Быстренько принимайте меры. Отказывается от питья — ну и ладно (напоминаю: наше дело предлагать).

6. КУПАНИЕ

Купание! Купание!
Полон дом народу!
Целая компания
В кухне греет воду.

А. Барто

Очень многие взрослые дяди и тети не видят принципиальной разницы между купанием и мытьем. Автор, разумеется, уважительно относится к гигиене. Но купать малыша необходимо совсем не для того, точнее, не только для того, чтобы он был чистым.

И автор очень вам советует прислушаться к его рекомендациям, дабы избежать впоследствии множества проблем.

* * *

Итак, правильно организованное купание дает возможность:

- обеспечить закаливание;
- заставить ребенка двигаться и тратить энергию, а следовательно, лучше развиваться, лучше есть, лучше спать;

- сделать ребенка чистым;
- предотвратить очень большое число заболеваний — прежде всего кожных, инфекционных и аллергических;
- родителям и ребенку получать ежедневное удовольствие;
- и многое другое (подробности ниже).

Вы, наверное, слышали о том, что существуют многочисленные методики, позволяющие научить грудного ребенка плавать. Автор не имеет против этого никаких серьезных доводов (их, собственно говоря, и не существует), но должен подчеркнуть, что человеческий детеныш, опять-таки, с точки зрения Природы, не совсем рассчитан на ныряние и плавание. Тюлень, разумеется, рассчитан, а человек нет. Поэтому задачу обучения плаванию в качестве *обязательной* я не рассматриваю.

Сразу же отметим: хорошо плавать и нырять можно научиться только в бассейне. Вполне возможно, что я ошибаюсь, но у подавляющего большинства читателей этой книги собственного бассейна, по-видимому, еще нет. И дабы плавать научиться, вы с ребенком будете посещать специальный бассейн при детской поликлинике или нечто подобное. Ваши сложности, особенно зимой, вполне понятны и предсказуемы. К тому же поликлиника в принципе не самое лучшее место для прогулок. И вряд ли вы лично будете допущены к мытью бассейна и мытью других детей...

**Со всей ответственностью заявляю:
все (абсолютно все!) положительные эффекты купания могут быть получены в обычной домашней ванне при минимальных затратах времени и материальных ресурсов!**

Домашняя ванна — всегда ваша и только ваша. Вы и только вы следите за чистотой и порядком, купаете малыша не в назначенное кем-то время, а тогда, когда это удобно вашей семье. И очень-очень хочется надеяться на то, что упомянутая ванна в вашей квартире имеется. Но, к сожалению, всякое может быть... Поэтому договоримся следующим образом: опишем, что и как необходимо делать в стандартной ситуации (когда ванна есть), а после этого решим, как обойтись без ванны с минимальными потерями для детского здоровья.

6.1. ГДЕ И В ЧЕМ КУПАТЬ

В обыденной жизни и в большинстве семей этот вопрос решается так: выбирается одна из комнат квартиры, в которой с помощью обогревателя сознательно создается невыносимо душная атмосфера. Очень часто этой комнатой становится кухня, где включаются газовые горелки. На стол или стулья устанавливается специальная детская ванночка, на донышко ее стелется пеленочка, ребеночек с величайшими предосторожностями опускается в воду, затем его быстренько моют с последующим тщательным высушиванием и закутыванием. Купание в таких условиях лишний раз доказывает, что младенец способен выдержать любые издевательства.

Запомните:

- *оптимальная комната для купания — ванная комната;*
- *оптимальное место для купания — большая ванна (обычная, взрослая, чугунная и т. п.).*

6.2. ПОЧЕМУ БОЛЬШАЯ ВАННА?

Большая ванна позволяет ребенку шевелить руками, ногами и головой, совершенно не ограничивая движений, — логично подразумевается, что ванна при этом будет полностью наполнена водой.

В большой ванне вода медленнее остывает, позволяя родителям не дергаться по этому поводу и не стоять с чайником в руках, каждые 30 секунд поглядывая на термометр.

Вы прекрасно знаете, что многие вещи в воде делать легче — купаетесь ведь в морях и речках. Взять большой камень, к примеру. На суше вы его и от земли не оторвете, а в воде — запросто. Это происходит из-за очень древнего грека Архимеда, который «придумал» закон о том, как на тело, погруженное в воду, что-то там давит и выталкивает. В воде легче не только поднимать тяжести, но и дышать — в том случае, разумеется, когда под водой все, кроме головы. Дыхательные мышцы работают в своем обычном режиме, но их сила увеличивается. Легкие, таким образом, лучше расправляются, а пыль и грязь, осевшие в бронхах в течение дня, из организма удаляются[1]. И это просто замечательно. Ведь живете вы, скорее всего, не в лесу — значит, с пылью и грязью, которая в воздухе, дитя целый день контактирует.

Активно двигаясь в большой ванне, малыш имеет возможность тратить энергию и уставать, следовательно, улучшаются его сон и аппетит. К тому же тренируются мышцы и сердце. А если ребенок хорошо спит, то хорошо спит его мама, имея при этом, во-первых, молоко, во-вторых, силы для разных домашних дел и, в-третьих, желание эти дела делать.

По-моему, перечисленного вполне достаточно для того, чтобы убедить сомневавшихся в преимуществах большой ванны. Поэтому перейдем от теории к практике.

6.3. ПОДГОТОВКА ВАННЫ И ВАННОЙ КОМНАТЫ

Прежде всего, обратим внимание на пол. Если скользко (кафель, мрамор), очень нужен резиновый коврик. В ванную комнату необходимо поместить невысокий стульчик, на котором будет сидеть главный «купатель». Кроме этого, желательно иметь полочку — на ней мы поставим часы, чтобы ориентироваться в продолжительности купания. Особое внимание следует уделить двери, но не в том смысле, о котором вы наверняка подумали, — дескать, чтоб плотно закрывалась. Ситуация совершенно иная. Для человеческого организма неестественно резкое изменение влажности воздуха. Когда из распаренной ванны вы понесете ребенка в сухой воздух жилой комнаты, могут возникнуть проблемы (например

1 Происходит это не мгновенно. Для очистки легких требуется хотя бы 15 минут.

с ушами). Поэтому **очень важно во время купания не закрывать дверь в ванную комнату**[1]**!** И ее (дверь) надо соответствующим образом подготовить, чтобы она самопроизвольно не закрывалась. Это не очень большая сложность (не получится отрегулировать петли — подставьте стульчик или привяжите ручку к чему-нибудь в коридоре).

Самóй ванной следует основательно подзаняться — тщательно вычистить. Самое лучшее и самое безопасное средство для этого — *обычная пищевая сода* (никаких других чистящих средств я вам применять не советую). После чистки — хорошенько сполоснуть, в первый раз неплохо вылить пару ведер кипятка. Впоследствии активно чистить ванну достаточно раз в неделю, а если в течение дня она не использовалась никем из взрослых для мытья или стирки, то достаточно сполоснуть проточной водой из душа.

Совмещать купание с сушкой одежды совсем не обязательно.

Вот и все.

6.4. ПОДГОТОВКА ВОДЫ

Кипятить воду нет никакой необходимости. Совершенно никакой! И ничего страшного, если во время купания ребенок несколько раз хлебнет. Сами, небось, и из речки хлебаете.

Нет особого смысла добавлять в воду перманганат калия (марганцовку). Реальной дезинфекции почти никакой, а при попадании в глазки возможны химические ожоги.

Наиболее оптимальный вариант — *настой череды* (трава такая). Продается она в аптеках. Нужно ее много, а подсчитать сколько, довольно легко. Во-первых, подчеркнем, что по достижении ребенком двухмесячного возраста в воду вообще ничего не надо добавлять. Череда, в принципе, помешать не может, но зачем делать то, без

1 Нельзя забывать и о том, что вода хлорируется с целью дезинфекции, а концентрация паров хлора в воздухе ванной комнаты может быть довольно значительной. Взрослых хлором не удивишь, однако новорожденному это совсем ни к чему.

чего можно обойтись? Хотя раз в неделю — вполне резонно. Во-вторых, на одну среднеразмерную ванну в день необходим один стакан травы. Далее подсчитаете сами.

Заваривается череда следующим образом: в обычную литровую банку засыпается стакан травы и заливается крутым кипятком. Банка закрывается крышкой и через 3—4 часа продукт готов. Но делать это лучше всего утром, часов за 10—12 до вечернего купания.

После того как ванна наполнена, вылейте настой через марлю; можете еще пару раз залить в банку воду и так же, через марлю, вылить.

Следует, тем не менее, заметить, что качество бегущей из крана воды очень часто оставляет желать лучшего (и это мягко говоря). В подобной ситуации оптимальное решение состоит в приобретении специальных фильтров, которые могут здорово выручить.

6.5. ТЕМПЕРАТУРА ВОДЫ

Вопрос особый, волнующий всех, без исключения. Решение его требует преодоления некоторых психологических барьеров, но здравый смысл поможет и в этом случае.

Прежде всего не следует забывать о том, что регуляция температуры тела у ребенка отлична от таковой у взрослого. Поэтому **руководствоваться надо не собственными ощущениями, а реакциями младенца**[1]. Короче говоря, если у вас мерзнут руки, то это не означает, что мерзнет ребенок.

Измерять температуру воды лучше всего спиртовым термометром, который помещен в защитный пластмассовый корпус. Такой термометр может находиться в ванне в течение всего времени купания, позволяя постоянно контролировать температуру воды.

1 Самый известный народный способ измерения температуры без всяких термометров — опустить в воду локоть. Это действительно позволяет ребенка не ошпарить. Но вода, которая вам покажется нормальной (теплой), для ребенка наверняка будет не самой лучшей. Поэтому не отвергайте достижения цивилизации и потратьтесь на термометр.

Температура первой ванны обязана удовлетворять следующим требованиям:

1 *может быть перенесена ребенком без вреда для его собственного здоровья;*

2 *может без нервного стресса быть перенесена родителями и без валидола — бабушками;*

3 *должна доставлять удовольствие всем участвующим в процессе купания.*

Легче всего в этом списке решить первую задачу. Ребенок без особого риска (точнее, вообще без риска) может быть погружен в ванну с температурой воды от 26 °С до 37 °С[1]. Таким образом, за ребенка особенно бояться нечего. Но прежде чем решать другие задачи, надо все-таки определиться, какая же температура воды идеальна для купания?

Вода не должна позволить ребенку расслабиться. Холодовое воздействие на кожу резко усиливает кровоток в мышцах, увеличивает их тонус. Активнее работает сердце, в кровь выбрасываются биологически активные вещества, стимулирующие обмен и повышающие сопротивляемость инфекциям.

Ребенок в воде с температурой *выше 35 °С* не имеет никаких стимулов к шевелению и развитию. Заставить его подрыгать руками и ногами довольно трудно. Но такая ванна, как правило, не вызывает у младенца никаких неприятных ощущений — он ведь хоть и детеныш, но человеческий, и по натуре своей лентяй. А в воде он всем своим видом демонстрирует блаженство, вызывая ответное блаженство у толпы присутствующих родственников.

Но купание в теплой воде совершенно ничего не дает здоровью! Мыть (смывать грязь), может быть, в такой воде и лучше, но *купаться для здоровья* в указанных температурных условиях нельзя!

В то же время, при погружении в воду с температурой ниже 30 °С у ребенка очень часто возникают отрицательные эмоции: не то чтобы ему было холодно, вовсе нет. Но шевелить руками и ногами,

1 На самом деле, по мнению некоторых весьма авторитетных физиологов, температура воды может быть значительно ниже. Но я еще в самом начале книги честно признался, что никакого отношения к экстремизму не имею.

чтобы согреться, он не хочет и начинает возмущаться. А вместе с ним возмущаются бабушки... Ну и не надо начало купания превращать в испытание для всех членов семьи — это может очень быстро выработать у ребенка отрицательный рефлекс на один только вид ванной комнаты. А кричащий в ванне ребенок приводит к повышению давления у бабушек, которых тоже надо любить и беречь.

Оптимальная температура для начала купания составляет 33—34 °С.

Эта температура малополезна, но приятна. Она дает возможность полюбить процедуру купания. Важно только одно: не задерживаться долго на таком температурном режиме.

Существует множество книг, подробно описывающих, как надо снижать температуру воды и увеличивать время купания. Если вам очень хочется — ищите, читайте, конспектируйте. Но все таблицы и графики, как правило, могут быть сведены к нескольким простым правилам, а мы как раз к простоте и стремимся.

Таких правил всего три:

1. **никакого насилия — удовольствие для всех** *(это вообще самое главное правило);*
2. *чем ниже температура воды — тем лучше;*
3. *чем дольше в воде — тем лучше, но более 40 минут смысла не имеет.*

О том, как реализовать эти правила, мы поговорим чуть позже.

6.6. ОРГАНИЗАЦИЯ ПРОЦЕДУРЫ И ПОДГОТОВКА РЕБЕНКА

Первое купание в большой ванне проводится после заживления пупочной ранки в возрасте 10—14 дней.

Купание должно осуществляться ежедневно!

Каких бы усилий это вам ни стоило. Поверьте, лучше потратить один час в день на купание, нежели месяцы на скитания по больницам. Понятно, что в доме может исчезнуть горячая вода, может воды вообще не быть — «у нас чего только может не быть»[1]. Но надо очень-очень постараться — принести, нагреть, может быть, не на совсем полную ванну, хотя бы наполовину.

Особый вопрос: когда (в какое время суток) купать? Следует отметить, что некоторые дети — их немного (не более 10%) — после ванны возбуждаются: не хотят спать, капризничают, скулят, дрыгают ногами и т. д. и т. п. Купать их необходимо утром или днем, чтобы не устраивали свои концерты по ночам. К счастью, таких «артистов» мало, а если честно, нет вообще. Просто вода, которую родители считают хорошей, для ребенка теплая — он во время купания отдохнул, расслабился, а потом начал петь.

Идеальное время для купания — перед последним кормлением, т. е. с 23 до 24 часов. Ежели вы все будете делать правильно, ребенок очень устанет, малость подмерзнет, очень проголодается, после ванны с аппетитом поест и будет спать не просыпаясь(!) 5—6 часов, хотя мне встречались дети, которые в месячном возрасте спали ночью 6—8 часов без какого-либо желания общаться с мамой.

Можете ли вы представить себе мамочку, которая первые месяцы жизни ребенка по 5—8 часов подряд спит ночью? Не можете. Ну так станьте сами такой[2]... Надо ли еще раз объяснять значение спокойного ночного сна для женщины, кормящей грудью?!

Подготовка младенца к купанию заключается в проведении ему массажа и гимнастики. Ясно ведь, что купание — это нагрузка

1 Выражение не мое, а М. М. Жванецкого.

2 Я могу, конечно, допустить, что существуют люди, получающие удовольствие от ночного общения с ребенком каждые полчаса. Добиться этого легко: включите в комнате обогреватель, наденьте на ребенка две шапочки и две распашонки, заверните в две пеленки, сверху накройте одеялом. Поите кипяченой водой, а с месячного возраста давайте побольше фруктовых соков. Купайте в теплой воде (37 °C) не более 5 минут. Его регулярные ночные вопли и ваши, не менее регулярные, ночные бдения гарантированы. Напоминаю, что, с медицинских позиций, человек, причиняющий страдания сам себе, называется мазохистом, а причиняющий страдания другим (собственному ребенку, например) — садистом.

на организм[1]. И неплохо до того провести небольшую разминку. Сразу же сообщаю, что оканчивать курсы массажистов совсем не обязательно. Поймите принципы, и все будет замечательно. А если что-нибудь перепутаете, обойдется: **не очень хороший массаж лучше, чем отсутствие очень хорошего массажа.**

По времени массаж и гимнастика вместе длятся около 20—30 минут (по 10—15 минут на каждую процедуру). Строгая последовательность: **сначала массаж, потом гимнастика.**

Место проведения процедур — пеленальный столик. Укладываем голого ребенка на спинку и *начинаем массаж*, который состоит из двух этапов — ***поглаживание и разминание***. Вначале гладим. Т. е. просто проводим своей рукой по коже ребенка без особого давления. Последовательность такая: ноги (стопа, голень, бедро), руки (кисть, предплечье, плечо); перевернули на живот, затем ягодицы (попа), спина; опять перевернули животом кверху, массаж живота, грудной клетки, шеи, головы. После того как всего погладили, *в той же последовательности* повторяем, но теперь уже разминаем мышцы.

Особо следует отметить *массаж живота*. Он, скорее всего, понадобится нам не только перед купанием, поскольку малышей, никогда не страдающих от боли в животе, не бывает, а массаж в этом случае очень быстро приносит облегчение. Основание кисти ставится ребенку на лобок, после чего живот массируется круговыми движениями четырех пальцев правой руки (кроме большого) в направлении *по часовой стрелке*, т. е. по ходу толстого кишечника.

После окончания массажа принимаемся за гимнастику. Суть ее состоит в ненасильственных попытках гнуть все, что гнется.

Последовательность соответствует вышеописанной, но нас интересуют, главным образом, суставы. Одной рукой берем за голень, другой — за большой палец ножки и потихонечку крутим, наклоняем, сгибаем в разные стороны. Закончили с голеностопными суставами (не забывайте, что их два), принимаемся за коленные. Действия аналогичны — одной рукой берем за бедро, второй

1 Для перенесшего инфаркт дедушки нагрузка, может быть, и плохо, но для ребенка — очень хорошо.

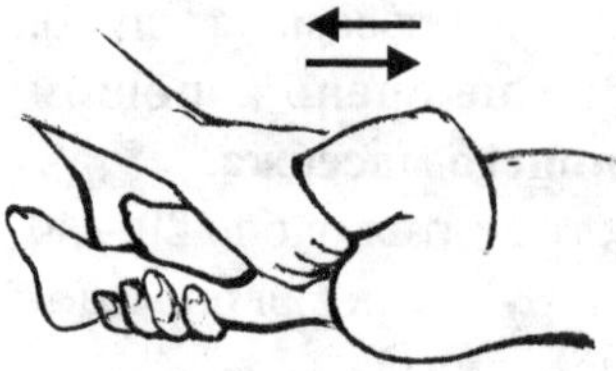

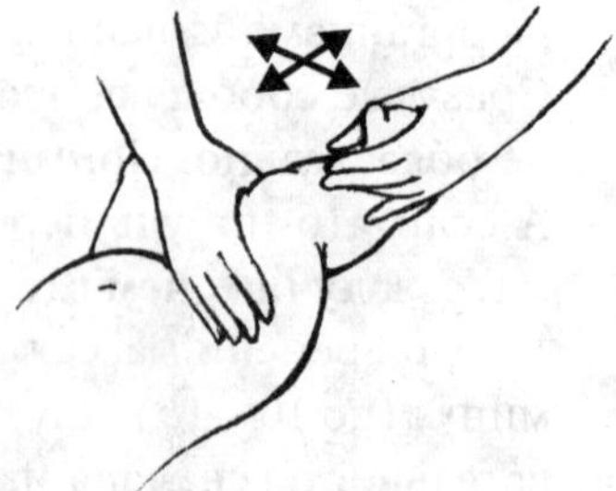

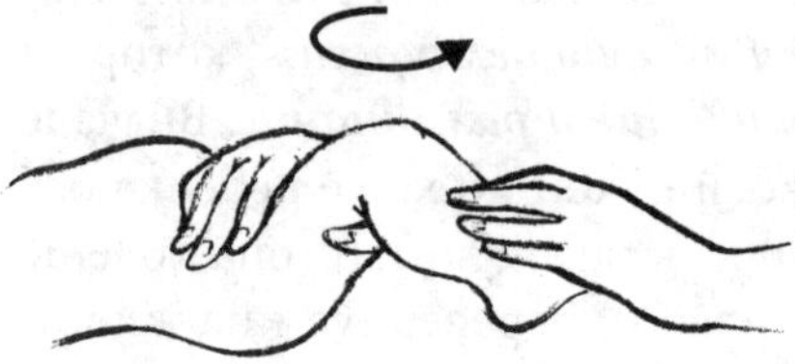

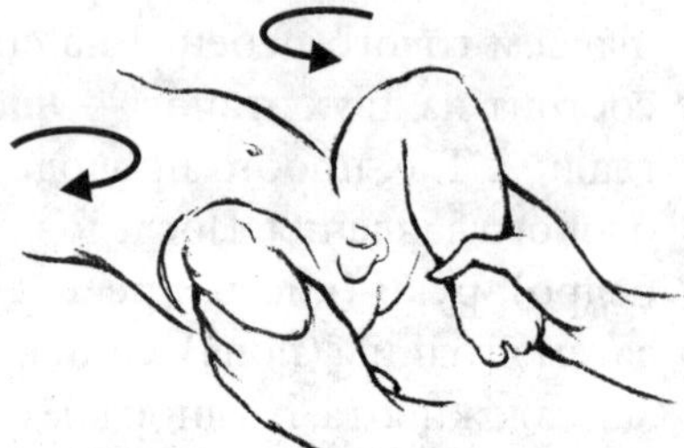

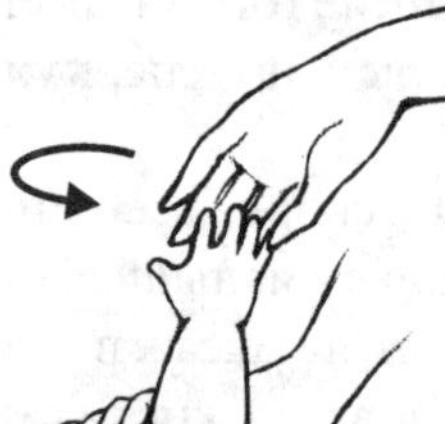

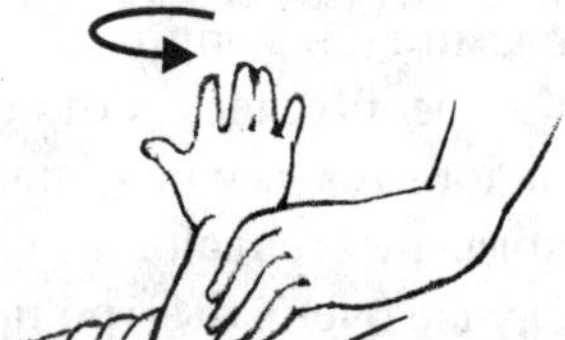

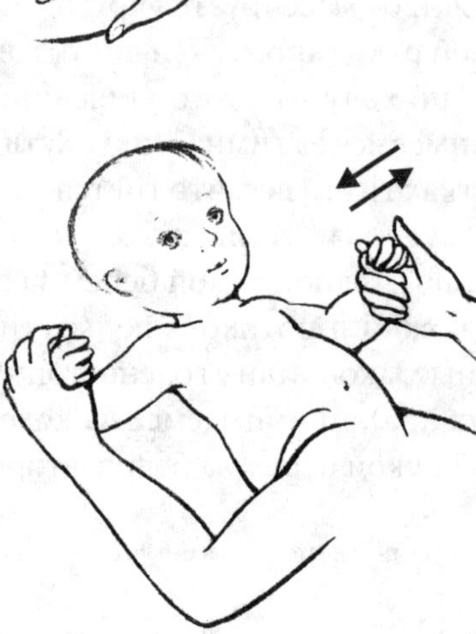

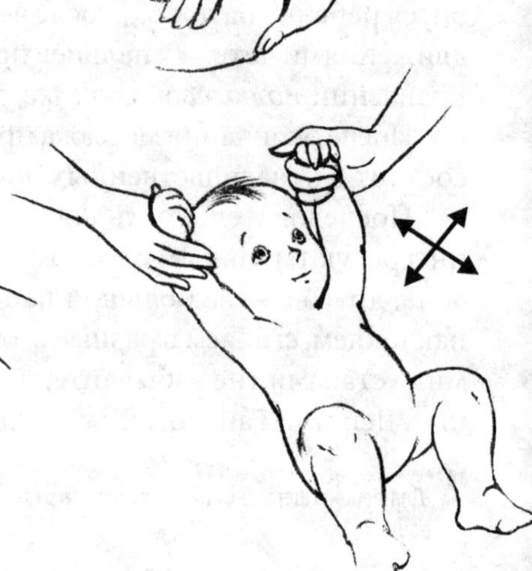

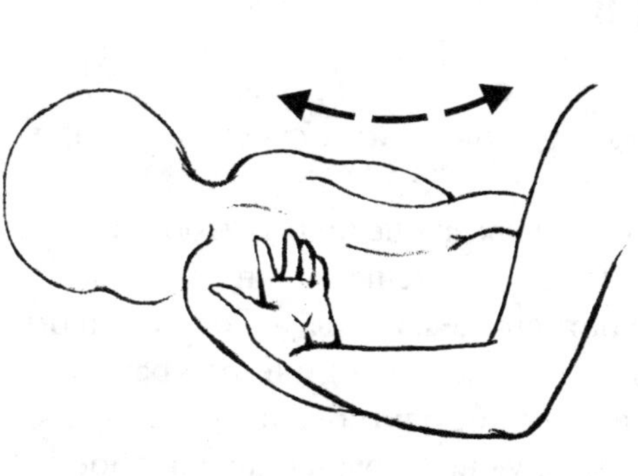

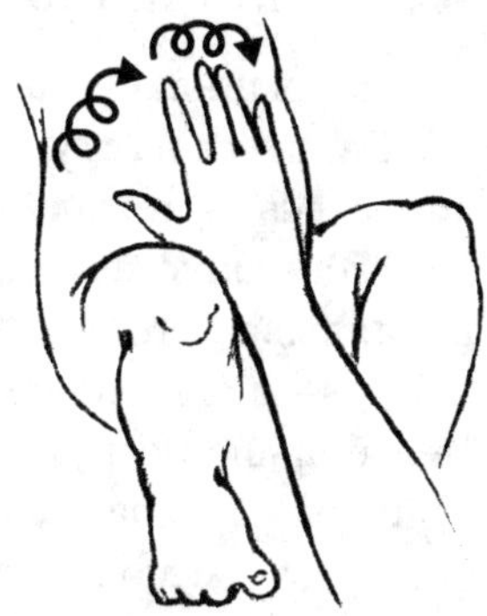

за голень и сгибаем (крутить, разумеется, не получится), затем тазобедренные суставы — держим обеими руками за голени ребенка и совершаем сгибательные движения (одновременная работа коленного и тазобедренного суставов), движения, аналогичные езде на велосипеде, круговые движения. И совершенно так же обращаемся с руками.

После того, как массаж и гимнастика завершены, приступаем собственно к купанию. Несем ребеночка в ванную, он при этом голенький, а ванна, разумеется, уже готова.

Обычно родители делят между собой обязанности — пока один готовит ребенка (массаж и гимнастика), второй готовит ванну (моет, наливает воду, добавляет настой череды, измеряет температуру, ставит часы, стульчик, готовит пеленку, предназначенную для вытирания)[1]. К сожалению, наличие обоих родителей не всегда возможно, но при правильной организации и один человек вполне может справиться. Сначала готовим ванну — температура воды на один-два градуса выше планируемой (поправка на то, что остынет за полчаса, необходимые для массажа и гимнастики), после чего принимаемся за дитя.

1 И в этом вопросе виден убедительный плюс позднего купания — в 23—24 часа. Нормальный отец, каким бы крупным и ответственным работником он ни был, все-таки должен явиться с работы к 23.00.

6.7. СОБСТВЕННО КУПАНИЕ

Напоминаю — дверь в ванную комнату открыта.

Садиться на стульчик поначалу, пожалуй, не стоит. Когда приловчитесь — пожалуйста.

Итак, опускаем малыша в воду, всего целиком, чтоб из воды выглядывало только личико. Держать ребенка можно лишь за головку — мизинец под шеей, а остальные пальцы — под затылком. Чем больше погружена голова, тем лучше, и ничего страшного, если вода попадает в глаза, лишь бы нос и рот были на поверхности. Сразу же можно заметить следующее: туловище, которое вы совсем не держите, ко дну не опускается, а, напротив, всплывает. При этом грудная клетка и живот, как правило, торчат из воды. Поэтому второй рукой необходимо регулировать погружение туловища, чтобы и грудная клетка и живот полностью были под водой. **Обращаю внимание — никакой опасности в том, что вода попадает в уши, нет[1]!**

После того как малыш окажется в большой ванне, вы незамедлительно поймете принципиальную разницу между этим вариантом купания, и замачиванием в детской ванночке. Вы увидите, как легко ребенку двигаться без всякого риска удариться о стенки ванны.

Внимательно наблюдайте за поведением ребенка — если он не активен, спокойно лежит, зевает, значит, *эта* вода для него теплая, а следовательно, плохая. Поддерживая за головку, поводите малыша в воде от одного края ванны до другого. В первый раз особенно экспериментировать смысла нет — всем участникам процесса купания еще предстоит привыкнуть и приспособиться, но родителям это сделать гораздо сложнее, чем ребенку. В принципе, для домашней ванны вполне достаточны три позы — одна описана

1 Лишнюю воду мы после купания удалим, а регулярный контакт с водой для ушей не опасен, в том случае, разумеется, если начало контакта и привычка к нему приходится на период новорожденности. Кроме этого, необходимо знать, что в слуховом проходе постоянно вырабатывается ушная сера, роль которой сводится к очистке уха от пыли и грязи. Увлажняя серу, мы предотвращаем излишнее ее накопление и поддерживаем должную чистоту.

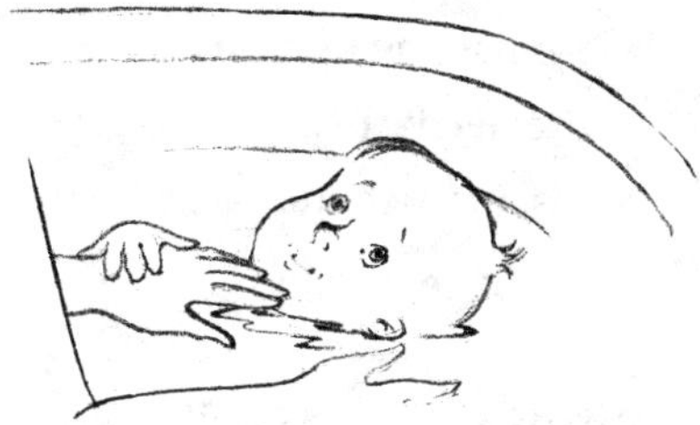

выше, другая заключается в плавании на животе (перевернули ребенка, его подбородок находится между разведенными в стороны большим и указательным пальцами), а третья — сидячая. Оказывается, в большой ванне ребенок может сидеть уже в периоде новорожденности! Дальнейшие действия родителей не требуют никаких специальных знаний — только здравый смысл. Ведь очевидно, что через 15 минут температура воды в ванной снизится на один-два градуса, и эта температура будет для ребенка уже знакомой при следующем купании. Если вы боитесь быстро снижать температуру, делайте следующим образом: начинайте с 34 °C и через два-три дня уменьшайте стартовую температуру воды на 1 °C. Мы должны добиться того, чтобы малыш в ванне был активен. Что у вас получится, зависит не только от вас, но и в немалой степени от ребенка. Каждый младенец имеет присущие только ему особенности регуляции температуры тела, и предсказать минимальную температуру воды просто невозможно: один улыбается при 23 °C, другой кричит при 30 °C.

Временные и температурные ориентиры следующие:

- в начале купания — 34 °С, 15 минут;
- к месячному возрасту — 30—32 °С, 20—25 минут;
- в два месяца — 28—30 °С, 30 минут.

Подчеркиваю — *это ориентиры.* Если малыш в два месяца спокойно плавает при 24 °С — очень хорошо и совсем не страшно. Но это не значит, что он такой уж особенный. В том-то и дело, что это может любой! Просто этому ребенку повезло с родителями. Последние лишены предрассудков, а уровень здравого смысла имеют выше среднестатистического. В удлинении же времени купания и максимально возможном снижении температуры воды заинтересованы все. Чем больше устанет ребенок, тем более спокойная ночь обеспечена его родителям.

И еще некоторая информация и некоторые рекомендации. В очень многих книжках, посвященных купанию и плаванию детей, подробно описывается процедура *ныряния.* Настолько подробно, что многие родители рассматривают ее в качестве обязательной. А поскольку преодолеть собственный страх не могут, то предпочитают ребенка в большой ванне не купать вообще. Если очень боитесь — не ныряйте. Но лучше купать без ныряний, чем издеваться над собой и младенцем, ополаскивая его в маленькой ванночке.

На самом же деле в нырянии ничего страшного нет — ***у новорожденного очень сильно выражен рефлекс, препятствующий попаданию воды в дыхательные пути.*** Если в течение двух-трех месяцев не нырять, этот рефлекс угасает, и можно захлебнуться. Но, к счастью, сама процедура купания в большой ванне невозможна без того, чтобы в какой-то момент ребенок не соскользнул с вашей руки и не погрузился полностью под воду. Не бойтесь! Это даже хорошо — подхватите, посадите, дайте ему покричать, покашлять, почихать. Заодно выкашляет и вычихает всю пыль, что накопилась за день в верхних дыхательных путях. Успокоится — продолжайте купание. Тем не менее ситуация, когда родители сознательно организуют ныряние, более предпочтительна. Делать это следует в положении ребенка на животе. Громко произнесите слово «ныряй» и проведите ребенка несколько секунд под водой. У него очень быстро выработается условный рефлекс, и одного только слова «ныряй» будет достаточно для того, чтобы малыш самостоятельно задержал дыхание.

Я совершенно сознательно не пытаюсь морочить вам голову подробностями относительно техники купания: как обязательно надо держать ребенка, как поворачивать, как сажать и т. п. Всему этому вы быстро научитесь сами, если будете руководствоваться описанными выше принципами.

Единственное, что вам, скорее всего, понадобится, так это поддерживающая головку ребенка ***шапочка.*** Для чего она нужна? Прежде всего, для того, чтобы сделать процедуру купания более приятной для родителей. Очевидно ведь: сидеть или стоять полусогнутым в течение 30—40 минут очень тяжело. И нельзя делать ребенка здоровым за счет появления радикулита у его папы. Поэтому в возрасте около двух месяцев надобно изготовить специальную шапочку, а как это делается, мы сейчас расскажем.

Необходимо иметь:

- обычную тонкую хлопчатобумажную шапочку (чепчик);
- кусок тонкой ткани размером с половину пеленки;
- два брусочка пенопласта, оптимальный размер которых соответствует размерам обычной пачки сигарет[1].

Вначале пенопласт обшивается тканью, а затем фиксируется на шапочке, как это показано на рисунке. Обращаю внимание — верхний край брусочков должен возвышаться над головкой ребенка. Младенец в такой шапочке вызывает чувство умиления, напоминая нежного и благородного Чебурашку.

Процедура купания в шапочке ничем не отличается от той, что описана выше для положения ребенка на спине. В течение недели, постепенно убирая поддерживающую ребенка руку, вы научите его держаться на воде и сможете во время купания спокойно читать газету. Плавая самостоятельно, дети часто отталкиваются ножками

1 Размеры кусочков пенопласта могут быть разными — чем меньше, тем более естественным образом ребенок держится на воде, чем больше, тем легче и проще всем — и младенцу, и родителям.

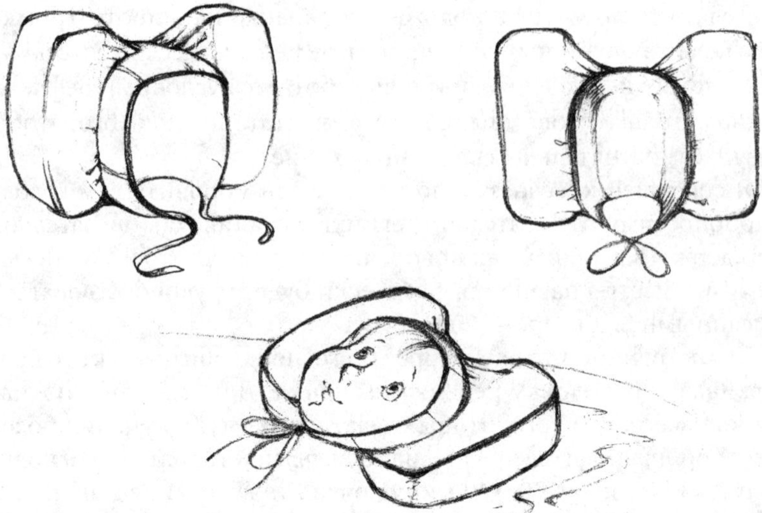

от края ванны и стремительно плывут в ее противоположный конец, ударяясь головой. Поэтому я и обратил ваше внимание на то, что брусочки пенопласта должны возвышаться над головой, защищая ребенка от ударов сверху и сбоку. Вполне возможно, что вы придумаете более оригинальную конструкцию. На здоровье.

Начиная с двухмесячного возраста очень хорошо повесить над ванной игрушки на тонких веревочках, чтобы ребенок, плавая, смотрел на них, чуть позже он сам будет трогать их ручками.

Месяца купания в шапочке вполне достаточно для того, чтобы снимать и ее: ребенок уже научился правильно держать головку, вполне сможет плавать сам. Не получается — не надо.

Мы не ставим своей целью научить его плавать. Нам необходимо только одно — чтобы ежедневно в течение определенного времени малыш находился в прохладной воде, потому что регулярное холодовое воздействие наиболее эффективно для стимуляции жизненных сил ребенка и его способности противостоять инфекционным болезням.

Конечно, будет очень хорошо, если ребенок научится плавать. Выныривающий с улыбкой на мордашке полугодовалый младенец — зрелище незабываемое. Но родителей, способных обеспечить своим детям постоянное плавание, очень мало. В домашней ванне всякие ныряния заканчивается после того, как ребенок начинает сидеть. Бассейн при поликлинике — другое дело, но, как только вы перестанете его посещать, навыки быстро угаснут. Поэтому повторяю: уметь или не уметь в грудном возрасте плавать — вопрос не принципиальный. Он определяется наличием свободного времени у родителей и благосостоянием семьи. Решайте его сами, лишь бы вам было удобно.

Скорее всего, ваша семья — обычная семья. И не имеет средств на индивидуальный бассейн и инструктора по плаванию. До шести-семи месяцев вам и вашему ребенку домашней ванны вполне хватит. А после этого мы просто изменим методику купания — наберем в ванну немного прохладной воды, на дно постелем резиновый коврик, набросаем красивых игрушек, и ребенок будет ими играться сидя или ползая, получая при этом закаливающий контакт с водой.

В любом случае и вне зависимости от возраста необходимо эпизодически совмещать купание с мытьем. Для грудного младенца одного раза в две-три недели вполне достаточно, ну а для ползающего по квартире, может быть, придется и через день.

Мытье ребенка, который купается в полной ванне, осуществляется следующим образом. Перед окончанием купания необходимо взять пластмассовое ведро и наполнить его водой — проще всего прямо из ванны зачерпнуть. Затем при помощи детского мыла (шампуня) ребенок намыливается прямо в воде, можно несколько раз и совсем не обязательны мочалки (мамины руки гораздо приятнее). Вот и все. Один родитель поднимает ребенка, удерживая его под мышками, а второй выливает сверху ведро воды.

Коль уж мы заговорили о конце купания, следует отметить: необходимо всячески стремиться к тому, чтобы продолжительность процедуры была не менее 15 минут. Вполне возможно, что малыш будет капризничать, и вы не сможете определить, чего он хочет. Пробуйте, экспериментируйте. Меняйте температуру воды и положение ребенка в воде, более активно перемещайте его в ванне, может быть, он проголодался и надо в следующий раз изменить время купания (купать не за час до еды, а через час после еды).

Поверьте: предвидеть все возможные проблемы нельзя. Но для решения подавляющего большинства этих проблем специального образования иметь не надо.

Так, например, сын моих приятелей в возрасте четырех месяцев взял себе за правило какать в ванне[1]. А было это зимой, и горячей воды не было. Поэтому готовились заранее, активно грея воду всеми возможными способами. А он через минуту после погружения... Ну и ничего, выкрутились — надели на него трусы с резинками и держали наготове ведро с теплой водой, чтоб сполоснуть.

Отметим, что если ребенку «положено» купаться 20 минут, а он продолжает вести себя прилично — не плачет, дрыгается и т. д., — то не надо торопиться. Но коль скоро кому-то из участников процесса очень надоело — заканчиваем.

По поводу детского крика в ванне позволю себе, тем не менее, два практических совета.

1. Ситуация с температурой воды нередко складывается таким образом, что конкретная температура — например 28 °С — переносится ребенком неплохо и с удовольствием. Но непосредственно после погружения в воду резкий контраст температур вызывает отрицательные эмоции и минут пять приходится успокаивать. Можно поступить следующим образом: приготовить ванну с температурой для ребенка приемлемой, допустим, 32 °С, а после благополучного и спокойного погружения *форсировать скорость остывания воды*. Например, сделать так, чтобы в ванну постоянно тонкой струйкой бежала холодная вода. Этот прием можно использовать и просто так, как компонент закаливающих процедур — для активизации холодовых воздействий.

[1] Простите за нелитературное слово «какать», но выражение «совершать акт дефекации», по-моему, тоже не очень подходит к четырехмесячному ребенку.

2 Без видимых причин ребенок в ванне *систематически* орет. До ванны не орал, а в ванной орет! Почему? Однозначного ответа нет. Действия родителей должны быть направлены на поиск оптимальных для конкретного ребенка условий, сопутствующих процессу купания. Варианты:

- *изменить время суток.* Купать, например, не поздним вечером, а вечером ранним, или утром, или днем;
- *изменить время по отношению к еде.* Купать, например, не за час до еды, а через час после еды;
- *изменить температуру воды* — как правило, речь идет о том, чтобы сделать воду более теплой;
- *попробовать купаться вместе с мамой* — т. е. предварительно вымытую маму погружают в ванну, после чего туда же добавляют дитя...

6.8. ДЕЙСТВИЯ ПОСЛЕ КУПАНИЯ

Под мышки вынимаем ребенка из воды и накидываем ему на голову большую пеленку — достаточно большую, чтобы завернуть малыша целиком. И в таком виде***, не вытирая его в ванной***, отправляемся к нашему родному пеленальному столику. Ребенку весьма не жарко, еще бы — мокрый, в прохладной комнате! И это очень хорошо — еще одна закаливающая процедура. На столике доводим кожу до сухого состояния (промокать, а не вытирать!), особенно торопиться и нервничать по поводу того, что замерзнет, не надо. Высушили? Теперь будем обрабатывать. Для начала возьмем растительное масло — лучше всего специальное детское (оливковое), но прокипяченное на водяной бане подсолнечное тоже вполне сгодится. Намочим вату и протрем все имеющиеся у ребенка складки кожи, в том, разумеется, случае, если там нет повреждений[1]. А их никогда не будет(!) — ежедневно купайте,

[1] Обращаю внимание: ежедневная обработка ребенка маслом не является обязательной. Если проблем с кожей нет, то профилактического смазывания складок один-два раза в неделю вполне достаточно.

не кутайте и следите за температурным режимом детской комнаты. При наличии опрелостей — используем присыпки. Особое внимание при обработке уделите половым органам. Мальчикам не забудьте смазать складку кожи под мошонкой, а девочкам — протрите ватой, смоченной водой (лучше кипяченой), половую щель. Направление движений — от лобка к попе — и не иначе! Если пришла пора, подстригите ногти.

Теперь можно и запеленать (или надеть распашонку и ползунки). Осталась голова. Главное (после купания, разумеется) — уши. Берем спичку, туго наматываем на ее конец ватку, после чего ее со спички снимаем. Получается плотная турунда конусообразной формы; ее тонкий конец мы засовываем в ушко. Гигроскопичная вата впитает в себя остатки воды. Удалять ватку не надо до полного высыхания головки ребенка (часа два-три можно не трогать). Если вата выпадает — наденьте тонкую шапочку, которая после ванны наверняка не повредит малышу и очень поможет вам быть еще спокойнее. Если во время купания малыш хоть несколько раз нырнул и после этого чихал, — ничего с носом делать не надо. Если не нырял и не чихал — все равно в носу (детском) не ковыряйтесь. Лучше сделайте так, чтобы на следующий день он в ванне несколько раз чихнул (нырните).

А теперь попробуйте поставить себя на место вашего ребенка. Вы купались в холодной воде, очень устали, а после процедуры малость продрогли в прохладном воздухе комнаты. Но зато вас насухо вытерли, тепло одели... Эх, сейчас бы перекусить и на боковую... Так оно и будет. Однако до еды желательно поносить малыша минут 15—20 в вертикальном положении, чтобы скорее освободить желудок от воды, которую он в ванной глотнул.

Кормите и — спокойной ночи.

Бывают, правда, настолько активные «пловцы», что после ванны не имеют сил даже на еду — скорее бы спать. Пусть уснет, не переживайте. В этом случае ребенок, как правило, через 1,5—2 часа проснется со зверским аппетитом, после утоления которого уснет крепко и надолго. Понятно, что такого ребенка лучше купать часов в 9—10 вечера, как раз к полуночи вы всей семьей и выйдете на режим спокойного ночного сна.

Летом, помимо закаливания, ванна имеет еще одно положительное значение — купание спасает ребенка от перегрева. И если малыш страдает от жары, то поверьте: после непродолжительного пребывания в прохладной воде (10—15 минут) он будет хорошо спать и заметно лучше есть. Я несколько раз сталкивался с ситуацией, когда грудных детей купали 3—4 раза в день, спасая от жары. Только не забудьте перед летним плаванием хорошо ребенка напоить (чтобы поменьше пил из ванны).

В заключение давайте рассмотрим печальную и, к сожалению, вполне реальную ситуацию, характеризующуюся тем, что собственной ванны у вас нет. В этом случае придется все же покупать специальную детскую ванночку, лучше пластмассовую — она и легче, и дешевле. Комната для купания значения не имеет, лишь бы был чистый и прохладный воздух. Но постарайтесь набрать в ванночку побольше воды, чтобы грудная клетка была погружена полностью. Главное, что мы теряем, — это возможность активных движений ребенка, поэтому он не может вырабатывать тепло, и долго держать его в воде не получается. Принципы и правила не меняются — кипятить воду не надо, уши мочить надо, если доволен и хорошо себя ведет — не торопитесь вынимать. Нет никакой надобности доливать теплую воду. Вполне можно и перевернуть на животик, и «нечаянно» нырнуть. Правила вынимания из ванны и дальнейшей гигиенической обработки прежние. В конце концов, зная, как надо купать в ванне большой, вы всегда сможете сообразить, как применить эту информацию к ванне маленькой.

И еще один момент. Бабушки, конечно же, расскажут вам, что на дно ванны обязательно надо положить пеленку, но не смогут объяснить почему. Объясняю: в те времена, когда жили и мыли ребятишек бабушки ваших бабушек, детей купали в деревянных корытцах (похожих на то, что просил дед у золотой рыбки). И, чтоб не поранить ребенка (щепки, занозы), на дно надо было постелить кусок ткани. Правда, просто? А зачем в пластмассовой ванночке пеленка, я не знаю. И никто не знает. Так можно договориться до того, что на дно большой ванны будем укладывать простыню.

7. РОСТ И РАЗВИТИЕ, А ТАКЖЕ НЕКОТОРЫЕ «МЕЛОЧИ», НЕДОСТОЙНЫЕ ОТДЕЛЬНОЙ ГЛАВЫ

Следуй своей дорогой, и пусть люди говорят что угодно.

Данте Алигьери

По мере того как ребенок растет и развивается, родителей все в большей степени волнует вопрос — а такой ли наш, как все? Ужасно, если у маминой подружки имеется младенец аналогичного возраста, который чего-то там делает такое, что наш еще не делает. Сразу возникает непреодолимое желание мчаться к врачам в целях окончательного искоренения имеющихся «недостатков».

В этой связи ***первый совет:***

не тратьте время и нервы на постоянное выискивание «неправильностей» у собственного ребенка.

Поверьте: действительно серьезные болезни, при которых малыш не сможет научиться ползать, сидеть или ходить, встречаются довольно редко.

Очень маловероятно, чтобы у вашего ребенка вообще не появились зубы, чтобы он всю жизнь предпочитал есть из соски, чтобы процесс ползания доставлял ему больше радости, чем ходьба. Не суетитесь — всему свое время. Но время это в каждом конкретном случае индивидуально. И не надо торопить события — все научились, и ваш научится.

Вы лишь поймите главное — ***родители обязаны сделать все реально зависящее от них****, чтобы оказать должное влияние на рост и развитие малыша.* А это — правильный уход, рациональное вскармливание, массаж, гимнастика, закаливание, свежий воздух.

И если у ребенка с рождения «что-то не так» (врожденные или наследственные болезни, родовая травма, малый вес, аллергия и т. п.), то это говорит только об одном — ***мероприятия, очень желательные для ребенка абсолютно нормального, при проблемах со здоровьем становятся обязательными****. Потому что для слабого и болезненного ребенка нарушение описанных выше принципов ухода не просто вредно, а весьма опасно.*

Слабому и болезненному невозможно прожить в условиях перегрева, без постоянного пребывания на свежем воздухе, а купание для него — мощный стимулятор, позволяющий стать таким же, как все. И витамин D для него нужнее, и цитрусовые с шоколадом опаснее, и ковры в комнате еще более вредны.

Мне бы очень не хотелось рассказывать в этой книге про то, что и когда должно с ребенком произойти. Психика родителей, особенно начинающих, — штука очень хрупкая, и я искренне боюсь, что вы потратите свои последние нервы на изучение так называемых «норм».

Поэтому добросовестно делайте то, что зависит от вас. А все остальное: заметить недостатки, своевременно поставить диагноз, направить на обследование или консультацию, назначить соответствующее лечение — вы сделать не в состоянии. Это вторая половина пути, которую может пройти только врач, но при условии, что вы преодолеете половину первую — будете являться в поликлинику не тогда, когда захочется, а тогда, когда вам будет назначено прийти (в месячном возрасте, в три месяца, в шесть и т. д.).

Еще раз обращаю внимание: если чуть-чуть «не норма» — само пройдет. Если совсем «не норма» — это не родители должны заметить, а врач. И он заметит обязательно, вы только предоставьте ему такую возможность.

Если же по причине болезненной любознательности вы все-таки пытаетесь самостоятельно определить «правильность», «своевременность» и «нормальность» малыша, помните, что нельзя подходить к ребенку с позиций математика. Не может быть однозначных норм — сколько обязательно должен съедать, сколько обязательно должен весить, какой обязательно должен быть длины и т. д. Все перечисленное важно, но не принципиально. Гораздо важнее другое: реакции на окружающее, аппетит, сон, здоровье.

Очень многие сроки (когда начнет держать головку, сидеть, стоять, ползать) зависят от системы воспитания, т. е. от родителей. Если, например, ребенок спит на животе, то головку он держит раньше в сравнении с малышом, спящим на спине. Чем активнее проводятся массаж и гимнастика, чем прохладнее вода при купании, чем меньше в ребенке лишних килограммов (или граммов — неважно) — тем лучше развивается мускулатура, тем больше возможностей для того, чтобы своевременно сесть, поползти, встать, пойти.

Есть вещи, про которые, тем не менее, надобно кое-что знать, и мы поступим довольно просто — назовем эти вещи своими именами, обращая внимание на моменты, принципиально важные для здоровья ребенка и душевного покоя его родителей.

В целом интенсивность развития детских мозгов зависит от количества раздражителей, в них поступающих: чем больше можно увидеть и услышать, чем больше можно ощутить кожей, тем лучше. Про чувство меры вы, естественно, не забудете.

7.1. ЗРЕНИЕ

Видеть так, как взрослые, новорожденный, разумеется, не может. Все его реакции ограничиваются тем, что от очень яркого света он жмурится и иногда поворачивает к источнику света глаза.

Уже к месячному возрасту малыш может ненадолго задерживать на чем-либо взгляд и также недолго за этим «чем-то» следить (речь идет о секундах). В течение последующих двух-трех месяцев возможность сопровождать взглядом движущийся предмет заметно улучшается. Вначале ребенок может следить лишь за игрушкой, которая движется в горизонтальной плоскости, но в четыре месяца уже свободно смотрит куда угодно — и вверх, и вниз, и в стороны. Ну а после этого возраста зрение начинает совершенствоваться очень быстро.

Советы и рекомендации:

1 *нельзя допускать, чтобы в детской комнате была слабая освещенность. Это приводит к задержке способности различать цвета;*

2 *игрушки должны быть большими и яркими. Цвет их тоже имеет значение: в первом полугодии жизни — оптимально желтый и зеленый, а затем чем разнообразнее цвета, тем лучше;*

3 *для того, чтобы ребенок научился правильно видеть, не стоит в первые три-четыре месяца вешать перед ним игрушки на близком расстоянии (менее 40 см) — толком разглядеть он ничего не сможет, но есть риск развития косоглазия.*

7.2. СЛУХ

Новорожденный может лишь вздрогнуть при громком звуке, но способность слушать развивается очень быстро. Уже в месячном возрасте малыш отчетливо реагирует на звуки изменением поведения, перестает плакать, например. К двум-трем месяцам ребенок поворачивает голову к источнику шума, к пяти — реагирует на интонации и легко различает голоса.

Необходимо помнить, что дети очень быстро привыкают к определенному звуковому режиму. Если с момента рождения вы будете ходить по дому на цыпочках и разговаривать исключительно шепотом, у вас появится шанс так всю жизнь и проходить.

Это положение особенно актуально для семей, не имеющих большого числа комнат. Продолжайте жить нормально. Слушайте музыку, смотрите телевизор, разговаривайте по телефону. И ваш малыш в течение всей своей жизни сможет спать, не просыпаясь от кашля соседа за стеной.

7.3. ВАШИ БЕСЕДЫ С РЕБЕНКОМ И «БЕСЕДЫ» РЕБЕНКА С ВАМИ

Разговаривать с младенцем надо побольше, но ***мама должна помнить, что нельзя целый день беседовать только с ребенком — иногда неплохо пообщаться и с мужем.***

Малыш тоже «разговаривает» с вами и сам с собой. Эти «беседы» будут поначалу носить характер криков и воплей, которые в первые месяцы жизни воспринимаются родителями однозначно — ребенку плохо. На самом же деле это не всегда так — просто другого способа «пообщаться» у ребенка нет. Месяцев с двух в крике уже прослеживаются интонации, а в три месяца младенец начинает гулить — чего-то себе под нос бормотать, агукать, поскуливать.

Важно с первых месяцев жизни выработать правильные реакции на детские вопли, потому что очень легко приучить ребенка к жизни на руках у родителей. Не надо при первом же писке бросаться к нему, переворачивая стулья. Нет ничего страшного в том, чтобы человек с начала жизни привык к тому, что всего хорошего надобно добиваться собственным трудом. Поверьте — ничего он себе не надорвет. А вот таская его на руках, надорветесь вы. И если пришла пора кормить, то вполне резонно, чтобы он попищал, пока мама спокойно приготовит грудь или молочную смесь.

7.4. ПРИЧИНЫ ПЛАЧА

Основные причины плача — неудовлетворенные физиологические потребности: хочет поесть, попить, помочиться, покакать, поспать. Хочет, но не может.

Подтвердить голод или жажду нетрудно — предложите дитю поесть или попить. Сложности с тем, чтобы помочиться, бывают только у мальчиков, когда имеется воспаление крайней плоти. Проявляется это пронзительным криком, который проходит после мочеиспускания. Помощь в домашних условиях заключается в двух возможных действиях родителей: 1) теплые ванночки с раствором антисептика (фурацилин, например) — четыре-пять раз в день по 10—15 минут; 2) оттянуть крайнюю плоть вверх и из пипетки капнуть в щель две-три капли чистого масляного раствора — идеально масляный раствор витамина Е или А из ампулы (стерильный), можно использовать эктерицид. Если очень кричит во время мочеиспускания, если после отхождения мочи совсем не успокаивается, если явно не может помочиться, если покраснела (посинела) или опухла головка полового члена — к врачу, и, чтоб не терять время понапрасну, лучше сразу к хирургу.

Мысли о плаче, возникающем в связи с болями в животе, появляются тогда, когда у ребенка в течение длительного времени не было стула (часов 8—10).

Действия: массаж живота рукой[1] и симметричное сгибание обеих ножек в коленном и тазобедренном суставах (прижимать ножки к животу). Если эффекта нет — газоотводная трубочка, можно использовать пластмассовый наконечник клизмы; обязательно смазать вазелином, глубина погружения в задний проход 2—3 см. Вводить в положении ребенка на боку с поджатыми к животу ножками и продолжать при этом массаж. Ну и последнее средство — клизма. Если после введения жидкости самостоятельно не покакал, обязательно вновь поставьте газоотводную трубку, чтоб вышла вода. Дальнейшие действия, включая использование препаратов, уменьшающих спазмы в кишечнике, согласовывайте с врачом.

1 Если забыли как — смотрите в предыдущей главе.

Основной причиной невозможности спать и плача из-за этого является боль или ощущение дискомфорта. Наиболее частый источник боли — кишечник (помогают массаж и тепло — лучше всего тело мамы), а также кожа — опрелости, трещины. Обеспечьте должный температурный режим, ведь, как мы уже неоднократно упоминали, и боли в животе, и нарушение целостности кожи, и жажда являются постоянными спутниками перегрева.

Если перед тем как заснуть, малыш долго капризничает, дрыгается, «распеленывается», значит, вы просто торопитесь укладывать его спать. Пусть лучше перед сном некоторое время подрыгается и попищит голеньким.

Очень часто родители жалуются на то, что «ребенок перепутал день с ночью» — днем спокойно спит, а ночью рта не закрывает. Вполне возможно, что ночью у вас в комнате душно, но чаще всего малыш просто за день высыпается, а ночью желает развлекаться. К тому же днем у матери ведь нет возможности только ребенком заниматься (стирка, уборка, еда), а ночью чего ж еще делать, как не носить его на руках? Если в детской комнате не жарко и никаких других поводов для плача нет (еда, вода, кожа, живот и т. д.), т. е. кричит по ночам именно потому, что выспался днем, следует собрать волю в кулак и сделать следующее. В течение одного дня сознательно (!) мешать ребенку спать. Уложили. Заснул. Через час-полтора — разбудите и развлекайте до кормления. И так целый день, как бы ни скулил и пищал. Если за день наорется и устанет — ночью будет спать как миленький. Лучше потерпеть один день, чем десятки ночей не высыпаться и бросаться после этого на своих близких.

7.5. СИДЕНИЕ, ПОЛЗАНИЕ, СТОЯНИЕ, ХОЖДЕНИЕ

Все вышеперечисленное ребенок захочет сделать сам, и сам сделает, без особой вашей помощи. Роль родителей лишь в одном — так воспитывать, чтобы сидение, ползание, стояние и хождение не превращались в тяжелый и опасный труд: закалять, развивать мускулатуру, предпринимать меры для профилактики рахита.

Любые стояния и хождения по полу очень желательны босиком, никакой обуви ребенку в доме не нужно. Действуя таким образом, вы на всю жизнь устраните проблему мокрых ног[1].

Предмет особой гордости очень многих мам и пап нередко отражается следующей фразой: «А наш (наша), между прочим, в пять месяцев сел, а в десять месяцев уже пошел (пошла)». В этой связи хотелось бы обратить внимание на следующий момент. Прямохождение, т. е. хождение именно на двух лапах, а не на четырех, создало человеку, как биологическому виду, немало проблем, связанных, прежде всего, с достаточно серьезной нагрузкой на позвоночник. Ранняя нагрузка на этот самый позвоночник может привести в дальнейшем к самым разнообразным проблемам (искривлениям, радикулитам и т. п.).

Еще раз обращаю внимание:

сидеть и ходить ребенок должен захотеть сам.

По крайней мере, в возрасте до года не надо его сознательно тренировать и «учить». Ничего страшного, если малыш лишний месяц полежит и поползает.

Кстати, обратите внимание на такой интересный факт: подавляющее большинство стройных и длинноногих девушек в раннем детстве были пухлыми, толстенькими и поздно начали ходить. Может быть, для стройности ног так и надо?

7.6. СЛЮНИ И ЗУБЫ

Существует народная примета: если у ребенка активно побежали слюни — значит, скоро полезут зубы. Мой личный опыт эту мудрость не подтверждает. С двух-трех месяцев слюни бегут у всех, а зубы появляются, как правило, после шести.

1 Не надо бояться плоскостопия. Ведь на улице ребенок будет ходить в обуви, а босиком — только в доме.

Время появления зубов (при нормальном питании и уходе) зависит, главным образом, от наследственности — разумеется, в определенных пределах. Нет никаких оснований для беспокойства, если все абсолютно нормально, ребенку девять месяцев, а зубов нет.

И еще один момент. Медицинская наука считает, что прорезывание зубов очень редко сопровождается развитием болезненного состояния. Но и практикующие врачи (автор в том числе), и подавляющее большинство родителей сплошь и рядом наблюдают, как у, казалось бы, здорового ребенка вдруг ни с того ни с сего портится настроение, повышается температура, иногда начинается понос. А через два-три дня прорезывается зуб, и все проходит.

8. ЧЛЕНЫ СЕМЬИ: ТАКТИКА РАЦИОНАЛЬНЫХ ДЕЙСТВИЙ

Когда в товарищах согласья нет,
На лад их дело не пойдет,
И выйдет из него не дело, только мука.

И. А. Крылов

Изложенная в предыдущих главах информация позволяет подвести некоторые предварительные итоги. Вы ведь знаете уже, как гулять, как кормить, как купать, как одевать. Осталось только свести полученные сведения вместе и выработать тактику действий, позволяющую без особых усилий вырастить здорового ребенка, сохранив при этом мир и покой семьи.

Я по-прежнему имею в виду стандартную семью — изолированная квартира, мама, папа, дитя. Наличие еще одного ребенка, бабушек, дедушек и т. п. ни на что существенно не влияет и не является отклонением от стандарта. Представьте себе, что помощи вам ждать не от кого. А коль скоро вы научитесь воспитывать детей без помощников, то с помощниками — уж сами придумаете, что делать.

В то же время сразу следует признать, что появление новорожденного в неодинаковой степени отражается на образе жизни членов семьи. И дело даже не в распределении обязанностей: папа, к примеру, при всем желании не может сделать некоторых вещей. Кроме того, люди разных поколений и разного воспитания по-разному представляют себе, что все-таки делать надо, и весь воспитательный процесс напоминает дискуссионный клуб с шараханьями в разные стороны и опасными экспериментами, которые плохо отражаются не только на здоровье ребенка, но и на благополучии семьи в целом. Я неоднократно сталкивался с ситуацией, когда зять с тещей (вариант — невестка со свекровью), жившие *до* появления ребенка душа в душу, становились *после* того злейшими врагами.

Поэтому процесс ухода за ребенком и его воспитания мы рассмотрим с разных точек зрения. Логично предвидеть, что если каждый из членов семьи будет совершать наиболее осмысленные и наиболее рациональные действия, то и семья в целом будет благополучной.

8.1. МАМА

Мать — это имя Бога на устах и в сердцах маленьких детей.

Уильям Теккерей

Итак, очень многое уже позади: смогли забеременеть, выносили, родили, наконец-то добрались до дома. Впереди еще больше — вырастить, желательно здоровым, и, желательно, с наименьшими затратами сил.

Самое главное — очень постарайтесь ни на кого не рассчитывать. Даже на мужа, каким бы он ни был любимым и замечательным. Без помощи других вам, конечно же, будет тяжело, но вы обязаны сделать все, чтобы эта помощь не стала необходимостью и не превратилась, в конце концов, в одолжение. Я вас уверяю, что, правильно организовав режим (прежде всего свой), вы справитесь сами, а идя на поводу у других, создадите себе и ребенку проблемы — помните знаменитое «у семи нянек дитя без глазу»?

Вот и надо стать нянькой — главной, единственной и, что самое главное, незаменимой. Ребенок может обойтись и без папы, и без бабушек, и без дедушек. Без мамы обойтись нельзя — выжить можно, но нормальной такую жизнь назвать сложно. Внушите это себе раз и навсегда.

Начнем с утра. Главная ваша цель — поскорее остаться наедине с малышом, оградив себя от забот о других членах семьи: папу — на работу, старшего ребенка — в школу и т. д.

Обычно младенец просыпается в пять-семь часов, т. е. в этом промежутке времени обязательно присутствует кормление. Мы, конечно, можем допустить, что, пока мама занимается ребенком, папа готовит завтрак, но я ведь предупредил: мы имеем дело со стандартной семьей, а не с особо благополучной. Для вас ребенок прежде всего.

Покормите (грудь или смесь — не принципиально). Если к концу кормления он начал дремать, сразу же отправьте его спать на балкон, если же нет — пусть полежит немножко в кроватке голеньким. Но через полчаса в любом случае — гулять. Теперь нейтрализуем остальных членов семьи. Кормим папу. Если поел сам — замечательно, если же не умеет включать кухонную плиту — нечего возмущаться. Учить и воспитывать мужа надо было до беременности. Очень неплохо во время кормления папы и самой поесть.

Ну вот мы и одни. Пусть в доме беспорядок: на кухне немытая посуда, старший сын опять забыл убрать свою постель и т. п. Быстренько делаем два дела — наливаем в бутылочку воду, которую ребенок будет пить в течение дня, и завариваем череду к вечернему купанию. Все. Теперь самой спать — желательно в той комнате, что рядом с балконом. Часов в девять-десять ребенок вас позовет. Занесите, покормите и далее по прежней схеме — немножко побыл в доме и отправляется гулять. Если вы еще не выспались — опять спать. Пока полностью не отдохнете — никакой домашней работы.

Уверяю, что к полудню вы почувствуете себя вполне созревшей для других дел. У вас имеется от четырех до семи часов, пока вернется со службы муж, и за это время вполне можно убрать в доме, приготовить еду, простирнуть пеленки и привести себя в порядок. Последнее действие ни в коем случае нельзя недооценивать. Если вы чего-то там не успеваете, найдите, тем не менее, время для себя. Внешний вид женщины имеет для семейного благополучия не меньшее значение, чем своевременно приготовленный обед. И грудной ребенок не повод для того, чтобы от вас шарахались домашние и соседи. Вы ведь прекрасно понимаете, что отсутствие у мужа возможности или, что хуже, желания помогать вам, не может быть изменено постоянными напоминаниями о вашей усталости и плохом самочувствии. Мужчина, прежде всего, должен стремиться вернуться в дом, где его ждет улыбающаяся и привлекательная жена, семейный обед и покой. Только такой дом стимулирует у него желание что-либо в этом доме делать. Это правда, какой бы она ни казалась противной и несправедливой с женской точки зрения.

Еще раз обращаю внимание: необходимо очень стараться хотя бы иногда (чем чаще, тем лучше!) напоминать мужу и отцу, что ваше отношение к нему ничуть не изменилось. Семья не заинтересована в смещении акцентов — мол, сначала дитя, потом уже все остальные. Ребенок заинтересован, а семья нет. И будет очень обидно, если, усердно занимаясь только младенцем, вы, в конце концов, разрушите семью. А потом начнете активно следить за своей внешностью, дабы новую семью создать. Удивительная логика, не правда ли? Но ведь примеров таких тысячи...

Семейный вечер должен быть свободен от дел, не имеющих обязательной надобности. Если пришедший с работы папа вынужден гладить пеленки, значит, мама не может свой день нормально организовать. И этому есть только два оправдания — болезнь ребенка или болезнь матери. Но если вы полдня проходили с ребенком на руках, потому что, оставшись в кроватке один, он плачет, то все это хорошим не закончится — ребенок, может, и замолчит, однако плакать будут другие...

Малыш по-прежнему спит на балконе, и занести его оттуда в последний раз необходимо часов в восемь-девять вечера (но лучше всего совершить вечерний семейный моцион — погулять всем вместе. Вам ведь тоже не помешает свежим воздухом подышать). После еды не стремитесь укладывать спать, а ежели заснул, то примерно в 22.30 начинайте потихоньку будить. Это единственный случай, когда здорового ребенка надобно будить специально. Но лучше разбудить сейчас, чем не спать полночи. Проснулся — массаж, гимнастика, ванна. Затем кормление. Спокойной ночи.

Обратите внимание на мудрость Природы! Именно тогда, когда у вас меньше всего сил (первый месяц после родов), ребенок спит большую часть времени. Все условия для того, чтобы восстановиться и вернуться к нормальной, с точки зрения собственного здоровья, жизни у вас есть. И вы имеете практически стопроцентную возможность эти условия реализовать, если не будете мешать ребенку развиваться в соответствии с законами Природы (не кутать, не греть, выносить гулять, не ограничивать активность тугим пеленанием, не кормить соками, не купать в теплой воде, не беречь от сквозняков и т. п.).

По мере роста малыша количества свободного времени и возможностей для отдыха будет меньше. Но вы ведь уже не настолько замучены беременностью и родами, как раньше. Так что справитесь.

Вы уже стали для своего ребенка единственной и незаменимой — МАМОЙ. Но все же не стремитесь принципиальные решения принимать самостоятельно и самостоятельно их выполнять. С точки зрения ООН, эмансипация — это хорошо, а с точки зрения врача-педиатра — плохо.

Дайте возможность отцу проявить инициативу, пусть и он отвечает за своего ребенка. *Очень важно при этом понять:*

- в современном мире добиться чего-либо путного можно только совершая осмысленные действия. Чувства и эмоции хороши в любви, но мешают адаптироваться к жестокому окружающему миру. Если ваши взгляды на то, как надобно с ребенком общаться, не совпадают со взглядами вашего мужа, то в 90% случаев не правы именно вы;
- в любом мужчине присутствует преогромное честолюбие, и все, им совершаемое, требует одобрения окружающих. Женщина обязана (!) всячески поощрять общение мужчины с ребенком, каким бы это общение ни было с ее *женской точки зрения* неправильным;

- женщина никогда не должна переоценивать собственные педагогические способности. И даже если ваша семья распадается, абсолютно недопустимы, глупы и нелогичны запреты на общение отца и ребенка;
- поменьше «воюйте» с мужчинами в доме. Отсутствием инициативы и присутствием лени они во многом обязаны женщинам. Ну и что с того, что не получилось? Подумаешь, запеленал, а у малыша нога вылезла! Подумаешь, каша пригорела! Подумаешь, опоздал на молочную кухню! Переживем! Лишь бы было желание — пеленать, варить, ходить и т. д. Любую более или менее разумную инициативу, со стороны мужчины исходящую, следует поддерживать. Но сплошь и рядом, по М. М. Жванецкому: «Сам же придумаешь, сам же и будешь делать, тебя же и накажут, что плохо сделал». Описанная классиком ситуация была типичной для социалистической системы производства, но советские женщины успешно перенесли ее в семью.

8.2. ПАПА

Не надобно другого образца,
Когда в глазах пример отца.

А. С. Грибоедов

Большинству читателей по книгам и статьям прекрасно знакомо знаменитое словосочетание «мать и дитя». Похожая по звучанию фраза — «отец и дитя» — вызывает ехидные усмешки, что вполне объяснимо особенностями наших семейных взаимоотношений в частности и нашим отношением к жизни вообще.

Поклонники социалистического реализма прекрасно помнят цитаты из многочисленных романов, где, став уже взрослым, герой (героиня) вспоминает о своем детстве... «Почерневшие от угольной пыли могучие руки отца», «вернулся из похода отец» и т. д. Таким образом, роль отца в воспитании сводилась к тому, чтобы, придя с работы, прижать к могучей груди ребенка и, выполнив тем самым родительский долг, мирно отойти ко сну, дабы, отдохнув, с новыми силами вернуться к построению коммунизма. До революции (1917-го года) отцы были поактивнее — они нередко принимали на себя важные педагогические решения: «Я тебя породил, я тебя и убью», «Зла на тебя не держу, помню, как носил на руках», ну а затем воспитывали как положено.

Воспитывали! Но об этом чуть позже. А сейчас, когда он только что родился, вполне резонно и даже естественно, что вы не испытываете к ребенку тех чувств, которые видите постоянно на лице супруги. Если вам еще нет 30-ти лет, это вообще абсолютная норма. Вы в глубине души очень ждете того часа, когда сможете с ребенком общаться: разговаривать, ходить вместе в цирк или зоопарк, рассказывать ему про всякие приключения из вашей жизни. До этого не так уж много времени осталось, и не волнуйтесь, не находя в себе особых чувств. Делиться с женой сомнениями не следует, однако знайте: для мамы младенец близок биологически, вне зависимости от того, какой он — здоровый, больной, спокойный, крикливый и т. п. А для папы малыш интересен как существо социальное — не как детеныш, а как человек. И неудивительно: чем старше будет ребенок, тем больший интерес и большую любовь вы будете к нему испытывать, а его чувства будут совершенно такими же.

Поэтому главная точка приложения ваших усилий — мама ребенка, которая, хотите вы или не хотите, должна быть и будет сначала мамой и только потом уже вашей женой. И надо смириться с тем, что материнский инстинкт сильнее любви к вам. Но чем меньше времени будет уходить на потребности младенца, тем больше времени останется на вас (на вашу еду, вашу одежду и т. п.). И хотя бы из эгоистических соображений вы более, чем кто бы то ни было, заинтересованы в нормальном воспитании ребенка. Вот тут и пригодится ваше мужское здравомыслие — ведь многое из того, о чем в этой книге написано, с точки зрения мужчины — очевидно, а с точки зрения женщины — страшно. И вероятность того, что супруга колеблется, а вы нет, очень велика.

Поверьте: ваша любимая женщина (мать вашего родившегося или будущего ребенка) только делает вид, что она знает, как его кормить, одевать, купать и лечить, что купить, где поставить кроватку, когда гулять, сколько спать и т. д. и т. п. Да, материнский инстинкт в несколько раз сильнее отцовского. Да, вам не дано испытать, каково это, когда там внутри ножкой дрыг... Какая это неземная легкость, какое блаженство, когда после нескольких часов боли он закричит, а значит, стала мамой, стала настоящей Женщиной... Как это кормить грудью... Но трудность биологической роли (забеременеть, выносить, родить и выкормить намного сложнее, чем уговорить и смочь) вовсе не свидетельствует о большем знании и большем умении ориентироваться в функциях социальных.

Еще раз подчеркиваю: *знаний о том, что с ребенком делать, у состоявшихся папы и мамы* абсолютно одинаково — *т. е. практически их нет.* Кому принимать решения? Кто прав — женские чувства, эмоции, инстинкты или мужские рассудительность, логика, здравый смысл?

Вероятность того, что неправильное решение будет принято мужчиной, многократно меньше. Но главное в другом! Только бы сами мужчины это, во-первых, поняли, а во-вторых, захотели — захотели принимать эти самые решения.

Конечно, всегда будут вопросы спорные — когда без специальных знаний, без помощи специалиста (врача, педагога) правильное решение принять трудно, почти невозможно. Но огромное число проблем, «по размышленьи зрелом», оказываются вполне и благополучно разрешимыми.

Помогите жене преодолеть сомнения — малыш ваш общий, а одно решение на двоих принимать легче. Сделайте все, чтобы оградить ее от стрессов, принять на себя огонь старших товарищей и самому не устраивать истерик по пустякам. Конечно, вас беременность и роды тоже утомили, но не до такой же степени...

Стереотипы — женская работа, мужская работа — преодолеваются легко. Стоит только захотеть, и у самого мужика весьма быстро появляется уверенность в своих силах, убежденность в том, что он лучше кого бы то ни было знает, что нужно его ребенку!

Нет никаких дискуссий по поводу того, что вам делать можно, а чего нельзя. Можно все, и ваша тяга к ребенку — бальзам на душу его матери. Постарайтесь, очень постарайтесь проявлять инициативу самостоятельно, не дожидаясь просьб и не доводя дело до понуканий.

Очень хорошо с самого начала взвалить на свои плечи тяжкий груз каких-либо конкретных действий. Например, купание ребенка в ванне у мужчины всегда (!) получается лучше. Разного рода манипуляции с младенцем — тоже ваша прямая задача, у мамы может просто сил не хватить. Ну, а если вы изъявите желание чего-нибудь постирать, погладить или приготовить, то благополучию вашей семьи можно будет только позавидовать. А переложить на себя бремя магазинов и прачечных — было бы совсем славненько.

Совершенно очевидно, что продолжение рода, с любой точки зрения — биологической, экономической, социальной, — является одним из наиглавнейших предназначений Человека. И если здоровье позволяет вам иметь детей, то это счастье. Еще важнее для мужчины — обеспечить материальное благополучие своей семьи, своего ребенка. Вполне логично предположить, что, коль скоро вы нашли в себе силы малыша заиметь, то подразумевается ваша возможность его прокормить.

И здесь приходится с грустью констатировать: в подавляющем большинстве случаев роль отца — совсем не из главных, так, эпизод. Автор книги, будучи врачом-педиатром, в течение многих лет имеет возможность просматривать так называемую паспортную часть историй болезни. В графе «место работы и возраст родителей» сплошь и рядом читаешь: «21 год, студент» или «24 года, временно не работает». И начинаешь невольно представлять себе такую ситуацию. Некий студент, 21 года от роду, решил завести себе аквариумных рыбок. Сначала этот молодой человек подсчитает, сколько на это надобно денег потратить. Потом подумает, какой купить аквариум и где его поставить, посоветуется, каких запустить туда рыбок, определится с вопросом кто, когда и чем их будет кормить.

Рыбки — прелесть! Они, как это ни жестоко звучит, даже умирают молча...

Но вот тот же самый студент, которому надоело целоваться в подъездах и арендовать квартиры у приятелей, решает обзавестись семьей. Его воображение рисует радужные перспективы тепла, уюта, а также никем и ничем не ограниченной половой жизни. Но через некоторое время оказывается, что от этой самой жизни случаются дети. А еще месяцев через девять выясняется: кроватку ставить негде, денег, уюта, покоя нет, а половой жизни не очень-то и хочется. Но дело сделано.

Именно в такой ситуации и возникает настоятельная необходимость пересмотра наших традиционных представлений о роли отца.

И последнее, но очень важное: социальный долг отца — сделать своего ребенка счастливым. Прежде всего помнить и понимать: счастье ваших детей определяется их способностью думать, обучаться и принимать самостоятельные решения. Развить эти способности может именно мужчина — отец. Прекрасно известно, что великие педагоги (Макаренко, Сухомлинский, Корчак и т. д.) были мужчинами. В обычной средней школе учитель и учительница — совсем не одно и то же: вспомните свои школьные годы, поговорите с вашими детьми. Ну и кто был лучше, кто больше запомнился? Короче говоря, общепринято, что мужчина, занимающийся воспитанием ребенка, способен добиться гораздо больших успехов, нежели женщина.

Глубоко все равно, когда дитя ваше научится читать, но общечеловеческие ценности должны быть привиты, и это однозначно, но реально возможно лишь тогда, когда эти ценности являются ценностями для вашей семьи. Пообещал — сделай, не ври, не опаздывай, больно — терпи, не скули, не просись на ручки, мама тоже устала, политика — грязь, деньги — временное, музыка, живопись, литература — вечны, семья — святое, религия — личное дело каждого. Если для вас все это так, то и будет ваш ребенок — Человеком!

8.3. БАБУШКИ И ДЕДУШКИ

Тут же бабушка хлопочет,
Дать совет полезный хочет —
Как лечили в старину.

С. В. Михалков

Для начала отмечу, что, говоря о бабушках и дедушках, автор обращается главным образом и прежде всего именно к бабушкам. Ведь бабушка, в сравнении с дедушкой, почти всегда более эмоциональна, менее управляема и, как это ни парадоксально, заметно более активна. Опыт автора показывает: переговоры с врачом бабушки осуществляют в 20 раз чаще, чем дедушки. Этот факт сам по себе символичен и показателен.

* * *

Отрицать огромную роль бабушек в деле воспитания подрастающего поколения просто бессмысленно. В нашей стране это бессмысленно вдвойне, поскольку подавляющее большинство молодых семей вообще не в состоянии без помощи бабушек обеспечить ребенку нормальный уход и воспитание. Перечислим для начала факторы, обусловливающие именно такое положение вещей.

1. Наша семья часто не является полноценной ячейкой общества — она не самодостаточна, вступившие в брак молодые люди не могут выжить без постоянной помощи «старших товарищей». Дети, как правило, появляются на свет не потому, что этого очень хотелось родителям, а потому, что «так получилось». Сами виновники происшествия не имеют ни отдельного жилья, ни средств к полноценному существованию — владеют жильем как раз бабушки и финансовую помощь оказывают тоже бабушки, которые, как правило, совсем не старушки, а, наоборот, женщины в расцвете сил и материальных возможностей.
2. У мамы и папы отсутствует какой-либо опыт, какие-либо знания касательно того, что с дитем надобно делать. Под рукой всегда есть их собственные родители, такой опыт имеющие.
3. Процесс ухода за ребенком постоянно требует принятия весьма ответственных решений. Молодые папа и мама очень часто боятся, да и просто не хотят принимать не только ответственных, но и вообще никаких решений — весьма удобная позиция, особенно с учетом того факта, что под рукой имеются лица (все те же бабушки), готовые эти решения принимать.
4. К моменту появления в семье детей папы-мамы часто сами еще не становятся взрослыми и им (папам-мамам) очень хочется гулять, танцевать и играть. Ребенок мешает радоваться жизни, а помощь бабушек позволяет быть мамой-папой и, в то же время, не грустить по поводу того, что пропадают молодые годы.

С учетом перечисленных выше пунктов становится очевидным следующий факт: само понятие «бабушка» вполне может рассматриваться не в качестве конкретного человека, а в качестве очень значимого социального феномена, требующего отдельного изучения.

В течение многих лет автору приходится контактировать с бабушками самым тесным образом. Выводы однозначны — без учета этого явления почти невозможно организовать нормальный уход и воспитание детей.

Главной проблемой участия бабушек в воспитательном процессе является проблема собственности — собственности на дитя. Чувствуя в себе силы и желание помогать, пребывая в полной уверенности, что хорошо знает, как это надо делать, бабушка, тем не менее, на уровне подсознания чувствует, что это не ее ребенок! Не своей вещью нормальный человек пользуется с особой осторожностью — тут главное не навредить. Ну а представления о том, что для ребенка вредно, опасно и нежелательно, у бабушек совершенно конкретны — вредно не есть, вредно мерзнуть, вредно плакать, вредно мочить уши, вредно ходить босиком и т. п. — таких вредностей сотни. Неудивительно, что бабушкино воспитание отличается повышенной заботливостью, граничащей с патологией. Ни о каких закаливаниях, сквозняках и холодных пятках даже речи быть не может. Отдельный вопрос — болезни. Если можно лечить, а можно подождать, бабушка всегда предпочтет лечить — как бы чего не вышло.

Одновременное участие представителей двух поколений в воспитательном процессе часто порождает множество проблем, которые не менее часто переходят в серьезные конфликты. Любимый зять становится врагом номер один, очаровательная невестка превращается в ленивую неумеху. Словосочетание «твоя мать» (в различных падежах) все чаще употребляется супругами в процессе выяснения отношений друг с другом. Фраза «ты такой же (такая же), как твоя мать, а я с твоей матерью жить не хочу» иногда становится финальным аккордом, извещающим о распаде очередной семьи.

Предотвратить возможные конфликты можно. Для этого всем участникам воспитательного процесса следует расставить точки над i и определиться с понятиями ответственности и собственности. Приоритетную роль в выяснении отношений просто обязаны сыграть именно бабушки, как люди более опытные и, по крайней мере, теоретически, более мудрые и более уравновешенные.

Способность любить вообще и особенно способность любить детей имеют теснейшую связь с возрастом человека. Не в состоянии, биологически не в состоянии двадцатилетние девчонки и мальчишки испытывать те же чувства, что и зрелая женщина — мать этих мальчишек-девчонок, которые «доигрались» и стали сильно взрослыми...

* * *

Дорогие бабушки! Очень-очень вас прошу найти мужество дочитать эту главу до конца, а там будь что будет.

Ваше главное отличие от «молодых» — опыт. Им многое еще предстоит, а вы своего ребенка уже благополучно вырастили и поженили (выдали замуж). Оглядываясь на пройденный путь, вы убеждены в том, что точно знаете, как надобно поступать с ребенком. Но был ли ваш путь легким? Вспомните, всегда ли вы были согласны с родной мамой? Абсолютно ли вы уверены в вашей правоте и вашем праве советовать или, что еще хуже, принимать решения?

Воспитание ребенка окружено огромным количеством традиций, заблуждений и предрассудков, а многие вещи, однозначно воспринимаемые как правильные, на самом деле таковыми не являются. Вас учили, что ребенка необходимо туго пеленать. И вы пеленали, уверенные: так надо. Почему надо? Что, есть хоть одно живое существо, не дающее своему детенышу пошевельнуться? Вас учили не кормить ребенка по ночам. Почему? Где это видано, чтоб у матери было молоко, а ребенок кричал от голода?! Вы привыкли листать журнал «Здоровье», издаваемый такими же бабушками и дедушками. Неудивительно, что идеалом красоты стал пухлый младенец с явными признаками ожирения и красными от аллергии щечками.

Вы готовы на все, лишь бы оградить внука от опасностей, поскольку убеждены в его слабости, болезненности и неподготовленности к жизни. Но ведь это совершенно не так — болезненными дети, как правило, не рождаются, а становятся.

Жизнь очень и очень изменилась... И многое из того, что было правильно в прошлом, стало бессмысленным сейчас. В условиях голода вполне логично дать ребенку желток единственного на всю семью яйца. Но при нормальной жизни, не лучше ли накормить должным образом маму? Если ребенка кормили коровьим молоком, приходилось давать соки для восполнения потребностей в витаминах — это в прошлом. Но зачем в месячном возрасте давать сок, когда есть возможность купить молочную смесь, в состав которой все нужные витамины уже включены?

Все вышеизложенное я пишу с одной-единственной целью: убедить вас в том, что вы не являетесь носителями абсолютной истины, как, впрочем, и я сам. Но, в силу профессии, мне постоянно приходится сталкиваться с таким количеством несуразностей, главным образом, педагогических, что волосы встают дыбом. И хотите верьте, хотите нет, но дети из семей, где бабушки не живут вместе с внуками, попадают в больницы заметно реже. Там, где некому или некогда кормить ребенка, отказывающегося от еды, заставлять ходить по дому обязательно в носочках, не выскакивать раздетым в коридор, не пить сырую воду и т. п. — так вот, в таких семьях дети гораздо здоровее. И это очевидный факт, говорящий о том, что обильная еда и тепло не имеют никакого отношения к любви, скорее, наоборот.

Самое главное правило, *обязательное для исполнения дедушками и бабушками:*

**никогда и ни при каких обстоятельствах
не принимать никаких решений,
касающихся образа жизни ребенка,
а тем более навязывать эти решения его родителям.**

Ответственность за счастье и здоровье малыша несут только мама и папа. Вы должны с этим смириться и, как бы вам этого ни хотелось, никакой ответственности на себя не брать!

Пусть делают со ***своим*** *ребенком, что хотят, самостоятельно отвечая за все!*

И это не бездействие, не закрывание глаз — это единственный и самый верный путь к миру и покою в семье, к нормальным взаимоотношениям между поколениями. И раз уж вас просят чего-то не делать (не кормить, не одевать, не греть, не покупать), то и не делайте.

Если вы имеете время и желание помочь, то постарайтесь помогать пассивно, осуществляя лишь действия, не требующие принятия принципиальных решений. Вы готовы одеть ребенка — пусть скажут, во что. Вы готовы покормить — пусть скажут когда, чем, какой температуры, в каком количестве. Вполне возможно, что в подобной ситуации мама и папа захотят или просто будут вынуждены хоть что-нибудь почитать. А ведь вполне закономерно положение вещей, при котором книги типа «Ваш ребенок» бабушки читают чаще и более внимательно, чем мамы.

Но вы ведь можете очень-очень помочь, вообще ребенка не касаясь, — погладить, постирать, убрать в доме, приготовить еду, сходить в магазин или на молочную кухню.

Ваша помощь — это подарок. И никогда, никогда не вспоминайте и не напоминайте о своих добрых делах! Лучше уж ничего не делайте...

Я вполне допускаю, что ваша «молодежь» может занять пассивную позицию, добровольно передав в руки бабушек и дедушек воспитательный процесс. Но в этом случае вы становитесь мамой и папой, поскольку, приняв на себя ответственность, вы автоматически перестаете быть дедушкой и бабушкой.

* * *

Вы, конечно, помните народную мудрость о том, что муж голова, а жена шея. Вы ведь прекрасно понимаете, что мудрая женщина никогда не даст супругу понять тот факт, что как раз она и есть в доме хозяин. С конфликтами поколений на почве воспитания детей ситуация аналогичная.

Искусство быть настоящей и полноценной бабушкой как раз и состоит в том, чтобы создать у биологических мамы и папы полную иллюзию того, что именно они являются настоящими и полноценными родителями.

9. ВЗАИМООТНОШЕНИЯ С УЧАСТКОВЫМ ПЕДИАТРОМ

Всех лечил доктор Айболит, но денег не брал ни у кого, потому что какие же деньги у черепах и орлов!

К. И. Чуковский

...встретил на улице знакомого врача и, желая получить бесплатный совет, спросил:
— Доктор, что ты делаешь, когда простынешь?
— Чихаю, — ответил врач...

Анекдот

В любой стране, претендующей на принадлежность к современной цивилизации, развитие ребенка проходит в постоянном контакте с системой здравоохранения.

Систем этих существует множество, но и автору этой книги (изнутри), и большинству читателей (снаружи) хорошо знакома лишь одна — Государственная Система Бесплатного Здравоохранения[1].

1 В дальнейшем просто Система.

У вашего малыша с момента его рождения есть врач, несущий за него ответственность. Поскольку здравоохранение бесплатное, то ответственность эту он несет не перед вами и не перед ребенком, а перед своим начальством — я не имею в виду этику, я имею в виду фактическое положение вещей. И вы никогда не поймете врача-педиатра, пока не представите себе его взаимоотношений с Системой. А не понимая врача, никогда не сможете благоразумно прислушиваться к его рекомендациям. Поэтому давайте знакомиться — и с Системой, и с педиатром.

Итак, вскоре после появления ребенка на свет он будет осмотрен педиатром-неонатологом. Вы можете чего-то хотеть или не хотеть, но практически все действия неонатолога строжайшим образом регламентированы соответствующими указаниями Министерства охраны здоровья. Выполнив свои функции в рамках отведенных ему полномочий и инструкций, неонатолог передает вахту участковому педиатру — сообщает о вас по телефону в детскую поликлинику накануне выписки из роддома. И участковый врач обязательно посетит новорожденного независимо от того, сделаете вы вызов на дом или нет.

14 лет[1] участковый педиатр будет рядом с ребенком. Он даст вам советы по правилам ухода и кормления, окажет помощь при болезнях, организует профилактические осмотры ребенка врачами-специалистами и проведение прививок, без его заключения вас (точнее, ваше дитя) не примут ни в детский сад, ни в летний лагерь, ни в бассейн, ни в школу. Во время болезни ребенка только участковый педиатр оформит матери оправдательный документ для предоставления по месту ее работы. И будет очень благоразумно, если вы всегда будете соблюдать **первое золотое правило:**

С УЧАСТКОВЫМ ПЕДИАТРОМ НАДО ДРУЖИТЬ.

Даже если вы считаете себя очень большим специалистом, а врача таковым не считаете, то не стоит демонстрировать это

1 14 лет — это минимум. В различных странах (даже на территории СНГ) нет однозначной договоренности — до какого возраста считать дитя пациентом педиатра. Вполне возможно, что общение продлится и до 18 лет.

на каждом шагу. Потому что педиатр без вас обойдется, а вы без него — нет.

Мы, тем не менее, будем рассматривать стандартную ситуацию, которая характеризуется вполне нормальными человеческими отношениями между вами и врачом.

Участковый педиатр постоянно будет помогать вам. И элементарная порядочность требует от родителей сделать все, чтобы у врача из-за вас не возникли неприятности. А для этого необходимо совсем немного: в назначенные сроки посещать поликлинику для осуществления осмотров, проведения прививок и взятия анализов. И все! Врачу от вас больше не надо ничего. Во всех остальных случаях он нужен вам.

Теперь подробнее о вашем враче. Каким бы замечательным человеком, добрым семьянином и прекрасным специалистом он ни был, но, заходя в ваш дом или принимая вас в поликлинике, он представляет Систему. Это не значит, что врачу хочется ее представлять. Однако Система дает ему возможность существования — о нормальной жизни речь, разумеется, не идет, но вероятность голодной смерти не очень велика. И в этом состоит особенность Нашей Системы, лишний раз доказывающей тот факт, что человеческие существа способны самые блестящие идеи довести до абсурда. Лучше бесплатности и доступности ничего быть не может, но Система организована таким образом, что, декларируя бесплатность, пытается сделать бесплатным все, включая труд медицинских работников. Ну а широкие народные массы пытаются с Системой бороться, постоянно подкармливая врачей...

Систему не интересует — устраивает вашу семью врач или нет.

Системе необходимо, чтобы врач устраивал ее. Для этого к каждому «просто врачу» приставлены: заведующий отделением, заместитель главного врача по лечебной работе, главный врач, райздрав, горздрав, облздрав, минздрав, институт усовершенствования врачей, кафедры и консультанты, контрольно-ревизионное управление и т. п. И в обязанности любого врача входит составление огромного числа документов, которые позволяют, во-первых, в любой момент доказать, что они составлены плохо, а значит, врач плохой, и, во-вторых, обеспечить существование самой Системы, как раз на этой самой документации и построенной. А для того, чтобы на верхушку Системы забраться, нельзя долго внизу задерживаться — что-то я не припомню министра здравоохранения, который бы лет десять поработал участковым врачом. Понятно, что чем ближе к верхушке, тем труднее разглядеть копошащихся внизу врачей и больных.

Мы с вами Систему поменять не можем. Наша задача — к ней приспособиться.

Поэтому вы должны знать, что прием в поликлинике и хождение по домам — лишь малая часть работы врача, меркнущая в сравнении со временем, которое он проводит за письменным столом.

Вы должны знать: заработная плата врача от количества больных не зависит. Хоть 2 человека на приеме, хоть 52. Хоть 3 вызова на дом, хоть 23.

Несмотря на то что подавляющее большинство детских болезней может быть излечено в домашних условиях, врач этого себе позволить не может. Он не имеет возможности ежедневно вас посещать, организовать соответствующее обследование и т. п. Его заработная плата не зависит от того, направил он в стационар 5 больных за год или 100.

Врач не может порекомендовать вам метод лечения или систему воспитания, которые отличаются от официально рекомендуемых.

Как мы уже говорили, при первом же посещении новорожденного врач подробно перечислит вам все его дефекты. Нет, он прекрасно знает — вам нельзя нервничать, но вы же сами будете потом возмущаться, что вам вовремя не сказали. Ах, сколько возмущений приходится выслушивать врачам, если бы вы только знали! И это нормально. Ведь пока государство не начнет своих врачей уважать, вряд ли будет возможно требовать уважения к ним от значительной части населения, которое удивительно спокойно воспринимает тот факт, что, к примеру, ремонт и диагностика автомобиля намного более доходный вид деятельности, чем диагностика и лечение детских болезней.

Врач — такой же человек, как и мы все. Он не хочет сознательно рисковать, сознательно искать себе неприятности и сознательно брать на себя ответственность в ситуациях, когда ответственность должна быть возложена на другого. А те, кто рискует, ищет и берет на себя, — не спят ночами, не видят собственной семьи, не знают выходных. Но про них говорят, им звонят, их благодарят. Люди, а не Система.

Ну а с чем врачу бороться труднее всего, так это с заблуждениями, традициями и предрассудками. Если ребенок живет в тепле, чистый, ухоженный, самая лучшая еда и т. п., но при этом болеет — к врачу никаких претензий. Но скажет врач: перестаньте кутать, а через неделю дитя простудится — так это ж всем понятно, кто виноват. Да кому это надобно, при его уровне зарплаты и постоянных конфликтах с Системой, искать на свою голову приключений еще и со стороны родителей! Да делайте, что хотите, лучше уж я вас буду потом лечить...

И если врач говорит вам, что с месячного возраста ребенку надобно давать соки, а с пяти месяцев — овощной суп, то это не значит, что необходимо вступать в дискуссию, доказывая обратное. Врач поносы и аллергии видит больше вашего. Но он сообщает вам точку зрения Системы.

И я еще раз повторяю:

ЗА ЗДОРОВЬЕ РЕБЕНКА НЕСУТ ОТВЕТСТВЕННОСТЬ ТОЛЬКО ЕГО РОДИТЕЛИ — И ПЕРЕД БОГОМ, И ПЕРЕД ОБЩЕСТВОМ, И ПЕРЕД СОБСТВЕННОЙ СОВЕСТЬЮ.

Это **второе золотое правило**, и чем раньше вы сообщите педиатру о том, что оно (это правило) вами усвоено, тем более человеческими, открытыми и откровенными будут ваши взаимоотношения.

Из всего вышеизложенного вытекает и **третье золотое правило**:

В ОСНОВЕ ПРИНИМАЕМЫХ РЕШЕНИЙ ДОЛЖНЫ ЛЕЖАТЬ СОВЕТЫ ПЕДИАТРА И ЗДРАВЫЙ СМЫСЛ РОДИТЕЛЕЙ.

Следует упомянуть и о том, что надобно проявить инициативу и узнать все-таки фамилию, имя и отчество вашего врача. Не очень корректно говорить: «Скажите, доктор...», потому что ни кандидаты, ни тем более доктора участковыми педиатрами почему-то не работают. При первом же посещении поликлиники узнайте и перепишите часы его приема. Очевидно, что если прием в поликлинике утром, то прийти к вам на дом врач сможет лишь во второй половине дня. И это надо знать — хотя бы для того, чтобы решить, в случае чего, дожидаться врача или сразу вызывать «скорую помощь».

Если врач вызван вами на дом — осуществите некоторые ***обязательные предварительные действия***, дабы не суетиться в тот момент, когда прозвучит звонок в дверь:

- по возможности наведите в доме порядок;
- приготовьте тапочки;
- повесьте в ванной чистое полотенце и проследите, чтобы не пришлось искать мыло;
- на всякий случай пусть будет под рукой ложка, которая понадобится для осмотра полости рта. Ложка должна быть средних размеров и без всяких финтифлюшек;
- если у вас имеются конкретные вопросы к врачу — заранее запишите их на бумаге, поскольку, с высокой степенью вероятности, все, что вы хотели спросить, вы забудете в самый ответственный момент. Опять-таки желательно иметь под рукой бумагу и пишущие принадлежности, чтобы иметь возможность быстренько записать полученные советы и рекомендации.

10. КОЕ-ЧТО ПРО БОЛЕЗНИ

Знание некоторых принципов легко возмещает незнание некоторых фактов.

Клод Адриан Гельвеций

Детей, которые не болеют, не существует. Но при большом количестве самых разных заболеваний на младенцев приходятся почти исключительно болезни инфекционные. И здесь нет ничего удивительного, поскольку грудной ребенок ведет естественный образ жизни: не ест острого и соленого, не ссорится с начальством, не употребляет алкоголь и т. д. Поэтому для него маловероятны инфаркты и инсульты, язвы желудка, бронхиальная астма, сахарный диабет и многое другое[1].

В этой главе автор не собирается учить родителей диагностике и лечению.

Наши главные задачи следующие:

1 Получить кое-какую теоретическую информацию и научиться переводить некоторые слова с медицинского языка на человеческий.

1 Все это, конечно, может быть, но вы ведь помните: то, что бывает редко, бывает очень редко.

2 Знать, что обязательно делать надо и чего делать не надо в некоторых стандартных и очень частых ситуациях. Понимать, для чего это делается.

3 Четко представлять себе вопросы, не относящиеся к компетенции родителей, поскольку ответить на них может только врач.

10.1. БОЛЕТЬ ИЛИ НЕ БОЛЕТЬ?

Никакими закаливаниями и образами жизни полностью предотвратить детские хвори нельзя. Каждый человек встречается в своей жизни с огромным числом микробов. И до тех пор, пока к большинству из них в организме не будет выработан иммунитет, инфекционные болезни — неизбежность. Но всегда найдется микроорганизм, к которому защиты нет. Поэтому болеют все — и дети, и взрослые.

И совершенно не принципиально — болеть или не болеть. Важно, как болеть — насколько часто и насколько тяжело!

Значение слова «иммунитет» с чисто теоретических медицинских позиций объяснить довольно трудно. Но для нашего с вами взаимопонимания достаточно следующего: *иммунитет — это способность организма защищать себя*. Защищать от всего, что для организма естественным не является: от вирусов и бактерий, от ядов, от некоторых лекарств, от образующихся в самом организме ненормальностей (раковых клеток, например). Как это делается и что при этом образуется — пусть знают врачи.

Очевидно, что способность человека противостоять инфекциям определяется иммунитетом, выраженность которого зависит, прежде всего, от образа жизни. Ну а ***естественных стимуляторов иммунитета всего три — голод, холод и физическая активность.***

Ни в одном из трех указанных направлений недопустим экстремизм (не надо сознательно морить детей голодом, заставлять их мерзнуть и бегать по 30 километров в день). Но более важно другое — противоположные действия:

избыточная еда,
избыточное тепло,
ограничение двигательной активности —

очень быстро приводят к угнетению иммунитета (частые инфекционные болезни) или к неправильности иммунитета, когда вроде бы реагирует, но не так, как надо (аллергические или инфекционно-аллергические болезни). И все, что ранее в этой книге было написано, ставило своей целью организацию такого образа жизни ребенка, при котором иммунитет развивается естественно: мы не рекомендовали ничего особенного для его (иммунитета) избыточной стимуляции и очень просили не мешать его (иммунитета) нормальному развитию.

Вы должны знать, что у новорожденного почти такая же кровь, как у его матери. Т. е. он уже имеет врожденный иммунитет к тем инфекционным болезням, что перенесла мама. Однако это ненадолго, месяца на 3—4, в лучшем случае — на 6 (при естественном вскармливании, разумеется). Поэтому правильно воспитывать ребенка надо с момента рождения, чтобы к 3—6 месяцам сделать его способным бороться с инфекционными болезнями.

Теперь, собственно, про инфекционные болезни. Вызываются они двумя основными группами микроорганизмов — вирусами и бактериями.

Вирусные инфекции — знаменитые ОРВИ (острые респираторные вирусные инфекции), корь, ветрянка, краснуха и т. д. — характеризуются прежде всего тем, что почти никаких лекарственных препаратов, способных уничтожить вирус в организме, не существует (вирусы находятся внутри клеток организма, и очень трудно убить вирус, оставив при этом сами клетки в живых). Поэтому *главный принцип лечения этих инфекций — помочь организму самому победить вирус.*

Бактериальные инфекции (скарлатина, туберкулез, дизентерия, большинство ангин, менингитов и воспалений легких) лечатся совершенно иначе: имеется несколько групп лекарственных препаратов, позволяющих убить микроб и не нанести при этом существенного вреда человеческому организму. Про эти лекарства вы, конечно же, слышали — антибиотики (пенициллин, тетрациклин, гентамицин), сульфаниламиды (стрептоцид, этазол, бисептол). Каждый врач прекрасно знает (его этому специально и много лет учили), какими микробами может быть вызвана конкретная болезнь и какие антибиотики теоретически должны помочь.

А вы (родители) должны поинтересоваться у врача: причина заболевания — вирус или бактерия? И уяснить себе, что если болезнь вирусная, то главные лекари — время и режим (воздух, еда, питье, одежда), а если бактериальная — только врач, и чем быстрее, тем лучше.

И еще немного теоретической информации.

Есть бактериальные инфекции, при которых антибиотики помочь не могут — за то время, что пройдет, пока их назначат (сначала ведь необходимо диагноз поставить), да пока они убьют микроб, может быть уже поздно. Дело в том, что некоторые бактерии выделяют особые яды — токсины. Антибиотики свое дело сделали, но токсины остались. Они-то организм и погубят, если вовремя не ввести лекарство, нейтрализующее токсины (антитоксическую сыворотку). В отношении этих болезней (а к ним относятся, прежде всего, дифтерия и столбняк) главное — профилактика. Прививки — обязательно и своевременно.

Есть вирусные инфекции, с которыми организму самостоятельно справиться очень трудно, а если все-таки справится, возможны тяжелые осложнения. Типичный пример — полиомиелит. Опять же, главное — профилактическая прививка.

Очень часто болезнь начинается, как вирусная, но впоследствии развиваются осложнения, вызванные бактериями. Например, ОРВИ (обычный вирусный насморк), а потом — воспаление легких. И надо знать, как правильно помочь ребенку, чтобы вероятность осложнений была минимальной.

Ну вот мы и знаем кое-что про инфекционные болезни вообще. Знания эти поверхностные, но не надо стремиться к их углублению: медицина — это как раз та наука, где полузнайство в тысячу раз опаснее незнайства. И давайте поступим следующим образом: рассмотрим поподробнее основные проявления инфекционных болезней и основные способы лечения, делая при этом акцент на тактике действий родителей.

Но предварительно необходимо отметить следующее.

В подавляющем большинстве случаев организм нормального ребенка, который нормально (естественно) воспитывается, вполне способен к тому, чтобы без всякой посторонней помощи справиться с инфекционной болезнью. И главная наша задача — организму не мешать!

Почти все проявления болезни — повышение температуры, насморк, кашель, отказ от еды — представляют собой способы борьбы организма с возбудителем (вирусом или бактерией). А современные лекарства могут творить чудеса: мгновенно снизить температуру, «отключить» насморк и кашель и т. д. И, к сожалению, многие такие лекарства в вашей домашней аптечке есть. Поэтому вы, кое-что зная, попытаетесь облегчить жизнь малышу и себе... А в результате вместо трех дней насморка получите три недели в больнице с воспалением легких. Это я говорю к тому, что, читая написанные ниже рекомендации, особое внимание обращайте на те действия, которые ни в коем случае осуществлять не надо.

10.2. ПОВЫШЕНИЕ ТЕМПЕРАТУРЫ ТЕЛА

Повышение температуры тела — наиболее типичное проявление любой инфекционной болезни. Организм таким образом сам себя стимулирует, вырабатывая при этом вещества, которые будут бороться с возбудителем.

Главное из этих веществ — интерферон. Про него многие слышали, хотя бы потому, что в виде капель в нос он довольно часто назначается врачами. Интерферон —это особый белок, мобилизующий организм на борьбу с вирусами. Количество интерферона имеет прямую связь с температурой тела, т. е. чем выше температура, тем больше интерферона. Выработка интерферона достигает своего максимума на второй-третий день после повышения температуры, и поэтому при большинстве ОРВИ именно на третий день болезни начинается улучшение состояния или вообще наступает выздоровление. Ежели интерферона мало — ребенок слабенький (не может отреагировать на инфекцию высокой температурой), или родители «сильно умные»: быстренько температуру «сбили» — то шансов на окончание болезни за три дня почти не остается. В этом случае вся надежда на так называемые антитела, которые покончат с вирусами обязательно, но вот сроки болезни будут совсем другими — около семи дней. Кстати, приведенная информация во многом объясняет, почему «нелюбимые» дети болеют три дня, а «любимые» — неделю.

Каждый ребенок индивидуален и по-разному переносит повышение температуры. Встречаются малыши, спокойно продолжающие играть при 39 °C, но бывает — всего 37,5 °C, а он чуть ли не теряет сознание.

Поэтому не может быть универсальных рекомендаций в отношении того, до каких пор надобно ждать и после какой цифры на шкале градусника начинать спасать.

Главное для нас следующее. При повышении температуры тела необходимо сделать все для того, чтобы организм имел возможность терять тепло. Тепло теряется двумя путями — при испарении пота и при согревании вдыхаемого воздуха.

Два обязательных действия:

- обильное питье — чтобы было чем потеть;
- прохладный воздух в комнате (оптимально 16—18 °C).

Если эти условия выполнены, вероятность того, что организм сам не справится с температурой, очень невелика.

Внимание!

При контакте тела с холодом происходит спазм сосудов кожи. В ней замедляется кровоток, уменьшается образование пота и отдача тепла. Температура кожи уменьшается, но температура внутренних органов увеличивается. И это исключительно опасно!

Нельзя использовать в домашних условиях так называемые «физические методы охлаждения»: грелки со льдом, влажные холодные простыни, холодные клизмы и т. п. В больницах или после визита врача можно, потому что дó того (до физических методов охлаждения) врачи назначают специальные лекарства, которые устраняют спазм сосудов кожи.

Дома необходимо сделать все для того, чтобы спазма сосудов кожи не допустить. Поэтому — прохладный воздух, но достаточно теплая одежда.

Частички тепла уносятся из организма при испарении пота, и таким образом понижается температура тела. Были придуманы несколько способов, позволяющих ускорить испарение. Например, поставить рядом с голеньким ребенком вентилятор или растереть его спиртом или уксусом (после растирания уменьшается поверхностное натяжение пота, и он испаряется быстрее).

Люди! Вы даже представить себе не можете, какое количество детей поплатилось жизнью за эти растирания! Если уж ребенок пропотел, то температура тела снизится сама. Но через детскую кожу то, чем вы растираете, всасывается в кровь. Растерли спиртом (водкой, самогоном) — добавили к болезни отравление алкоголем. Растерли уксусом — добавили отравление кислотой.

Вывод очевиден:

никогда и ничем не растирайте.

И вентиляторы тоже не нужны — поток прохладного воздуха опять-таки вызовет спазм сосудов кожи. Поэтому если пропотел — переоденьте (перепеленайте) в сухое и теплое, после чего успокойтесь.

Чем выше температура тела, чем сильнее потеет, тем активнее необходимо поить. Оптимальный напиток для ребенка первого года жизни — отвар изюма (столовая ложка изюма на стакан кипятка). Для детей постарше (после года) — компот из сухофруктов. Чай с малиной резко усиливает образование пота. Поэтому вы должны быть уверены в том, что есть, чем потеть, а значит, до малины надо бы выпить еще чего-нибудь (того же компота). Но в любом случае малину детям до года давать не следует.

Если перебирает — это буду, а это не буду, — то лучше любая жидкость, которую пить согласен (минеральная вода, отвары трав, калина, шиповник, смородина и т. д.), чем не поить вообще.

Помните — жидкость нужна для того, чтобы не допустить сгущения крови. А *любой напиток попадет из желудка в кровь только после того, как температура жидкости будет равна температуре желудка: дали холодное — не всосется, пока не нагреется, дали теплое — не всосется, пока не остынет.*

Вывод:

необходимо стремиться к тому, чтобы температура жидкости, используемой для питья, была равна температуре тела (плюс-минус 5 градусов не считается).

Бывают, и совсем нередко, ситуации, когда повышение температуры тела ребенком плохо переносится. Иногда повышение температуры тела для ребенка опасно потому, что у него есть какие-либо болезни нервной системы, и высокая температура может спровоцировать судороги. Да и, по большому счету, температура выше 39 °С, которая держится больше часа, имеет отрицательных эффектов не меньше, чем положительных.

Во всех описанных ситуациях (повторяю: 1) плохая переносимость температуры; 2) сопутствующие болезни нервной системы; 3) температура тела выше 39 °С) имеет смысл применение лекарственных препаратов. Сразу же отметим: эффективность любых лекарств снижается, а вероятность побочных реакций значительно увеличивается, если не решены указанные выше две главные задачи — не обеспечен должный режим питья и не снижена температура воздуха в помещении.

Для использования в домашних условиях оптимальны и допустимы два препарата — **парацетамол и ибупрофен**. Но всегда старайтесь, если позволяет время и состояние ребенка, не принимать самостоятельных решений без предварительной консультации с врачом.

10.3. НАСМОРК

Насморк чаще всего является проявлением вирусного заболевания. Во-первых, организм таким образом пытается остановить инфекцию в носу (не пустить ее дальше — в горло, в легкие), а во-вторых, слизистая оболочка носа выделяет слизь[1], которая в огромных количествах содержит вещества, нейтрализующие вирусы.

Главная задача родителей — не допустить высыхания слизи.

Для этого необходим опять-таки чистый прохладный влажный воздух и достаточное количество жидкости, употребляемой внутрь. Если слизь высохнет — ребенок будет дышать ртом, и тогда начнет высыхать слизь в легких, закупоривая бронхи, а это одна из главных причин развития в них воспаления (пневмонии).

При температуре в комнате выше 22 °С слизь высыхает очень быстро. Выводы очевидны.

Помочь ребенку можно, увлажняя носовые ходы каплями, которые делают слизь более жидкой. Самое простое и всем доступное средство — физиологический раствор (есть во всех аптеках). Это обычная вода с добавлением небольшого количества соли. Передозировать его невозможно, поэтому капайте совершенно спокойно хоть каждые полчаса по 3—4 капли в каждую ноздрю[2].

1 На человеческом языке вытекающая из носа слизь называется «сопли».

2 В случае, когда аптека далеко или бежать туда нет времени, можете сделать некоторое подобие физиологического раствора сами: на 1 литр кипяченой воды добавьте 1 чайную ложку соли, если же быть более точным — 9 граммов.

Еще раз подчеркиваю — если в комнате теплый и сухой воздух, предотвратить высыхание слизи очень и очень трудно, что бы вы ни делали. Поэтому при любой болезни необходимо вначале ответить на вопрос: «чем дышать?» и только потом уже: «чем лечить?».

Никогда и ни при каких обстоятельствах не капайте в нос растворы антибиотиков!

Недопустимо без консультации врача использовать при обычном вирусном насморке сосудосуживающие капли (нафтизин, галазолин, назол и т. п.). Вначале становится очень хорошо — исчезает слизь, а потом очень плохо — начинается отек слизистой оболочки носа. Проявляется это так: сопли бежать перестали, однако носовое дыхание не только не восстанавливается, но еще и ухудшается («не продохнешь»). А чтобы снова стало хорошо, опять приходится капать. И так до бесконечности. Повторяю: насморк — это защита. Он сам пройдет, если не мешать, а помогать. Придуманы указанные лекарства для лечения совсем другого насморка — не инфекционного, а аллергического. Пришла, например, соседка — похвастаться своим персидским котом, а у вас сопли потекли (это не от восторга, а от аллергии на котов). Вот тут нафтизин в самый раз, хотя лучше все-таки выгнать кота (соседку можете оставить).

10.4. КАШЕЛЬ

Любой нормальный человек должен хотя бы иногда кашлять. Организм таким образом очищает легкие от слизи, которая в них накапливается. Иначе быть не может, потому что дышит человек не самым чистым воздухом. При любых болезнях легких и верхних дыхательных путей количество слизи увеличивается — надо чистить бронхи и уничтожать вирусы и бактерии. А накапливающуюся слизь (она называется мокротой) организм удаляет посредством кашля.

Как и в отношении носа, главное — предотвратить высыхание мокроты: все тот же прохладный влажный воздух и питье.

Категорически недопустимо без указания врача давать лекарственные средства, угнетающие кашель (глауцин, либексин, тусупрекс, бронхолитин)! Эти препараты хороши при одной-единственной детской инфекции — коклюше, да и то под постоянным врачебным контролем. Во всех остальных случаях следует, если уж невмоготу, использовать лекарства, воздействующие на мокроту (делающие ее менее густой) и усиливающие сокращение бронхов. Кашель, каким бы он ни был, всегда позволяет дождаться участкового педиатра и посоветоваться.

Довольно часто (чем больше ребенка «любят», тем чаще) встречается так называемое покашливание — высохшая слизь или различные вещества раздражают слизистую оболочку бронхов. Причины — ковры (пыль), теплый и сухой воздух, курение взрослых, аллергия (цитрусовые, шоколад, домашние животные). Естественно, что не покашливание надобно лечить, а устранять факторы, его вызывающие.

10.5. ТЯЖЕЛО ДЫШАТЬ

Реагировать немедленно и с обязательным (!) привлечением медицинских работников.

Если ребенок проснулся ночью — не может вдохнуть, осипший голос, грубый (лающий) кашель — это проявления крупа (воспаления гортани), причина которого, как правило, вирусная инфекция. До прибытия врача побыстрее дайте малышу подышать прохладным воздухом (к окну, на балкон). Теплое питье и теплая одежда[1].

10.6. УШИ

О том, что малыша беспокоят именно ушки, родители часто догадываются еще до прихода врача: ребенок очень капризен, тянется

1 Вирусный круп представляет собой очень серьезную проблему для многих семей. Желающих получить более подробную информацию мы адресуем к монографии Е. О. Комаровского «Вирусный круп у детей», выпущенной в 1993 году харьковским издательством «Фолио».

к уху (ушам) ручонками. Воспаление уха — не того, что снаружи, а того, что вам не видно (так называемое среднее ухо), — называется отитом. Почти всегда отит является осложнением насморка. Среднее ухо связано с носом особой трубой, за счет которой поддерживается постоянное давление на барабанную перепонку. При насморке, если слизь густая (т. е. опять-таки родители не смогли организовать прохладный влажный воздух и обильное питье), упомянутая нами труба забивается и давление в ушной полости резко увеличивается, отсюда и боль. Немедленные действия: сухое тепло на ухо (вата, сверху полиэтиленовая пленка и шапочка или косыночка), плюс сосудосуживающие капли в нос — теперь уже некуда деваться (напоминаю: нафтизин, галазолин, назол).

Иногда отит бывает гнойным, и тогда не обойтись без антибиотиков. Что капать в ухо и капать ли вообще, а также нужность антибиотиков в каждом конкретном случае может определить только врач.

10.7. ПОНОС И РВОТА

Такие же способы защиты, как и все остальное. В желудочно-кишечный тракт попало что-то не то, и организм всеми доступными средствами пытается эту гадость удалить. И понос, и рвота опасны прежде всего тем, что организм теряет большое количество воды и солей. Отсюда главный принцип помощи — восполнение потерь. Оптимально иметь дома лекарственные средства, представляющие собой заранее приготовленную смесь различных солей, которую перед употреблением разводят кипяченой водой. Температура раствора равна температуре тела. Если ребенок вообще ничего не будет есть — не страшно. Без еды он может выдержать довольно долго (несколько суток). Без жидкости счет идет на часы. При отсутствии указанных препаратов отвар изюма — удовлетворительный заменитель. При упорно повторяющейся рвоте помните, что надо давать пить чаще, но малыми порциями, чтобы не растягивался желудок, а использование противорвотных препаратов всегда согласовывайте с педиатром.

Неплохо помочь организму — очистить толстый кишечник с помощью клизмы (да, да, несмотря на то, что и так понос). Обычная кипяченая вода, ни в коем случае не теплая — температура около 20 °C. Следите за тем, чтобы вышла вся введенная жидкость.

Интенсивность ваших волнений должна быть теснейшим образом связана с общим состоянием ребенка, а не с тем, сколько раз он запачкал пеленки (попросился на горшок).

Если состояние не нарушено — активен, играет, нормальная температура — нечего паниковать. Следите за мочой: когда она светлая, дефицита жидкости нет.

Немедленно обращайтесь к врачу, если:

- сухой язык;
- из-за рвоты не можете поить;
- серый цвет кожи;
- запавшие глазки;
- более 6 часов нет мочи.

В любом случае помните: понос у детей раннего возраста — штука исключительно опасная. И никакой родительский опыт не дает возможности правильно оценить тяжесть состояния. Поэтому только консультация специалиста.

10.8. СЫПЬ

Наиболее частые причины появления у ребенка сыпи — инфекционные болезни и аллергия.

Когда появилась сыпь, но нет признаков инфекции (острое начало болезни, повышение температуры тела, вялость, отказ от еды и т. п.) — думайте, чем это вы ребенка накормили, или что съели сами (если кормите грудью); кто и что принес в дом, чем брызгали, красили и т. п.

Инфекционные болезни, сопровождающиеся сыпью, довольно легко поддаются лечению. Но, к сожалению, не все. Запугивать вас мне не хочется, но очень прошу: **любую сыпь обязательно показывайте врачу, и чем быстрее, тем лучше**.

Если появление сыпи сопровождается рвотой и высокой температурой, а элементы сыпи имеют вид кровоизлияний — используйте все (!) возможности для того, чтобы как можно быстрее доставить ребенка в детскую больницу.

10.9. ПИТАНИЕ ЗАБОЛЕВШЕГО РЕБЕНКА

Снижение аппетита — типичный признак почти любой болезни. С точки зрения логики, действия родителей очевидны: ведь если ребенок от еды отказывается, то значит его организм не испытывает потребности в пище, а следовательно, и ребенка, и организм надобно оставить в покое. Но действовать таким образом очень тяжело, поскольку количество здоровья принято связывать с количеством съеденной каши (помните поговорку — «мало каши ел»).

На самом же деле заболевшему младенцу часто бывает не до еды. Один из важнейших органов, обеспечивающих процесс пищеварения, — печень. И она же, во-первых, синтезирует вещества, нейтрализующие вирусы и бактерии, а во-вторых, обезвреживает яды (токсины бактерий, распавшиеся клетки), образующиеся в организме. Естественно, что нормальный организм стремится освободить печень от дел, с которыми можно подождать (процесс пищеварения), и нагрузить ее работой более неотложной (борьба с возбудителями инфекций). Чем больше вы в больного ребенка напихаете (другого слова я здесь не подберу) еды, тем дольше и тем тяжелее он будет болеть.

Кстати, отношение родителей к тому, как надо ребенка кормить, во многом помогает ответить на вопрос: почему любимые дети болеют чаще?

Пришел мальчик Петя из детского сада и говорит: «Я кушать не хочу». Скорее всего, в организм попал какой-то микроб и «умная» печень попросила центр аппетита в головном мозге оставить ее в покое, чтоб спокойно инфекцию нейтрализовать. Если бы к Пете не приставали, он бы утром опять пошел в детский садик. Но массовый героизм семьи (чтение, пение, танцы, «за маму», «за соседа дядю Васю») позволил не дать несчастному мальчику умереть от голода. Утром сопливый и кашляющий Петя остается дома, а мама вызывает участкового педиатра.

Правила кормления заболевшего ребенка:

1. руководствоваться, прежде всего, аппетитом;
2. попытки насильственного кормления абсолютно недопустимы;
3. кормить чаще, но давать меньше;
4. во время болезни избегать экспериментов — никаких новых продуктов не использовать.

10.10. ПОСТЕЛЬНЫЙ РЕЖИМ

Действительно больной ребенок постельный режим выберет себе сам. Если постоянное пребывание в постели сопровождается постоянными криками и воплями в связи с желанием из кровати выбраться, то следует знать, что энергии на крики и вопли тратится не меньше, чем на ходьбу.

10.11. ОТВЛЕКАЮЩИЕ ПРОЦЕДУРЫ

Каждый взрослый человек хоть раз испытал отвлекающие процедуры на себе и ближайших родственниках — всем ведь известны знаменитые горчичники (банки, припарки, горячие ножные ванны и т. п.).

Сразу же следует отметить — эффективность этих процедур ни доказать, ни опровергнуть нельзя. Болезни, при которых горчичники якобы помогают, благополучно проходят и без горчичников. Серьезные заболевания опять-таки горчичниками не вылечиваются.

Так для чего же они нужны? Прежде всего для родителей. У мамы и папы заболевшего ребенка просто чешутся руки сделать для малыша «хоть что-нибудь». А когда горчичники снимают, малышу действительно становится гораздо легче — от того, что сняли.

Главный вывод:

отвлекающие процедуры нужны для того, чтобы развлекать родителей.

Убежден, что развлечения путем издевательства над больным младенцем — не самый лучший способ лечения.

Если уж вы никак не можете воздержаться от «самых решительных действий», то не делайте ничего, что доставляет ребенку неприятные ощущения. Хотите — поставьте ему согревающий компресс на шею. В некоторых книжках написано, что подобное тепловое воздействие благотворно влияет на работу бронхов. На самом деле вам, в лучшем случае, удастся нагреть кожу шеи, но ребенку хуже не станет — это точно.

10.12. АНТИБИОТИКИ

Человеческий организм с самого раннего детства является вместилищем огромного числа бактерий, населяющих самые разные его (организма) места. В XX веке люди научились бактерии убивать, и это им так понравилось, что человека, ни разу не пытавшегося какого-нибудь микроба в себе задавить, встретить почти невозможно. Тем не менее необходимо твердо усвоить, что антибактериальные препараты никакого влияния на вирусы не оказывают. А ведь именно с вирусами связано подавляющее большинство детских болезней — прежде всего ОРВИ, не говоря уже про корь, свинку, ветрянку и краснуху.

Но все-все знают, что обычная простуда опасна осложнениями и, дабы чего не вышло, при первом же чихе нередко глотают всякие бисептолы, ампициллины, тетрациклины и прочие «-ины». На умном медицинском языке это называется «профилактическая антибиотикотерапия».

Знайте, уважаемые мамы и папы, что у вас во рту, как, впрочем, и во рту у вашего ребенка, живет огромное количество самых разнообразных бактерий. Эти бактерии привыкли друг к другу, разделили сферы влияния и мирно соседствуют, никого при этом не трогая. Антибиотика, способного убить всех, не существует. Ответьте теперь на вопрос: будет ли легче размножаться тем микробам, что останутся, если их естественные конкуренты погибли? Правильно, размножаться им будет легче. А значит, вероятность того, что они вызовут заболевание, повысится. Правда, интересно? И оказывается, что «лечение» ОРВИ антибиотиками в несколько раз увеличивает частоту развития воспаления легких. Вот так-то.

Запомните:

- любой антибиотик должен назначаться только врачом;
- антибиотик должен назначаться тогда, когда бактериальная инфекция уже есть, а не для того, чтобы якобы ее предотвратить. Наиболее правильное отношение к профилактической антибиотикотерапии заложено в лозунге, выдвинутом гениальным философом М. М. Жванецким: «Неприятности надо переживать по мере их поступления!»;
- если уж вы вынуждены антибиотики ребенку давать, то ни в коем случае не прекращайте прием сразу же после того, как

станет чуточку полегче. Только врач знает, какой антибиотик, сколько и как долго;

- и никогда не выпрашивайте чего-нибудь посильнее;
- главное в антибиотикотерапии — это сделать так, чтобы она ребенку была не нужна, т. е. воспитывать его (ребенка) соответствующим образом.

10.13. ПО ПОВОДУ АНАЛИЗОВ

Я расскажу вам только про один, всем известный по имени показатель — про гемоглобин. И вы сами поймете, насколько надо быть острожным, если хочется лечиться только потому, что выданная лабораторией справка несколько отличается от общепринятой.

Гемоглобин разносит по всему человеческому организму кислород. А современному ребенку, который воспитывается в неге и заботе, большое количество кислорода и, соответственно, большое количество гемоглобина просто ни к чему. Если не надо поддерживать температуру тела (всегда тепло), если нет возможности двигаться (туго запеленали; вместо того, чтобы побегал — усадили слушать сказки и т. п.) — то зачем нужен организму гемоглобин в «нормальных» количествах?

Не может быть нормального гемоглобина у беременной, которая 9 месяцев лежит.

Не может быть нормального гемоглобина у ребенка, который 3 раза в неделю изучает иностранный язык, 3 раза в неделю играет на виолончели, а выходной проводит за просмотром мультиков.

Для нормального гемоглобина нужен нормальный (естественный) образ жизни!

Но большинство родителей почему-то считает более естественным бегать по врачам, каждые две недели пить из ребенка кровь и кормить младенца железом, печенками и черной икрой. Если у вашего ребенка низкий гемоглобин, то не лечить его надобно, а воспитывать соответствующим образом.

Главный вывод:

никакая бумажка не в состоянии заменить глаза, уши и мозги. Поэтому если все хорошо, а анализы «ужасные», не торопитесь спасаться.

Лечат детей, а не анализы!

ЧАСТЬ ВТОРАЯ
ИЗБРАННЫЕ СТАТЬИ[1]

Я предпочитаю найти одну истину,
хотя бы и в незначительных вещах,
нежели долго спорить о величайших вопросах,
не достигая никакой истины.

Галилео Галилей

1 Вторая часть книги объединяет самые разнообразные статьи автора. Принципиальная особенность этих статей — они освещают проблемы, связанные именно с первым годом жизни вашего ребенка. Проблемы, лишь затронутые в первой части, здесь освещаются более подробно.

К ВОПРОСУ О ВРЕДНОСТИ ПЕЛЕНАНИЯ

Пеленка — основной предмет младенческой одежды вот уже несколько тысяч лет. Пеленка — явление элементарное, простота конструкции не дает никаких шансов отличиться дизайнерам и стилистам. Пеленка — доступно, удобно, привычно. Но так ли все однозначно?

* * *

Исторически в основе использования пеленок лежат, по-видимому, экономические причины. Классическая человеческая одежда — с рукавами и штанинами — строго адаптирована к размерам тела. Очевидно, что коль скоро размеры этого самого тела существенно меняются в течение двух недель, то нормальной одежды не напасешься. А пеленка — при условии, что на размерах никто не будет экономить изначально — позволяет по крайней мере полгода о новой одежде не думать.

Отношение общества и медицинской науки к пеленанию в течение многих десятилетий оставалось более или менее стабильным.

— Надо ли пеленать?

— Надо!

— А как пеленать?

— Выровнять ручки, выровнять ножки, а все остальное скрутить, обмотать потуже и зафиксировать, чтоб не дергался.

— А зачем потуже?

— Чтоб ножки были ровненькие, чтоб знал, кто в доме хозяин...

Постепенно взгляды поменялись. Многочисленные исследования выявили совершенно удивительный факт — оказывается, кривая нога не становится ровной, как ее туго ни обматывай. Оказывается, ровность ног вообще к технике пеленания никакого отношения не имеет. Оказывается, туго запеленатому дитю тяжелее дышать. Более того, мудрые доктора пришли к выводу, что не надо насиловать младенца! Ибо если все без исключения дети стремятся занять определенную позу — поджать ножки, согнуть ручки, — то, по-видимому, именно эта поза является для ребенка наиболее физиологичной, т. е. удобной и естественной.

И на основании столь простого и столь логичного вывода тугое пеленание было подвергнуто нещадной критике и кануло в лету под давлением прогрессивной медицинской и родительской общественности. На смену пеленанию тугому пришло пеленание свободное — как символ демократии и уважения к правам человека.

Ребенок, запеленатый свободно, имеет возможность двигать конечностями и принимать положение, удобное именно для него. Казалось бы, достигнут консенсус. Свободное пеленание — оптимально, удобно, традиционно, удовлетворяет потребности и детей, и родителей. Да, некоторых бабушек такое пеленание не устраивает, главным образом по причинам эстетическим. Ну разве можно сравнить удивительный по красоте, изящный, правильный и ровненький валик, получающийся при тугом пеленании, и неаккуратное, дрыгающееся, мешкообразное образование, созданное посредством свободного пеленания?

Но с бабушками договориться можно. Нет, в конце концов, человека, которого нельзя убедить посредством рассуждений о свободе и правах.

И все было бы хорошо, как вдруг... Вдруг в десятках стран в сотнях средств массовой информации появились многочисленные сообщения о том, что пеленание, оказывается, в принципе очень вредно. И даже свободное пеленание — это не свобода никакая, а всего лишь свобода перемещаться в замкнутом пространстве (аналогия со свободой перемещения по территории тюрьмы). Более того, появились тысячи особых специалистов — детских психологов, аргументированно доказывающих, что пеленая детей, мы, оказывается, с рождения ограничиваем восприятие мира, нарушаем формирование осязательной функции, препятствуем гармоничному развитию человеческой личности, тормозим индивидуальность и вообще: воспитание личности, достойной жить в XXI веке, и использование пеленок — понятия несовместимые.

Миллионы родительских пар пребывают в унынии и растерянности. Бедные наши детки... По нашему преступному родительскому неведению будут они, прошедшие сквозь адовы муки пеленок, теперь отсталыми, негармоничными, недоразвитыми, безынициативными. А эти хитрюги, что в ползунках и распашонках с рождения, будут теперь нашими командовать и помыкать ими всячески.

Но что же делать? Как исправить? Понятно, что родить следующего и о пеленках забыть — самое мудрое решение, но ведь и этого, отсталого-негармоничного, жалко.

Сказать по правде, кого действительно жалко — так это бедных родителей. Создается впечатление, что родительский инстинкт способен оказывать подавляющее влияние на элементарный здравый смысл.

Обратите внимание:

- противники пеленания встречались и раньше. Типичный и, пожалуй, самый известный апологет антипеленочной пропаганды — великий писатель Лев Толстой. Парадоксально, но самого Льва Николаевича в детстве пеленали, что, с одной стороны, не помешало ему проявить собственную гениальность, а с другой — помешало все-таки убедительно доказать связь инфантилизма и вялости Пьера Безухова с тугим младенческим пеленанием;

- расцвет человеческой цивилизации и новые технологии — от одноразовых подгузников до полетов в космос — обеспечили люди, которых в детстве пеленали;
- всех, кто сейчас читает эти строки, в детстве пеленали;
- самое парадоксальное: великих детских психологов, грозящих неминуемыми бедами всем запеленатым, в детстве тоже пеленали. Возможно, несколько туже, чем требовалось...

Формирование полноценной и гармонично развитой человеческой личности действительно определяется множеством факторов: индивидуальными, генетически обусловленными особенностями темперамента, общим состоянием здоровья вообще и лечением конкретных болезней в частности, системой педагогического и религиозного воспитания, страной обитания. Особую и, пожалуй, наиболее важную роль играет психологический климат в семье, сформированная система ценностей, с учетом количества детей, наличия обоих родителей и их контактов друг с другом, с детьми, с собственными родителями. Все упомянутые факторы очень важны и их влияние на формирование ребенка доказано безоговорочно. В то же время, не существует ни одного полноценного, подлинно научного исследования, доказывающего связь пеленания и проблем развития личности.

Таким образом, научной и логичной мотивации отказа от пеленания не существует, и на этом основании можно сформулировать **главное правило**:

пеленать или не пеленать ребенка — личное дело его родителей, определяющееся их желаниями, возможностями, образом жизни.

В антипеленочной пропаганде, по крайней мере, в нашей стране, отчетливо прослеживаются экономические мотивы. Любая отечественная фабрика, любой цех, любая домохозяйка может в течение суток наладить выпуск пеленок. Но красивые штанишки, распашонки, ползунки, костюмчики, комбинезончики — разноцветные, с картинками, кружевами, завязочками-тесемочками, кнопками и карманчиками — это уже посложнее. Это дорогой и, как правило, заморский товар. И стоит такая распашоночка как пять пеленок. Не в этом ли суть «пеленочной вредности»?

Родители, тем не менее, должны отдавать себе отчет в том, что отказ от пеленок удобен по многим параметрам. Отметим некоторые из них:

- при использовании распашонок и ползунков к одеванию младенца можно привлечь мужчин, ибо отец, освоивший искусство пеленания, — явление уникальное;
- пеленки очень неудобны в жаркое время года — перегреть младенца совсем не трудно;
- при стирке распашонки и ползунки, в сравнении с пеленками, требуют меньшего количества воды и моющих средств, а при сушке не только занимают меньше места, но и высыхают быстрее;
- как бы свободно вы ребенка ни запеленали, ему все-таки может быть неудобно. Опять-таки, вне зависимости от качества пеленания, активное дитя вполне может и распеленаться (и хорошо, если в комнате тепло). Понятно, что самостоятельно избавиться от ползунков-распашонок — многократно труднее;
- распашонки и ползунки действительно никоим образом не ограничивают двигательную активность...

Но!! Все вышеперечисленное — непринципиально. И если от старшего ребенка в доме осталось два десятка пеленок, то вовсе не обязательно тратиться на распашонки только потому, что в интервале между беременностями вы познакомились с достижениями передовой психологической мысли.

Повторяю: это ваше личное дело — пеленать или не пеленать. Никто — ни девочка-консультант в магазине детской одежды, ни врач, ни психолог — никто не примет решения за вас. Только не думайте, что это решение и в самом деле способно серьезно повлиять на здоровье вашего дитя. Хотите — пеленайте, не хотите — не пеленайте. Только не нервничайте.

КАК ЖЕ МНЕ НЕ ПЛАКАТЬ...

Плачет бедненький... Не успел на свет появиться — плачет. Домой принесли — плачет. По любому поводу плачет. Несчастный, больной, слабенький, голодненький. Надобно срочно что-то предпринять! Что? Как? Надо ли вообще?

УЧИМСЯ БЫТЬ ПЕРЕВОДЧИКАМИ

Парадоксальность ситуации состоит в том, что ребенок первых месяцев жизни имеет лишь один способ обратить на себя внимание. И сделать это он может только посредством плача. А мы — взрослые дяди и тети — интуитивно воспринимаем плач как явление однозначно отрицательное. И суетимся, стараясь помочь. В то же время, не так уж все драматично. Очень часто ни о каких бедах и серьезных проблемах речь не идет в принципе, остается лишь научиться — научиться понимать своего ребенка и переводить с «плачевного» языка на человеческий.

Родительские инстинкты, наблюдательность и определенное время совместного с ребенком общения в большинстве случаев — достаточные условия для того, чтобы любящие мамы-папы без всяких профессиональных переводчиков (т. е. докторов) научились угадывать желания, понимать проблемы и облегчать жизнь малыша.

Остается лишь надеяться на то, что небольшая теоретическая информация о возможных причинах плача позволит, во-первых, сократить вышеупомянутое «определенное время совместного с ребенком общения» и, во-вторых, научит побыстрее понимать, угадывать и облегчать.

ПРИЧИНЫ И СЛЕДСТВИЕ

Главное в понимании «теории плача» — осознание того факта, что плач всегда вторичен. Т. е. имеется некая причина или комплекс причин, следствием которых и является плач. Бороться именно с плачем — неразумно и нерационально. А вот устранять причины — и мудро, и эффективно. Сложность задачи понятна, ибо причин множество, а следствие, на первый взгляд, одно. Почему на первый взгляд? Да потому, что плач ведь тоже бывает разным — тихим, громким, монотонным, пронзительным (и еще десятка два эпитетов можно придумать), но это лишь усложняет задачу, ибо точных соответствий — т. е. определенная проблема = определенный плач — не существует.

Во всем многообразии причин плача можно, тем не менее, выделить три основных группы проблем:

1. инстинкт;
2. неудовлетворенные физиологические потребности;
3. боль и дискомфорт.

ИНСТИНКТ

Человеческий детеныш от Природы в одиночку не жизнеспособен. И быть одному, не чувствовать рядом тело взрослого человека (кормильца и защитника) для него (детеныша) противоестественно. В такой ситуации Природа заложила в ребенка инстинкт — криком звать на помощь. Этот инстинкт — назовем его инстинктом страха — выражен у детей по-разному: у одних больше, у других меньше — отсюда и разница в интенсивности и продолжительности плача. Ребенок остался один — сработал инстинкт — начал кричать. Взяли на руки — инстинкт реализовался — замолчал. Уложили в кровать — плачет. Подхватили, покачали — и так до бесконечности... Точнее — не до бесконечности, а до того биологического возраста, когда данный инстинкт угаснет естественным образом. Наступит это, скорее всего, после того, как начнет ходить (ползать) и изучать мир самостоятельно. Что будет, если на руки не брать? Инстинкт, не находя реализации, начнет угасать. По крайней мере, не будет вырабатываться условный рефлекс: кричу — носят на руках, молчу — не обращают на меня внимания.

Отношения специалистов к описанному варианту плача и рекомендации нередко диаметрально противоположны. Лозунг перинатальных психологов — «создать у ребенка ощущение того, что его любят, о нем заботятся». Создать любой ценой! Петь, носить и качать — пока папа и мама еще стоят на ногах. Педиатры, в большинстве своем, не столь категоричны, а описанный вариант любви и заботы обозначают термином «избалованность».

Таким образом, главной отличительной особенностью инстинктивного плача является его мгновенное прекращение после того, как ребенок оказывается на руках у взрослых. Отсюда и вывод напрашивается — если не успокоился, то надобно другие причины искать.

Существует очень популярный способ «нейтрализации» инстинктивного плача. Дело в том, что пребывание на руках у матери ассоциируется у ребенка с процессом кормления. Т. е., опять-таки с точки зрения Природы, процесс сосания неотделим от успокоительного присутствия взрослых. И не удивительно, что родственники плачущих детей придумали эффективный метод борьбы с инстинктивным плачем, используя с незапамятных времен соски-пустышки.

Стоит заметить, что многие современные педиатры категорически против пустышек, особенно на этапе становления лактации и при любых проблемах с количеством материнского молока. Но в крайних ситуациях — когда молока у мамы много или когда нет вообще (т. е. речь идет об искусственном вскармливании), — пустышка очень даже может помочь.

Плюсы, минусы и правила использования самой пустышки — тема отдельного разговора. Сейчас же главное для нас — понимание физиологического смысла ее применения и механизма действия.

НЕУДОВЛЕТВОРЕННЫЕ ФИЗИОЛОГИЧЕСКИЕ ПОТРЕБНОСТИ

Самые частые причины плача — неудовлетворенные физиологические потребности. Организму человека любого возраста присущ определенный набор обязательных, физиологических (т. е. естественных) функций — еда, сон, питье, мочеиспускание, дефекация. Если потребность в реализации функции возникла — пришла пора поесть или поспать, а возможности утолить желание нет, то как же не заплакать в такой ситуации?!

Осуществить диагностику — выяснить, чему «пришла пора», — не так уж и сложно, хотя определенные трудности могут возникнуть. Поскольку физиологических потребностей мы упомянули всего пять, рассмотрим их по порядку.

ЕДА. Плач как проявление голода — явление очень частое, а для здорового ребенка желание поесть бывает нередко вообще единственной причиной плача.

Основы диагностики: сколько времени прошло от предыдущего кормления и как тогда поел, есть ли аппетит (определяется по интенсивности сосания). Главное — контакт с едой (грудь мамы, бутылка со смесью) — приводит к успокоению младенца и прекращению плача.

Основные «диагностические» проблемы связаны с популярной ныне методикой «кормления по требованию». Очень часто родители не в состоянии понять — чего все-таки ребенок требует: пребывания на руках или еды? В результате инстинктивный плач (см. выше) рассматривается как проявление чувства голода. Следствие — постоянное, круглосуточное кормление.

ПИТЬЕ. Употребление жидкости, помимо маминого молока или молочной смеси, вовсе не является обязательным, а по мнению многих педиатров, — и нежелательным. В то же время, специфические условия воспитания или климатические факторы часто приводят к повышенным потерям жидкости. К таким условиям и факторам относятся перегрев (погода, одежда, обогреватели), сухость воздуха, потливость.

Задумываться о том, не является ли жажда причиной плача, следует, прежде всего, в ситуациях, когда присутствуют упомянутые выше провоцирующие потери жидкости факторы, когда имеются признаки перегрева и дефицита жидкости (краснота кожи, потница, сухость языка, молочница во рту, редкое мочеиспускание, насыщенный цвет мочи, влажная кожа после прогулки).

Самое главное — понимание того факта, что способ «лечения» заключается не столько в том, чтобы дать малышу напиться, сколько в том, чтобы, по возможности, нормализовать его образ жизни.

Но! Следует понимать, что в ситуациях, когда есть признаки перегрева, а устранить «вредности» не получается — поить ребенка любого возраста все-таки надо. Ибо теоретическая нежелательность питья не идет ни в какое сравнение с реальной опасностью дефицита жидкости.

МОЧЕИСПУСКАНИЕ. Сложности с тем, чтобы помочиться, нередко бывают у мальчиков, когда имеется воспаление крайней плоти. Проявляется это пронзительным криком, который проходит после мочеиспускания. Дабы не «прозевать» именно эту причину, следует при возникновении подозрительного плача сделать процесс мочеиспускания видимым — т. е. распеленать или снять одноразовый подгузник. Если диагноз подтвердится (плачет, а после того, как струйка побежала, успокаивается) — тогда уже и к доктору не помешает обратиться, дабы получить конкретные советы по лечению.

ДЕФЕКАЦИЯ. Проблемы с опорожнением кишечника и плач по этому поводу — явление весьма распространенное. Основа диагностики — констатация того факта, что у ребенка в течение длительного времени не было стула (часов 8—10, не меньше) и сочетание отсутствия стула с конкретными симптомами, указывающими на проблемы с дефекацией, — вздутие живота, частое отхождение газиков, плач, при котором ребенок поджимает ножки к животику. Диагноз, что, впрочем, очевидно, подтверждается прекращением плача после того, как покакать все-таки удастся.

СОН. Парадоксально, но факт — самая частая причина, по которой ребенок не может заснуть, — элементарное нежелание спать, т. е. родители просто поторопились дитя укладывать. Лучший способ лечения — распеленать и дать спокойно подрыгаться и попищать. Есть и более реальные причины, но они почти всегда вторичны. Т. е. спокойному сну мешают первичные проблемы со здоровьем или с удовлетворением других потребностей — голод, жажда, боль, дискомфорт и т. д. Возможно, в то же время, и влияние внешних факторов — очень шумно, очень жарко, очень светло.

БОЛЬ И ДИСКОМФОРТ

Боль — как причина плача может сопровождать и, как правило, сопровождает уже описанные выше проблемы со стулом и мочеиспусканием. В то же время, ощущение боли — непременный спутник множества болезней. Поэтому если плач имеется, а найти ему объяснение не удается, приходится думать о болезнях. Для начала не помешает измерить температуру тела, повышение — явный повод к тому, чтобы искать причины плача вместе с врачом... Вариантов множество, но почти всегда, помимо боли, присутствуют и другие, вполне конкретные признаки болезни. Боль в животе и понос, как проявление кишечной инфекции, боль при глотании, как признак фарингита, опрелости на коже, покраснение крайней плоти, увеличение лимфоузла и т. д. и т. п.

Особый случай, нередко сложный для диагностики, — боль в ухе как проявление отита. Следует помнить, что отит редко возникает «на ровном месте» — обычно ему предшествует насморк. На ушной раковине, кпереди от отверстия наружного слухового прохода, имеется выступ, который называется козелком. Надавливание на козелок вызывает, при наличии отита, значительное усиление боли, провоцируя у ребенка пронзительный плач. Проверить наличие этого симптома может каждый родитель, а положительная ответная реакция служит поводом для немедленного обращения к врачу.

Дискомфорт — неприятные ощущения, при которых боли нет. И здесь как причин, так и специфических способов помощи десятки: жарко (сняли третью кофточку — замолчал), холодно (накрыли одеяльцем — успокоился), мокро (поменяли переполненный подгузник — затих), запеленали или уложили неудобно... Кожа зудит, потому что аллергический дерматит или потому что комары покусали, носовое дыхание затруднено, потому что сопли, глазки чешутся, потому что аллергический конъюнктивит, и т. д. и т. п.

Понятно, что не все причины дискомфорта могут быть быстро устранены без помощи детского врача, но почти все могут быть быстро обнаружены наблюдательными родителями. Это немаловажно хотя бы потому, что позволит сэкономить время и двигаться в правильном направлении (в прямом смысле). Т. е. бежать сразу к отоларингологу, если плачет при надавливании на козелок, и занимать очередь к окулисту, если «закисли» и покраснели глазки.

ПЛАЧ — НЕ ВСЕГДА ПЛОХО

Нельзя рассматривать детский плач в качестве явления абсолютно нежелательного. С одной стороны, плач полезен хотя бы тем, что является для родителей поводом, информацией к размышлению, заставляет анализировать поведение ребенка и свое собственное. Но, с другой стороны, есть польза и физиологическая. Плач — неплохой метод дыхательной гимнастики и тренировки легких. А еще — мало кому известный, но замечательный способ профилактики острых респираторных инфекций.

Последнее положение нуждается в пояснении. Дело в том, что при плаче, как всем известно, образуются слезы. Излишек слез «уходит» по так называемому носослезному протоку в полость носа (если уж быть совсем точным анатомически — носослезный проток впадает в нижний носовой ход). Поэтому все (и взрослые, и дети) при плаче шмыгают носами. Таким образом плачущий ребенок постоянно промывает носовые ходы слезами. А в слезной жидкости в очень большой концентрации находится белок лизоцим — мощный фактор неспецифической противомикробной защиты.

Не в этом ли кроется объяснение того факта, что особо любимые дети болеют чаще, ибо толпа чадолюбивых родственников не дает им поплакать даже эпизодически, демонстрируя повышенную самоотверженность посредством круглосуточного укачивания?

РОДИТЕЛЬСКОЕ РУКОДЕЛИЕ

ГИГИЕНИЧЕСКОЕ РУКОДЕЛИЕ

Общепринято мнение: главное в уходе за ребенком — накормить и не дать замерзнуть. В обоих этих процессах — множество тонкостей и правил, сотни страниц популярных и специальных трудов посвящены «секретам» кормления и одевания. Однако есть в отношении младенца действия менее значимые, но способные поставить в тупик молодую семью. Только-только прибыли из роддома, развернули и обнаружили: у него, оказывается, ногти на пальцах растут! И эти ногти с этого так называемого пальца надобно кому-то обрезать! Дитя на руки взять страшно, того и гляди, сломаешь что-нибудь, а тут палец... Палец длиной в полсантиметра! И многочисленные умные родственники-советчики как-то поникли и не хотят самолично поучаствовать, и врач, что пришел из поликлиники, лишь ограничился указаниями: «ноготки обрезать, пупок обработать», а мы вот теперь сидим в тоске, страдаем и боимся. Боимся сломать, порезать и вообще навредить...

Дабы уменьшить интенсивность страхов, мы постараемся очень коротко осветить основные правила осуществления самых простых гигиенических процедур. Главные предварительные условия базируются на трех элементарных принципах:

- без этого не обойтись;
- этого никто за нас не сделает;
- это совсем не сложно.

Два основных правила, касающиеся проведения всех без исключения гигиенических процедур, состоят в том, что, во-первых, до того, как что-либо делать, главный «делатель» должен привести в порядок себя — помыть руки, облачиться в удобную одежду. Гигиенические процедуры никогда не носят неотложного характера и не будет ничего опасного, если вы отложите их на несколько часов, но найдете лично для себя возможность поесть и поспать. Во-вторых, следует учитывать состояние младенца — не надо «приставать» к нему, если он сонный, голодный или капризный.

Первая, но обязательная манипуляция, имеющая отношение исключительно к новорожденному, — ***уход за пупочной ранкой***.

Главный парадокс заключается в том, что чем чаще вы манипулируете над пупком, чем активнее пытаетесь сделать его похожим на собственный — тем больше проблем можете создать. В принципе не нужны никакие палочки, посредством которых вы будете что-либо из пупка выковыривать. Следует иметь: пипетку, 3% раствор перекиси водорода и раствор бриллиантового зеленого (зеленку в просторечии).

Перекись водорода нужна лишь в том случае, если имеются кровянистые выделения из пупка. Смочите вату перекисью водорода и несколько раз промокните пупок (не тереть, а именно промокать!). Можно поступить еще проще: взять кожу живота в складочку (чтоб пупок был внутри этой складочки) и просто накапать в пупок перекись водорода — 3—4 капли достаточно. А через несколько секунд — ваткой промокнуть. Аналогичным образом следует поступить и с зеленкой. Понятно, что если пупочная ранка сухая, то первый этап (использование перекиси водорода) вполне можно пропустить.

Если младенцу больше двух недель от роду и в течение двух дней пупочная ранка остается сухой — тему обработки пупка можно считать закрытой.

Стрижка ногтей — это сложнее. Это на всю жизнь...

Очень желательно, чтоб у ребенка были свои, личные ножницы. Небольшие, те, что называют маникюрными, острые и с закругленными краями. Купленные ножницы очень желательно простерилизовать — на 5—10 минут опустить в кипяток. В дальнейшем достаточно сполоснуть мыльной водой. Рьяные поклонники чистоты могут обработать режущую поверхность спиртом (водкой, одеколоном). В этом нет особой потребности, но для дитя сие не вредно, а на душе спокойнее.

Стрижку ногтей лучше всего осуществлять после ванны, но и это вовсе не обязательно. Очень важно помнить, что чем короче ногти обрезаны, тем больше вероятность заусениц и образования так называемых вросших ногтей. Поэтому не увлекайтесь. На ножках ногти обрезают прямо, на ручках — по кругу.

Тщательная ***очистка ушей*** — вовсе необязательна. Если, особенно после ванны, осторожно протереть влажной ваткой ушную раковину, то от этого никому хуже не станет, а вот интенсивные манипуляции в области слухового канала как раз таят в себя ряд опасностей. Риск использования длинных и тонких предметов сомнений не вызывает, а вот тот факт, что, пытаясь с помощью ватных турундочек удалить серу, мы не столько серу удаляем, сколько проталкиваем ее поглубже в слуховой проход — очевиден далеко не для всех.

Дело в том, что в ушном проходе есть особые микроворсинки, они колеблются, продвигая серу к выходу. Все, чем мы реально можем помочь — удалить серу, которая до выхода уже дошла... Именно поэтому следует эпизодически (один-два раза в неделю) приводить в порядок *видимую* (еще раз подчеркиваю: *видимую*) часть слухового канала. Обязательное предварительное условие — слегка оттянуть ушную раковину назад и вверх, затем плотный ватный тампон (вата, намотанная на спичку или обрезанную зубочистку), желательно смоченный физиологическим раствором, медленно вводят в ушной канал, слегка прижимают к стенке канала и быстрым движением извлекают — и так несколько раз, поскольку стенок несколько. Тампон должен быть достаточно тонким — таким, чтоб его диаметр был меньше (!) диаметра слухового канала.

Не следует смачивать тампон маслом, мотивируя это тем, что к маслу сера лучше прилипает. Прилипает она действительно лучше, но если масло затечет внутрь слухового канала, то набухшая под его (масла) воздействием сера уже никуда двигаться не будет...

Еще одна часть тела, в обязательном порядке требующая ухода, — ***нос***. В носовых ходах постоянно образуется слизь, а поскольку воздух в жилых помещениях нередко бывает теплым и сухим, упомянутая слизь превращается в плотные корочки, затрудняющие дыхание. Все, что мы уже сказали о чистке ушей, по отношению к чистке носа в еще большей степени актуально. Удалить скопившуюся сухую слизь без специальных приспособлений очень сложно, а вот активные манипуляции, в ходе которых в детские носы засовываются ватные палочки, — весьма нежелательны. Доказано, что это, во-первых, способствует проникновению в нос инфекции, а во-вторых, немалую опасность представляют собой микрочастицы ваты — они не только сами по себе усиливают выработку слизи, но и способны вызвать серьезные проблемы с дыханием, если при плаче или глубоком вдохе попадут в нижние дыхательные пути.

Из перечисленных «страшилок» следуют два вполне логичных вывода:

- ватный тампон обязательно смачивать (идеально — физиологическим раствором), чистить опять-таки только видимую часть носовых ходов, да и все остальное делать аналогично тому, как мы уже писали применительно к слуховому каналу;
- намного легче предотвратить образование в носу плотных корочек слизи, чем эту слизь потом удалить. Добиться этого несложно — поддерживать в комнате режим прохладного влажного воздуха, много гулять, в условиях сухости воздуха регулярно увлажнять нос — тем же физиологическим раствором.

Поскольку понятие «физиологический раствор» всплывает в нашем описании уже третий раз, заметим, что его несложно приготовить самостоятельно, растворив чайную ложку соли (без верха) в 1 литре кипяченой воды. Под названием «изотонический раствор натрия хлорида» физраствор продается в аптеках в стерильных флаконах емкостью 200 и 400 мл. Флакон вскрывать совсем не обязательно: одноразовым шприцем с тонкой иглой следует проколоть резиновую пробочку и набрать нужное количество жидкости, после чего иглу извлечь и хранить флакон в холодильнике.

Физиологический раствор не только предотвращает образование корочек, но и увлажняет уже образовавшиеся — это дает возможность отсосать их с помощью небольшой резиновой груши.

Обильно смоченные физраствором ватные тампоны с успехом применяются и для ***промывания глаз***. Здесь свои несложные правила: для каждого глаза отдельный тампон и в процессе промывания движение осуществляют от наружного угла глаза к внутреннему.

ЛЕЧЕБНОЕ РУКОДЕЛИЕ

К огромному сожалению, ситуации, требующие от родителей определенных «рукодельческих» навыков, не ограничиваются лишь осуществлением гигиенических процедур. Реальная помощь при конкретных проблемах с детским здоровьем очень часто требует умения сделать нечто своими руками, не дожидаясь появления людей в белых халатах.

Речь идет о достаточно простых манипуляциях, способных, тем не менее, заметно облегчить жизнь и вам, и вашему малышу.

* * *

Самая частая, не столько лечебная, сколько диагностическая процедура — ***измерение температуры тела***. К огромному счастью, благодаря достижениям цивилизации появился выбор устройств для измерения — разнообразные электронные термометры, термометры, встроенные в соски-пустышки и т. п. Тем не менее обычный максимальный ртутный термометр — непременный атрибут домашней аптечки в каждом доме. Читатели, наверное, удивятся названию «максимальный ртутный термометр», но именно так его именуют официально — достигнув *максимального* значения, ртутный столбик не возвращается в исходную позицию при изменении температуры окружающей среды. Классическая точка для измерения температуры — подмышечная впадина, на нее и всем известные нормы ориентированы. Вполне можно использовать паховую складку, измерять во рту, в прямой кишке — в двух последних «местах» температура, как правило, превышает таковую в подмышечной впадине на 0,2—0,4 градуса.

Перед измерением температуры следует протереть кожу, чтоб не была влажной, при использовании ртутного термометра обращать внимание на то, чтоб наполненный ртутью наконечник полностью был погружен в кожную складку. Общепринятое время измерения — 10 минут.

Главное достоинство электронных термометров — абсолютная безопасность (ни ртути, ни стекла) и быстрота измерения (секунды, максимум одна-две минуты), ведь не всякое дитя, да еще больное, выдержит (вылежит спокойно) 10 минут.

Хотелось бы обратить внимание: при всех достоинствах электронных термометров точность их нередко оставляет желать лучшего (речь, разумеется, идет о простых и дешевых изделиях). Неудивительно поэтому, что ртутный термометр вызывает у подавляющего родительского большинства большее уважение и доверие; кабы измерял быстрее да не разбивался — цены б ему не было... В этой связи настоятельно рекомендую родителям в плановом порядке (т. е. не дожидаясь болезней, а сразу после приобретения прибора) протестировать электронный термометр — измерить температуру им, а затем обычным ртутным, разницу, если таковая обнаружится, запомнить и учитывать в дальнейшем.

* * *

Кишечные колики у детей первого года жизни очень часто обусловлены повышенным газообразованием, а использование ***газоотводной трубки*** в течение нескольких секунд улучшает состояние ребенка и дает родителям шансы на спокойную ночь.

Газоотводные трубки продаются в аптеках, «свежекупленную» желательно прокипятить, в дальнейшем — достаточно хорошо промыть в проточной воде. Стерилизовать особого смысла нет (ибо место, куда трубку вставляют, обычно далеко от стерильности), но при одном условии — это *личная* газоотводная трубка конкретного малыша. Перед введением тонкий конец трубочки необходимо смазать — оптимально медицинским вазелином, но подойдет и любое растительное масло. Ребенка укладывают либо на спину (приподнимая ноги вверх), либо на левый бок, прижимая согнутые в коленях ноги к животу, — выбор именно левого бока обусловлен анатомическими особенностями расположения прямой и сигмовидной кишки. Глубина введения газоотводной трубки не должна превышать 3—5 см. В процессе введения, помимо поступательного, можно совершать и вращательные движения. Очень важное правило — никаких усилий!

* * *

Редко какое дитя удается вырастить, чтоб не пришлось прибегнуть к очистительной ***клизме:*** запоры у малышей — явление весьма распространенное. Всегда желательно иметь клизму со съемным наконечником. Покупка, обработка и последовательность действий, включая положение дитя и глубину введения, — аналогичны описанным выше. Используется кипяченая вода комнатной температуры (оптимально 20—22 °С). Теоретически количество воды, которое требуется новорожденному, — около 30 мл, в шесть месяцев — 80—100 мл, в год — достаточно 150 мл. В то же время, понятие количество весьма условно. Это взрослому дяде можно спокойно ввести 1 литр, а минут через 10 отправить его пообщаться с унитазом. С грудным ребенком такой номер не проходит, и недопустима ситуация, при которой жидкость ввели, а стула не дождались: введенная жидкость нагревается до температуры тела и начинает всасываться из кишечника, а вместе с ней всасываются не очень, мягко выражаясь, полезные вещества.

Итак, вводим обработанный наконечник клизмы, подсоединяем грушу, наполненную нужным количеством воды, сжимаем грушу и извлекаем наконечник, сжав предварительно ягодицы ребенка (чтоб введенная жидкость не вышла сразу). Если через 5—10 минут после этого дождаться стула не удалось, следует повторно ввести наконечник клизмы, чтоб вышла вода. Если кал очень плотный, процедуру приходится повторять несколько раз.

Следует заметить, что введение газоотводной трубки менее травматично, опять-таки без каких-либо усилий ее можно ввести на 1—2 см дальше, чем плотный наконечник клизмы. Поэтому наиболее приемлемый и наиболее безопасный вариант — вводить жидкость через газоотводную трубку, подсоединяя клизму к ее широкому концу. Понятно, что в этом случае совсем не обязательно иметь клизму со съемным наконечником.

* * *

Особая роль в лечебном рукоделии принадлежит так называемым ***«отвлекающим процедурам»***. Наиболее типичные варианты действий — горчичники, банки, горячие ножные ванны. Хотелось бы подчеркнуть, что *указанные процедуры никогда не носят неотложного и обязательного характера.* Распространены они главным образом на территории бывшего СССР, используются для лечения разнообразных острых респираторных инфекций, в подавляющем случае безвредны, не влияют существенно на течение болезни.

Отвлекающие процедуры очень помогают родителям, ибо дают возможность реализовать на практике классический ментальный принцип «ну надо же что-то делать».

Поскольку главное в отвлекающих процедурах — отвлечение родителей от грустных мыслей, очень важно, чтоб они не доставляли ребенку неприятных ощущений и не представляли угрозу для его здоровья. Поэтому мы, прежде всего, обратим внимание на то, чего делать не надо.

Глобальный принцип — любые тепловые воздействия не следует осуществлять, если температура тела выше 38 °С. Всегда следует помнить, что ребенок, вследствие более интенсивного обмена веществ, вырабатывает больше тепла, в сравнении с взрослым, поэтому перегреть его многократно легче. Когда папа парит себе ноги, то температура воды зависит только от терпения самого папы и может достигать 80 °С, но, по данным большинства отечественных справочников, температура воды при проведении ребенку горячей (!) ножной ванны не должна превышать 40 °С. Такая цифра может показаться многим читателям по меньшей мере странной, поскольку нередки случаи, когда грудных детей в принципе и без всякого лечения купают в сорокаградусной воде...

Готовые (аптечные) горчичники, по мнению большинства мам, «очень сильные», и с этим трудно не согласится. Ставят их обычно либо через марлю, либо обратной стороной, стандартно рекомендуемая продолжительность экзекуции 8—10 минут. После удаления горчичников кожу обмывают теплой водой, смазывают вазелином или растительным маслом.

Техника постановки лечебных банок не очень проста. Тех, кто не владеет, утешим констатацией того факта, что без этих знаний вполне можно обойтись, а для овладевших навыками заметим: банки и их садистскую разновидность «баночный массаж» нельзя применять при любых кожных, аллергических или инфекционных болезнях, при склонности к кровотечениям, в ситуациях, когда ребенок получает препараты, понижающие свертываемость крови (тот же аспирин). Банки в принципе не рекомендуются детям дошкольного возраста. В любом случае продолжительность процедуры не должна превышать 10—15 минут.

* * *

При лечении ребенка в домашних условиях довольно-таки часто возникает необходимость введения лекарственных средств в нос, уши и глаза. Манипуляции эти несложные, используются практически в каждом доме. Тем не менее упомянутые варианты лечебного родительского рукоделия регламентируются рядом элементарных правил, и знать эти правила родители просто обязаны.

Предварительно подчеркнем: речь идет не о том, ***какие*** лекарства надобно использовать, а о том, ***как*** это надо делать.

ОБЩИЕ ПРАВИЛА

Выбор лекарственных форм невелик, ограничивается мазями и жидкими препаратами — чаще всего каплями, чуть реже и применительно только к носу — спреями.

Самое главное и вполне очевидное правило — чистота рук главного манипулятора. Если имеется возможность выбора, желательно чтобы процедуру осуществлял член семьи, наименее склонный к дрожанию конечностей.

Лекарства, вводимые в нос и глаза, не должны быть холодными — нагреть их хотя бы до комнатной температуры следует обязательно. Это очень актуально, ибо любимым и весьма удобным местом хранения капель для подавляющего большинства населения является домашний холодильник. Что же касается капель в ухо, то здесь ситуация посерьезнее: вводимая в наружный слуховой проход холодная жидкость часто вызывает головокружение, поэтому любой препарат перед использованием следует нагреть — оптимально до температуры тела. Для этой цели проще всего найти родственника с теплыми руками и попросить его подержать флакончик несколько минут.

Практически все современные препараты, выпускаемые в виде капель уважающими себя и пациента фирмами, имеют специальную крышечку, совмещенную с пипеткой. Здесь проблем не предвидится. Если же имеется только пузырек с жидкостью, к нему понадобится пипетка. Приобретенные пипетки желательно простерилизовать кипячением, но есть некоторые нюансы... Пипетка состоит из стеклянной трубочки и резинового баллончика. Не всякая резина благополучно выдерживает контакт с высокой температурой, поэтому резинки достаточно хорошо промыть проточной водой, а вот трубочки можно спокойно кипятить.

Набирая в пипетку лекарство, следует не увлекаться его количеством и держать трубочку вертикально, дабы лекарство не попадало в резиновую часть.

Прекрасным и очень удобным заменителем пипеток (безопасным, стерильным, недорогим) являются одноразовые шприцы малого объема — рассчитанные на 1—2 мл раствора — или так называемые инсулиновые. Более того, если капли помещены в стерильный флакончик, то мы получаем возможность не нарушать его герметичность: спиртом протираем резиновую пробочку, прокалываем иглой и набираем в шприц. Иглу вынимаем из флакончика и отсоединяем от шприца. В итоге имеем емкость со стерильным раствором. Емкость, которая не разливается и не разбивается, которую удобно греть и удобно применять.

НОС

Для того чтобы лекарственное средство оказало действие, нос предварительно неплохо очистить (в том, разумеется, случае, если имеется скопление слизи в носовых ходах). Дети сознательного возраста осуществляют это посредством сморкания, с маленькими и неразумными посложнее. Здесь надо либо отсасывать слизь специальными резиновыми грушками, либо вводить в нос нейтральные капли (различные варианты солевых растворов, чаще всего — физиологический). Эти растворы размягчают слизь, способствуют ее самостоятельному вытеканию и облегчают отсасывание.

Для удачного закапывания желательно присутствие помощника, который обеспечит ребенку полулежачее положение, подержит руки. Дети постарше могут сидеть с запрокинутой головой или лежать (без подушки). В процессе капанья надо постараться, чтоб кончик пипетки не прикасался к коже — это не закон, а пожелание. Сразу же после того, как нужное (назначенное врачом или определенное инструкцией) количество капель введено в ноздрю, следует повернуть голову ребенка в сторону именно этой половины носа. Описанная манипуляция способствует равномерному распределению лекарства по слизистой оболочке носовых ходов.

Лечебные мази вводятся в нос с помощью ватных турундочек. Если речь идет об использовании противовирусных мазей (например оксалиновой) с профилактической целью, то эффект лекарства не зависит от глубины введения препарата: не увлекайтесь, 0,5—1 см более чем достаточно. Из тюбика мазь выдавливается непосредственно на турундочку, последняя вводится в нос и совершается круговое движение. Желательно не экономить и использовать отдельные турундочки для каждой ноздри. При лечении вскочившего в носу прыща (фурункул носа) иногда используют мази с антибактериальными и противовоспалительными средствами. В этом случае с помощью ватной палочки мазь не просто намазывается на внутреннюю поверхность носовых ходов, а наносится непосредственно на видимую «болячку».

УШИ

Еще раз напомним о необходимости предварительного нагревания. Для начала желательно вспомнить о правилах гигиенической чистки ушей (о них мы уже писали) и осуществить эту процедуру. Оптимально уложить ребенка на бок или на спину (голову при этом соответственно повернуть). Далее следует по возможности выпрямить канал наружного слухового прохода. Обычно у детей первого года жизни это удается путем оттягивания ушной раковины слегка вниз, а у детей постарше — кзади и кверху. Вводится нужное количество капель, после чего очень неплохо уговорить дитя полежать спокойно 10—15 минут, а затем перейти ко второму уху. Уговоры не всегда оказываются результативными, но 10—15 секунд следует выждать обязательно, а далее ввести в слуховой проход ватный «фитилек», дабы жидкость не вытекла. Поскольку гигроскопичная вата возьмет на себя не меньше половины лекарства, следует как минимум в два раза увеличивать нужное количество капель — в том, разумеется, случае, если без ваты заведомо не обойтись.

При лечении среднего отита нередко возникает разрыв барабанной перепонки и используются специальные капли, оказывающие действие непосредственно в полости уха. Для лучшего проникновения лекарства в полость уха сразу же после введения капель следует несколько раз придавить пальцем козелок.

В уши нередко вводят ватные турунды, пропитанные лекарством. Никаких особых премудростей в этой процедуре нет, ну разве что стараться делать турундочку подлиннее — дабы изрядный кусочек ваты торчал все-таки из уха и не возникало проблем с его извлечением.

Что же касается мазей, то используются они для лечения воспалительных заболеваний наружного слухового прохода, как правило, инфекционных (грибковых, бактериальных). Алгоритм действий аналогичен тому, что описан нами в отношении носа.

ГЛАЗА

Между задней (внутренней) поверхностью века и передней поверхностью глазного яблока находится пространство, которое называют «конъюнктивальный мешок». Любое лекарство (в виде жидкости или мази, несущественно) после попадания в конъюнктивальный мешок довольно быстро и равномерно распределяется по всей наружной поверхности глаза. Этому способствуют два момента: моргание и постоянное выделение слез.

Самый простой способ ввести препарат в конъюнктивальный мешок — слегка оттянуть нижнее веко и капнуть необходимое количество лечебного раствора. Осуществлять эту процедуру лучше всего в горизонтальном положении, и понятно, что с маленькими детьми без помощника не обойтись.

Мазь вводится аналогичным образом. Все современные глазные мази выпускаются в тюбиках с длинным кончиком, поэтому никакого дополнительного инструмента для закладывания мази не требуется. Раньше для этой цели использовались специальные стеклянные палочки (один конец палочки имел утолщение в виде лопаточки).

Нередко воспаляется только один глаз, но некий препарат назначается в оба. При лечении инфекционных (вирусных или бактериальных) конъюнктивитов нельзя, чтоб кончик пипетки или тюбика с мазью касался глаза. Если вы не уверены в своих способностях, то начинать лучше с того глаза, что поздоровей, но одну и ту же пипетку или один и тот же тюбик для больного и здорового глаза использовать нельзя. Чисто вымытый палец мамы (с обрезанным ногтем, разумеется) удобно использовать для закладывания мази, ну а две пипетки — это не так уж и дорого (только не перепутайте их!).

ФОРМУЛА ЛЮБВИ: ПЛЮС ИЛИ МИНУС?

(теплопродукция минус теплоотдача плюс множество неизвестных)

В далекие советские времена телевидение, за очень редкими исключениями, вовсе не баловало нас душераздирающими ужастиками. Но одно из таких исключений я прекрасно помню. Знаменитый сериал «Семнадцать мгновений весны». Злой садист гестаповец на глазах у мужественной радистки открывает дверь на балкон и начинает раздевать ребеночка. Весенний берлинский воздух ледяным потоком обдувает нежное детское тельце, и это жуткое зрелище приводит к тому, что закаленная в борьбе с фашизмом отважная разведчица теряет сознание.

Описанная сцена глубоко символична в рамках отечественных представлений о любви к детям. Холод — злейший враг, а тепло — лучший друг детского здоровья, это известно всем, эти простые и бесспорные истины с раннего детства внушили нам наши родители и бабушки. У каждого взрослого, выросшего в нормальной семье, в атмосфере заботы и родительской любви, сохранились в памяти воспоминания о внутрисемейных дискуссиях касательно количества необходимых штанов и носочков, недопустимости босоногого хождения и страшных опасностях, подстерегающих юную человеческую голову, не покрытую головным убором.

Это то, что мы помним. Но был ведь в нашей жизни и другой период, в личных воспоминаниях отсутствующий. Когда нас, крошечное мяукающее создание принесли из роддома в теплую комнату. И в этой комнате мы провели, наверное, самый спокойный год своей жизни. Согретые теплом горячих социалистических батарей и теплом родительских сердец, никому и ничем не обязанные, окруженные едой и вниманием.

В общем, ясно: помним мы или не помним, но всегда, когда нам было хорошо, нам уж точно не было холодно. И мы не допустим, чтобы наши собственные дети страдали. Уж лучше мы сами останемся без обеда и залезем в долги, но на одежде для ребенка, на самом лучшем обогревателе, на теплом ковре в детскую комнату мы экономить не будем — это наверняка. И наши дети скажут нам спасибо!

Минуточку... А часто ли у нас самих возникает горячее желание сказать спасибо нашим родителям? Мы, выросшие в тепле, а сейчас месяцами кашляющие и шмыгающие носами, шарахающиеся от приоткрытого трамвайного окна, цепляющие в лучшем случае бронхит из-за слегка подмокшей обуви, но по-прежнему слепо убежденные в том, что так и надо любить уже наших собственных детей!

Мы приносим дитя из роддома и учим его жизни. Мы как инструкторы. Есть у инструкторов-альпинистов замечательная поговорка: «Жареных в горах не находили, а отмороженных — сколько угодно...» Этот шедевр горного фольклора, казалось бы, не слишком известен широким родительским массам, но посещение среднестатистической детской комнаты заставляет думать о противоположном.

Инструктор, между прочим, — это человек, обладающий немалым личным опытом и знаниями. Мы воспитываем наших детей, опираясь на советы бабушек, ограничивая собственный опыт одной-двумя попытками, а знания... Похоже, что даже школьный курс анатомии и физиологии человека позабыт нами окончательно. Попробуем вспомнить хоть что-нибудь.

Самое главное. В организме человека постоянно протекают два процесса: теплопродукция и теплоотдача. Обмен веществ сопровождается сложными биохимическими реакциями с выработкой тепла (это и есть теплопродукция), от указанного тепла организм избавляется самыми разнообразными способами — например, с потом, с дыханием (это и есть теплоотдача). У здорового человека теплопродукция и теплоотдача находятся в состоянии равновесия — т. е. сколько тепла вырабатывается, столько и теряется. Отсюда, кстати, вытекают два очевидных следствия — нам холодно, если потери тепла превышают его выработку, а когда нам жарко — это уже и догадаться не сложно.

Обмен веществ у грудного ребенка существенно отличается от обмена веществ у его родителей. С учетом активного роста интенсивность обменных процессов у детей очень высока, следовательно, в единицу времени на единицу массы тела ребенок вырабатывает заметно больше тепла, в сравнении с взрослым человеком.

Т. е. если вам, взрослым дядям или тетям, тепло, то младенцу, с очень большой долей вероятности, жарко. Поэтому *никогда не стоит делать выводы о температуре, комфортной для малыша, на основании только собственных ощущений.*

Организующие уход за ребенком родственники имеют совершенно реальные возможности воздействовать и на теплоотдачу, и на теплопродукцию.

Теплоотдача зависит от температуры, влажности и скорости движения воздуха, от качества и количества одежды. Понятно, что всеми указанными факторами взрослые вполне могут управлять.

Влиять на теплопродукцию заметно сложнее, но следует знать: количество вырабатываемого организмом тепла существенно возрастает при физических нагрузках — активных играх, массаже, гимнастике.

Самое важное, что, впрочем, очевидно — температура воздуха. Воздух, вдыхаемый человеком (грудной ребенок — не исключение), достигая легких, нагревается до температуры тела.

Т. е. дитя вдыхает воздух с температурой 20 °С, а выдыхает, соответственно, 36, 6 °С. При этом, разумеется, определенное количество тепла теряется. Если температура вдыхаемого воздуха 23 °С, то очевидно, что потери тепла заметно снижаются.

При высокой температуре вдыхаемого воздуха только через легкие осуществить необходимую теплоотдачу не получается, и ребенок активизирует второй путь потерь — через кожу. Образуется пот, а в процессе его испарения организм имеет дополнительную возможность избавиться от лишнего тепла. Вот тут и следует учитывать очень важную физиологическую особенность грудного ребенка: потовые железы у младенцев первого года жизни недоразвиты, поэтому даже незначительный перегрев приводит к возникновению серьезных кожных проблем (опрелости, потница, различные виды дерматитов). Этому способствует и сухость воздуха — ведь вдыхаемый воздух не только нагревается, но и увлажняется. Чем суше в помещении, тем больше жидкости теряет ребенок, а это создает дополнительную нагрузку на потовые железы и на слизистые оболочки дыхательных путей.

Чем активнее движение воздуха (ветер, сквозняк), тем больше тепла теряет организм. Это вовсе не говорит о том, что ветер и сквозняк для младенца опасны — просто при наличии этих факторов необходимы конкретные усилия, дабы с помощью соответствующей одежды предотвратить интенсивную потерю тепла.

Есть в физиологии человека такой термин — «температурный комфорт», т. е. такие параметры окружающей среды, при которых нагрузка на систему терморегуляции минимальна. И многие родители искренне хотели бы получить четкие указания — дескать, мы любой комфорт создадим, только скажите: сколько должно быть градусов и процентов, сколько шапочек надеть на головку, во сколько пеленок завернуть и т. п.

Вот тут-то главная сложность и состоит. Ибо на температурный комфорт влияют не только факторы внешние, т. е. подвластные влиянию, но и индивидуальные особенности самого дитя — возраст, масса тела вообще и выраженность подкожно-жирового слоя в частности, интенсивность роста в данный момент времени, состояние здоровья, наследственность. Понятно ведь, что недоношенный ребенок очень чувствителен к переохлаждению, дитя с лишним весом — к перегреву, чернокожий малыш легче перенесет жару в сравнении с бледнолицым и т. д.

Наиболее принципиальные моменты состоят, тем не менее, в следующем:

- отрицательное влияние прохладного воздуха достаточно легко нейтрализовать с помощью одежды, а вот с высокой температурой организм вынужден справляться сам, напрягая физиологические механизмы терморегуляции;
- грудной ребенок обладает врожденной способностью адаптироваться к условиям окружающей среды. Чем стабильнее эти условия, тем меньше способность приспосабливаться и жить не болея. Если всегда тепло и всегда не дует, то первый же сквозняк и холодок — реальная угроза здоровью.

Для здоровых детей первого года жизни температура в помещении не должна превышать 22 °С. Понятно, что летом она может быть и часто бывает значительно выше, но ***сознательно*** нагревать воздух в комнате выше этой цифры не надо. Оптимальная температура, особенно во время сна, — 18—20 °С, при влажности воздуха 50—70%.

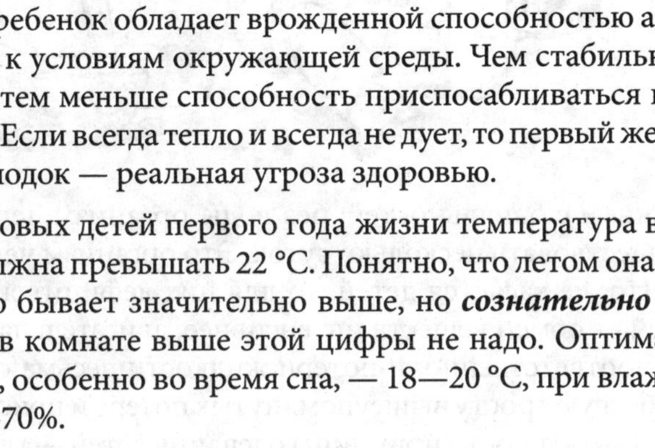

ДЕТСКИЙ ВОПРОС: ПИТЬ ИЛИ НЕ ПИТЬ?

Начнем с банальностей: без воды организм человека способен существовать несколько суток. Это организм человека взрослого. Что же касается детей, то для них дефицит жидкости еще опасней — обмен веществ интенсивнее, двигательная активность выше, соответственно, и потери жидкости весьма существенны. Способствуют росту вышеупомянутых потерь и присущие именно нашей ментальности принципы одевания детей — где мама и папа в футболочках, там дитя в кофточке — понятно, что потливость усиливает потребность в живительной влаге.

Казалось бы, ну что тут спорить: поить ребенка надо, в жаркое время года особенно, ибо как перегрев, так и его непременный спутник — дефицит жидкости — исключительно опасны. А избыток жидкости позволяет ребенку справиться с перегревом посредством отдачи тепла при образовании и испарении пота.

Тем не менее в многочисленных руководствах по взращиванию младенцев первого года жизни часто приводится информация касательно того, что ребенок не нуждается в дополнительном питье — мол, маминого молока или современной смеси вполне достаточно для благополучного и здорового существования. Эти рекомендации часто распространяются на детей вообще, вот и терзаются бедные родители вопросом: поить или не поить? С точки зрения здравого смысла — поить, разумеется, но ведь пишут...

В этой связи хотелось бы все-таки кое-что сомневающимся родителям разъяснить — дабы понятно стало, откуда, как говорится, «растут ноги» у ценных указаний касательно того, что пить вредно.

В 1989 году ВОЗ/ЮНИСЕФ приняли широко известную декларацию под названием «10 принципов успешного грудного вскармливания». В этой декларации есть принцип номер 6, который звучит так: «*Не давать новорожденным никакой другой пищи или питья, кроме грудного молока, за исключением случаев, обусловленных медицинскими показаниями*».

Возражать против этого вполне логичного правила невозможно. Понятно, что сосание ребенком материнской груди — самый лучший способ усилить и стабилизировать выработку молока. А если вместо мамы водичку давать, так высоковероятно, что о грудном молоке вскорости придется забыть. Т. е. имеется совершенно конкретный этап в жизни дитя, когда поить его не надо, — период новорожденности в сочетании с дефицитом молока у матери. Хочет пить — пусть сосет и стимулирует выработку молока. ВСЕ! Других противопоказаний к тому, чтобы дитя поить, не существует.

Парадокс состоит в том, что ВОЗ в своей декларации говорит именно о новорожденных, а многочисленные рекомендации, прикрываясь авторитетом этой уважаемой организации, распространяют совет «не поить» на детей вообще! Напомню, что с точки зрения все той же ВОЗ, новорожденный — это ребенок от рождения до 28 дней... Выводы очевидны — поите на здоровье!

В любом случае, здорового ребенка не надо заставлять пить воду или другие жидкости. ***Задача родителей — предлагать, а уж пить или не пить — дитя решит само.*** Особенно важно предлагать тем, кто сам попросить не в состоянии.

Актуальность питья тем выше, чем теплее, чем суше, чем больше потери жидкости (например потливость при физических нагрузках, избытке одежды).

Где бы вы ни находились — на прогулке, на пляже, в стенах родной квартиры, — под рукой всегда должен быть сосуд с жидкостью, предназначенной для питья.

Не забывайте о том, что кипяченая вода не имеет ничего общего с естественным вариантом питья — ни одно живое существо не пьет кипяченую воду. Если уж просто вода, то детям до года — минеральная, нейтрального вкуса, негазированная, а тем, кто постарше, особенно в жару и при избыточной потливости — можно и чуть солоноватую, а если просит — то и газированную.

Вариантов безопасного и полезного питья именно для детей множество. Понятно, что, используя любой напиток, следует учитывать и индивидуальные пристрастия конкретного ребенка, и материальные возможности родителей, и склонность определенной части младенцев к аллергическим реакциям. Возможные варианты — компоты из свежих или замороженных фруктов и ягод; очень удобны и полезны, с учетом большого количества калия, сухофрукты вообще, изюм и курага — в частности. Множество фирм, ориентирующихся на детское питание, выпускают многочисленные чаи на основе целебных трав, ягод и т. д. И если вы можете себе такое позволить — пейте на здоровье.

> Никогда не забывайте о признаках перегрева и дефицита жидкости. Главные из них — редкое мочеиспускание, сухость кожи, языка и слизистых оболочек.

Эти симптомы, особенно летом, — очень опасны. Поэтому повторяю: пейте, точнее поите на здоровье!

БОЛЕЗНЬ ПЕРЕВЕРНУТОГО РЕЖИМА

Младенец, кричащий по ночам... Бессонные ночи как символ героического материнства... Отправляющийся на работу помятый и снулый папа... Как избежать всего этого? Что делать, если избежать не удалось?

И НОЧЬ, КАК ДЕНЬ...

Ситуация, о которой мы будем вести разговор, удивительно стандартна и встречается очень часто. Ребенок первого года жизни в течение дня — предмет гордости и обожания родственников: тихий, мирный, веселый, хорошо спит и не капризничает. Но все эти достоинства мгновенно исчезают в тот момент, когда взрослые члены семьи принимают решение о том, что после трудов праведных хорошо бы и поспать. Сонный настрой мамы и папы явно противоречит намерениям дитя, которое открывает рот и начинает демонстрировать неуемную активность сразу же после водворения в кроватку.

В результате ночь превращается в непонятно что... Пение, качание, кормление, гуляние, питье водички, сидение на горшке — все, что угодно, только не сон. Эпизодически детские глазки все-таки закрываются, но сон не глубокий и не продолжительный, постоянно находятся поводы к пробуждению, в общем, скучать по ночам родителям не приходится...

Еще раз подчеркнем: мы вовсе не рассматриваем ситуацию, при которой дитя пищит и требует внимания (присутствия взрослых, ношения на руках и т. п.) постоянно — и днем, и ночью. Здесь уже явно приходится искать либо болезни, либо серьезные педагогические проблемы.

Наш случай — это совершенно конкретный диагноз, который устанавливают обычно бабушки, и звучит он так: «Ребенок перепутал день с ночью». И действительно: если бы днем не светило солнце и папе не надо было бы идти на работу, то все выглядело бы вполне пристойно — и спим, и не кричим, и вообще ангелочек.

ЧТО ВЛИЯЕТ НА СОН?

Описанное положение вещей не очень отражается на состоянии здоровья дитя, но совершенно не устраивает маму и папу. Поскольку ребенок все-таки весьма заинтересован в том, чтобы иметь веселых, бодрых и здоровых родителей, проблему надо решать.

Практическая реализация комплекса мероприятий, направленного на нормализацию образа жизни, требует определенных теоретических знаний.

С необходимой теории мы и начнем.

Не спать ребенок не может. Продолжительность и глубина сна зависят от многих факторов, но только на один из них — возраст ребенка — мы не можем оказать никакого практического влияния. Все остальные связанные со сном параметры поддаются и контролю, и реальным воздействиям. Тут уже все в нашей власти.

Личный опыт каждого взрослого человека свидетельствует: желание спать в конкретный момент времени зависит от трех основных параметров:

- интенсивности энергетических затрат — чем они больше, тем больше хочется спать;
- продолжительности и глубины предшествующего эпизода сна и времени, которое прошло от этого самого эпизода, — здесь все понятно без комментариев;
- соотношения сна и приема пищи — после сытного обеда и сон сладок.

Упомянутые параметры применительно к ребенку первого года жизни еще более значимы.

Можно вспомнить и о том, что на сон оказывает влияние состояние здоровья, ибо боль, повышение температуры тела, кашель, зуд, тошнота и другие «прелести» — сон явно не улучшают. Но проблема перевернутой жизни не имеет связи с конкретными болезнями, поскольку трудно представить себе определенную детскую хворь, возникающую строго в тот момент, когда родители соберутся спать.

А вот что влияет действительно — так это воздух в спальне. Понятно ведь, что если воздух свежий (т. е. прохладный и влажный), то спать легко, а если кроме дитя в комнате присутствуют мама, папа, кот Мурзик, три ковра и два обогревателя, то могут и проблемы возникнуть.

ЭТО БОЛЕЗНЬ

В большинстве случаев ребенок, нагулявшийся и вдоволь наобщавшийся с родителями, успокаивается часам к шести-семи утра. И нет ничего удивительного в том, что не только мирный утренний сон, но и все последующие эпизоды сна в дневное время используются мамой для собственного отдыха. Это, кстати, часто приводит к тому, что ситуация стабилизируется и перестает восприниматься в качестве особой неприятности — женщина учится высыпаться в течение дня и уже более или менее спокойно реагирует на бессонные ночи.

В то же время полноценному дневному отдыху очень мешает куча домашних дел в виде стирки, глажки, уборки, приготовления обеда, похода по магазинам. И если бы не вечно сонный, мятый, голодный и злой папа, с этим вообще можно бы было смириться.

Перевернутый режим дня и ночи не возникает просто так, ни с того ни с сего. А с учетом приведенной информации, причины, приводящие к подобному развитию событий, не так-то и сложно объяснить. Ведь достаточно ребенку одну ночь не выспаться, как потребность во сне будет компенсирована мирным и глубоким сном в течение дня, в результате ночь станет временем гуляния и общения.

Перевернутый режим — это болезнь. Не телесное страдание конкретного младенца, а социальная хворь конкретной семьи. Многочисленные способы мирного сосуществования с этой болезнью зависят от материального благополучия семьи и предусматривают, например, выделение папе отдельной комнаты, дабы он мог высыпаться ночью, или использование труда домработницы, дабы мама могла высыпаться днем. В то же время, болезнь, которую не лечат, чревата осложнениями, и они часто дают о себе знать. Понятно ведь, что может произойти, когда у супругов систематически не совпадают место и время сна...

Парадоксальность и печальность ситуации усугубляется еще и тем, что врачи не имеют в своем арсенале практически никаких способов помощи. Т. е. нет такой замечательной таблетки, которая может вернуть на место перевернутый режим. Правды ради следует заметить: различные успокаивающие препараты (бром, пустырник, валериана и т. п.) все-таки назначаются, но подлинная суть такого лечения — психотерапия для родителей (по принципу «надо же что-то делать»), а не реальная помощь ребенку.

Главный вывод — помощи ждать не от кого. Надо самим разбираться и самим себе помогать, ибо при болезни перевернутого режима, в отличие от большинства других болезней, эффективно только самолечение.

ПРАВИЛА САМОЛЕЧЕНИЯ

1 Постараться проанализировать причины. Что могло помешать дитю спать? Если эти причины имеют отношение к состоянию здоровья (кишечные колики, повышение температуры тела, боль в ухе и т. п.) — с помощью педиатра решить, как действовать днем, дабы неприятные ощущения не тревожили ночью. Помнить, что самая частая (!) причина нарушений ночного сна — воздух в спальне (сухой и теплый).

2 Как бы лично вам ни хотелось спать, изо всех сил потерпеть и постараться сделать так, чтобы ребенок не выспался в течение дня. У дитя первого года жизни в течение дня, т. е. в интервале с 6.00 до 22.00, присутствуют от двух до четырех эпизодов сна. В идеале, один из этих эпизодов следует исключить, но не за счет удлинения других. Т. е. если спал три раза по два часа, а вы «добились» того, что стал спать два раза, но по три часа — это ничего не изменит. Если ребенок демонстрирует желание спать — активно развлекать (петь, играть, разговаривать и т. п.), максимально оттягивая то время, когда крепко уснет. И будить через два часа. Понятно, что для нормальной женщины и любящей матери, сознательно (!) разбудить безмятежно спящего младенца — задача не из легких, но более мирных способов не существует.

3 В течение дня максимально увеличить энергозатраты. Прогулки, активные игры, гимнастика. Не забывать о том, что дитя очень много энергии тратит на поддержание температуры тела: ни в коем случае не перегревать (не злоупотреблять одеждой и обогревателями), сделать так, чтобы во время прогулки ребенок мог двигать руками, ногами и головой.

4 Заранее привести в порядок спальню. Хорошо проветрить, пропылесосить, помыть пол. Помнить, что идеальные условия для сна — температура 18—20 °С, влажность — 50—70%.

5 Отрегулировать режим кормления. Сделать так, чтоб еда присутствовала в интервале 23.00—24.00. Если введен прикорм, последнее кормление осуществлять тем, что наиболее сытно, т. е.

молочно-крупяной кашей. Если кормим грудью или смесью, то постараться слегка недокормить в интервале 18.00—20.00, дабы лучше и с большим аппетитом поел перед сном.

6 Вечернее купание (перед последней едой) — в большой ванне, в прохладной воде с массажем и гимнастикой — прекрасный повод и энергию потратить, и аппетит нагулять, и с родителями перед сном наобщаться.

ИТОГИ

Главная сложность лечения болезни перевернутого режима состоит в том, что родители, но чаще все-таки мамы и бабушки, вынуждены в течение определенного времени совершать действия, в корне противоречащие общепринятым представлениям о том, как надо любить детей. Да как это можно, родное дитя!!! Не докормить... Не уложить... Разбудить... Да мы готовы еще два года ночами не спать!

Готовы не спать? Месяцами поддерживать проблему, решение которой требует максимум два-три дня? Это уже другая болезнь. Мазохизм называется. Педиатры такое не лечат...

ОДНОРАЗОВЫЕ ПОДГУЗНИКИ: ПОПУЛЯРНОЕ РУКОВОДСТВО ПОЛЬЗОВАТЕЛЯ

ПРЕДИСЛОВИЕ

Наибольшего успеха добивается, как правило, тот, кто располагает лучшей информацией.

Бенджамин Дизраэли

В 2000 году социологи Франции опубликовали прелюбопытнейший документ под названием «Тридцать изобретений XX века, в корне изменивших повседневную жизнь человечества».

Открывает список самолет, построенный братьями Райт (1903 год), замыкает — осуществленная в конце века полная расшифровка генома человека. В приведенном перечне много интересного — автомат Калашникова, виниловая пластинка, телевизор, компьютер, жевательная резинка, шариковая ручка, холодильник и т. д. — мы не будем всего перечислять. Мы остановимся только на одном пункте: изобретение памперсов (1957 год).

Ни один здравомыслящий родитель не возьмется оспаривать правоту французских ученых. Памперсы действительно и самым принципиальным образом изменили повседневную жизнь человечества — по крайней мере, если иметь в виду цивилизованную его (человечества) часть.

Любое значительное изобретение имеет определенное количество положительных и отрицательных свойств. При этом количество плюсов заметно возрастает, если уметь этими изобретениями пользоваться. Памперс в этом отношении не исключение. При всей кажущейся простоте применения и очевидной полезности эта очевидность требует получения определенной информации, дабы простота стала безопасной реальностью.

Автор глубоко убежден в том, что родитель, приступающий к применению памперсов и располагающий при этом нулевой информацией о правилах их использования, вряд ли сможет нанести своему ребенку серьезный вред. Но, в конце концов, если к любому устройству для использования в быту прилагается руководство пользователя, то почему памперсы должны быть исключением?

Почему на это изделие не может быть распространена фраза, столь популярная в гарантийных обязательствах: «...несоблюдение перечисленных в данной инструкции мер предосторожности, хранения и ухода за ... является основанием для отказа в удовлетворении претензий к качеству товара»?

Очень не хочется, чтобы претензии возникали. Отсюда и вытекает ***главная цель настоящего «труда» — предоставление необходимой информации***. Информации для использования и информации к размышлению.

ИСТОРИЯ

Как много дел считались невозможными,
пока они не были осуществлены.

Плиний Старший

В самом конце XIX века в городе Милфорд, что в американском штате Небраска, в скромном семействе Миллз родился мальчик, получивший от родителей гордое имя Виктор[1]. Детство нашего героя не отмечено сколько-нибудь существенными достижениями. Ну разве что, по мнению школьных учителей, особой изобретательностью при попытках уйти от ответственности за весьма многочисленные детские шалости.

Дальше была военная служба на американском флоте, совпавшая по времени с Первой мировой войной, работа сварщиком, женитьба и, наконец-то, учеба — университет Джорджа Вашингтона, химическая технология.

С момента окончания учебы (1926 год) и до ухода «на заслуженный отдых» (1961 год) Миллз работает в компании Procter & Gamble, демонстрируя чудеса изобретательности в должности ведущего химика-технолога.

Жизнь, тем не менее, вовсе не состояла из одной работы. Родилась дочь, прошло еще совсем немного времени — и Миллз стал дедушкой. Одним внуком дело не ограничилось, и дедушка Виктор

1 Victor Mills.

был вынужден в свободное от химической технологии время помогать дочери.

Можно себе представить, о чем думает весьма почтенный и уважаемый изобретатель, которому приходится многократно вытаскивать из-под собственных внуков мокрые пеленки, а впоследствии оные стирать да сушить.

Миллз додумался — ***стирать не надо. Надо выбрасывать!*** И на этой идее великого химика мы ненадолго остановим наше внимание. Остановим для того, чтобы подчеркнуть очень важный момент, к которому мы еще не раз будем возвращаться.

Идея одноразового подгузника родилась вовсе не потому, что дедушка Виктор хотел улучшить жизнь своих внуков — им, судя по всему, было совсем неплохо и без того. Суть изобретения Миллза была продиктована самым обыкновенным мужским эгоизмом, элементарным стремлением облегчить жизнь самому себе.

Итак, домашние терзания Миллза привели к тому, что он мобилизовал нескольких своих сотрудников, дабы идея получила практическое воплощение.

Основная задача — создание складчатой прокладки с высокой поглощающей способностью. А уже эту прокладку планировалось поместить в пластиковые трусы особой формы.

Первые модели Миллз с чувством глубокого удовлетворения испытал на собственных внуках — он вообще все испытывал на членах своей семьи. Его жена и дочь прекрасно помнили то время, когда все чистили зубы зубным порошком, а они делали это жидкой зубной пастой, которую придумал все тот же Миллз...

Домашние испытания подтвердили перспективность идеи, осталось совсем немного — создать опытную партию и посмотреть, как отреагирует на новый продукт привередливое американское население.

Население отреагировало крайне отрицательно, и идея одноразовых подгузников чуть не погибла в периоде новорожденности.

Трудно было придумать условия для испытаний более неблагоприятные. Одноразовые подгузники попытались использовать летом в городе Даллас, когда столбик термометра не опускался ниже отметки в +30 °C. Легко себе представить реакцию родителей, которым, в описанных погодных условиях, было сделано предложение надеть на ребенка пластиковые трусы. А немногие согласившиеся смельчаки очень быстро прекращали эксперименты над младенцами, ибо раздражение кожи возникало почти мгновенно.

Как известно, отрицательный результат — тоже результат. И, к счастью, руки разработчиков не опустились. Как следствие, март 1959 года стал датой в истории человечества, ознаменовавшей первое успешное массовое использование одноразовых подгузников.

К этому времени была подготовлена опытная партия из 37 тысяч подгузников. Создатели отказались от плотного пластика, чуть не погубившего благое начинание, изделие стало мягче, прокладка лучше впитывала влагу, более того — было предложено сразу два варианта: на кнопках и на липучках. Полем для испытаний выбрали город Рочестер штата Нью-Йорк. Модель с кнопками понравилась больше, и две трети семей, участвовавших в эксперименте, признали тот факт, что новые одноразовые подгузники наверняка не хуже старых и привычных многоразовых.

Положительные отзывы заметно активизировали энтузиазм не только Миллза сотоварищи, но и руководство Procter & Gamble.

Возникло две задачи: во-первых, придумать изделию название и, во-вторых, создать оборудование для массового производства одноразовых подгузников.

С первой задачей не без труда, но справились довольно быстро. Перебрав множество вариантов, подгузник назвали Pampers — памперсом по-нашенски, используя в качестве основы английское слово pamper, что означает «баловать». Некоторым, правда, больше нравятся другие варианты перевода — «лелеять», «нежить», но сути дела это не меняет.

Вторая задача оказалась намного серьезнее. Некоторые технологи даже уверяют, что, по крайней мере, в многолетней истории Procter & Gamble не было ничего более сложного. На первый взгляд, все элементарно: есть три слоя, которые надо склеить. Но когда от прокладки образуется куча пыли, а эта пыль соединяется с клеем и разлетается во все стороны, то любое оборудование очень быстро перестает быть оборудованием. Тем не менее технологию производства удалось-таки усовершенствовать, и памперсы начали свое победное шествие по миру. Поначалу оно (шествие) было вовсе не таким уж стремительным, а главным тормозом этого продвижения являлась цена изделия. Родителям памперсы нравились, но, с учетом цены в 10 центов за штуку, бережливые американцы готовы были продолжать стирку.

И только после того, как объем производства вырос в несколько раз, цена удовлетворила всех — и покупателей, и производителей. Низы явно предпочитали мочиться по-новому, верхи не хотели стирать по-старому. Назревшая революционная ситуация предопределила полную и безоговорочную победу одноразовых подгузников к вящей радости всего прогрессивного человечества.

А что же Миллз? «Мавр сделал свое дело», и в 1961 году, когда уже и слово Pampers было придумано, и технология вполне отработана, ушел на покой. Покой, правда, был относительным — пожилой и, во многом благодаря памперсам, далеко не бедный изобретатель увлекся путешествиями и альпинизмом. Ему было далеко за 80, а он все еще лазил по горам. Умер Виктор Миллз в возрасте 100 лет в 1997 году.

ТЕРМИНОЛОГИЯ

Что значит название? То, что мы называем розой,
пахло бы так же хорошо, какое бы имя вы ему ни дали.

Уильям Шекспир

Приступая к изучению теории применения одноразовых подгузников, давайте определимся с терминологией.

Итак:

Пеленка — кусок ткани, простынка для завертывания младенца (Словарь русского языка, составитель С. И. Ожегов);

там же:

Подгузник — кусок ткани, подстилаемый грудному ребенку под нижнюю часть тела.

В словаре В. Даля «подгузника» еще не было, но был ***подгузок*** — «лоскут, ветошка, подкладываемый в пеленки».

Несложные умозаключения легко позволяют сделать вывод о том, что главным предназначением подгузника во все времена была экономия. Пеленки выполняли две основные функции — фиксация ребенка, во-первых, и одежда, во-вторых. А предназначение подгузника — вспомогательное: его уже непосредственно в пеленки «подстилали» (Ожегов) или «подкладывали» (Даль).

В целом, подгузник представляет собой некий элемент (кусок ткани, простынка, лоскут, ветошка), который, выполняя барьерную функцию, должен первым принять на себя кал и мочу младенца, не дав им поразить остальную одежду и прочие пеленки, ковры, диваны, матрасы и т. п.

Дальнейшая судьба испачканного подгузника может развиваться по двум вполне конкретным сценариям:

- очистка от мочи и кала посредством стирки, затем высушивание, проглаживание и последующее использование по назначению;
- испачканный подгузник рассматривается в качестве предмета, не представляющего собой материальной ценности, приравнивается к мусору и подлежит выносу из дома с последующей утилизацией.

Нетрудно догадаться, что в первом случае подгузник будет называться многоразовым, а во втором — одноразовым.

Тем не менее нынешняя трактовка самого понятия «одноразовый подгузник» предусматривает более конкретное толкование.

Дело в том, что разовые подгузники использовались и до того, как идея памперса пришла в голову Виктору Миллзу.

Еще в конце сороковых — начале пятидесятых годов (т. е. почти за 10 лет до изобретения Миллза) домохозяйка из Коннектикута Марион Донован придумала отрывное полотенце и одноразовые пеленки на бумажной основе.

Эти одноразовые пеленки-подгузники применялись американцами, например, во время путешествий, когда условий для стирки не было. Правда, на их долю приходилось менее 1% общего количества смен подгузников, но явление «одноразовости» имело место, и это надо объективно признать.

Принципиальная же особенность современных одноразовых подгузников состоит в том, что их предназначение вовсе не ограничивается охраной другой одежды. Более того, это даже отходит на второй план, а во главу угла ставится именно способность поглощать влагу, защищая кожу ребенка. И в этом аспекте подгузник почти не рассматривается в качестве предмета одежды, а в основном и прежде всего как средство гигиены.

В повседневной бытовой речи словосочетание «одноразовый подгузник» не встречается почти никогда. Трудно себе представить диалог в магазине, в ходе которого покупатель произносит фразу: «Дайте мне упаковку одноразовых подгузников». Совершенно неправдоподобно и нереально звучат выражения: «Мой вчера испачкал 12 одноразовых подгузников» или «Вся бабушкина пенсия ушла на одноразовые подгузники».

Все — от продавцов до реальных пользователей — употребляют одно слово: «памперс». Исключение — медицинская наука. Тут уже авторы статей до уровня народонаселения не опускаются: «Влияние детских одноразовых подгузников...», «Практические рекомендации по использованию детских одноразовых подгузников».

Одноразовые подгузники давно уже перестали быть монополией Procter & Gamble.

Сейчас глаза буквально разбегаются от богатства выбора, яркости и красоты упаковок: «Huggies», «Libero», «Bella», «Silvy», «Bambino», «Кроха» и т. д. — и за каждым таким наименованием стоит конкретная фирма-производитель. «Huggies» от Kimberly Clark, «Libero» — от SCA Moinlycke и т. д.

Но первыми в истории одноразовых подгузников вообще и в нашем географическом пространстве в частности были Pampers от Procter & Gamble.

Более того, появление памперсов, совпавшее по времени с перестройкой и другими печальными историческими событиями, сама возможность приобщения широких родительских масс к цивилизации послужили поводом к тому, что слово «памперс» стало рассматриваться в повседневном сознании чуть ли не как символ гласности, свободы выбора и других признаков демократии.

Неудивительно в этой связи, что ***конкретная торговая марка «Памперс» и словосочетание «одноразовый подгузник» воспринимаются на бытовом уровне в качестве синонимов***. Это, разумеется, неправильно, но деваться, похоже, некуда...

С одной стороны, выражение «дайте упаковку памперсов "Кроха"» прямо-таки режет слух своей неправильностью, с другой — кто опоздал, тот не успел. Кабы мы наших доморощенных Миллзов поддерживали, глядишь, и говорили бы иначе, ну, например: «Дайте упаковку крох "Памперс"».

В рассмотренном аспекте невольно напрашивается аналогия с автомобилями. Если первый внедорожный автомобиль сделала фирма «Jeep», то все последующие, с той же целью произведенные, так джипами и останутся — и джип «Тойота», и джип «БМВ», и даже советский джип «Нива»...

Приведенные выше пространные терминологические изыски осуществлены с одной-единственной целью: обратить внимание читателей на тот факт, что использование в дальнейшем тексте слова «памперс» вовсе не подразумевает и не рекламирует именно Pampers от Procter & Gamble. Автору просто хочется говорить с читателями на языке самих читателей. И автору, по большому счету, совершенно все равно, какой торговой марке отдаст свои предпочтения будущий пользователь. Стратегию и тактику выбора мы, разумеется, обсудим, ибо знать отличия качественного продукта от опасной для здоровья ребенка подделки вы просто обязаны. Но выбирать, надеюсь, вы будете сами.

ИДЕОЛОГИЯ ПАМПЕРСОВ

Хотя новые порядки и изменяют сознание людей, надлежит стараться, чтобы в своем изменении порядки сохраняли как можно больше от старого.

Никколо Макиавелли

Многие тысячелетия человечество более-менее благополучно существовало без использования памперсов.

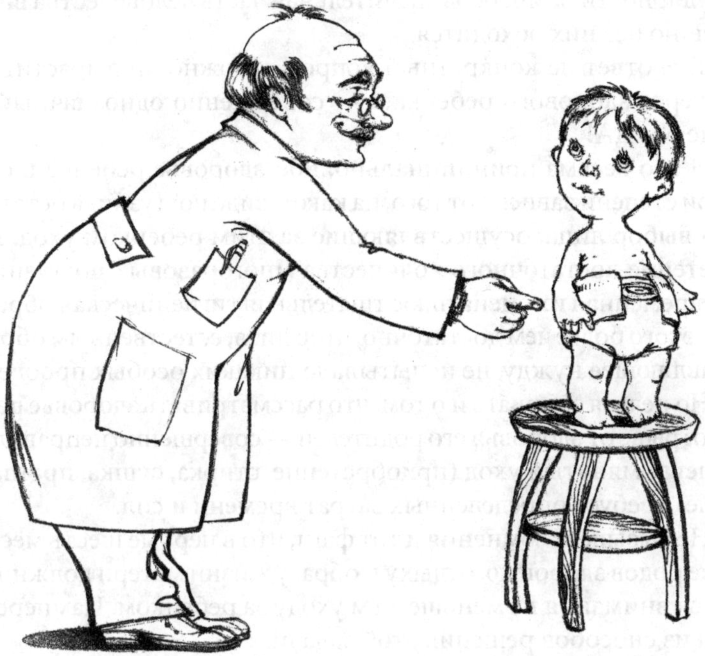

Многоразовые подгузники и способы их обработки также эволюционировали. Несколько веков назад подгузники делали из конопли, льна, шерсти, после «замачивания» ребенком сушили над огнем, а потом научились не только стирать с использованием мыла, но и стерилизовать посредством кипячения и проглаживания.

Появление марли — ткани, главным достоинством которой, помимо экологической чистоты, являлась максимально возможная скорость высыхания, привело к тому, что именно марлевый многоразовый подгузник прочно завоевал симпатии пользователей во многих странах.

При всей популярности памперсов, которые активно используются почти в 100 странах мира, причем странах очень разных в религиозном и экономическом отношении — и в России, и в Японии, и в Саудовской Аравии, и в Италии и т. д., так вот, при всей популярности памперсов значительная часть человечества вполне успешно без них обходится.

Т. е. ответ на конкретный вопрос: «Можно ли вырастить без памперса здорового ребенка?» — совершенно однозначный: ДА и еще раз ДА!

И это весьма принципиально, ибо здоровье ребенка в очень малой степени зависит от того, на каком виде подгузника остановят свой выбор лица, осуществляющие за этим ребенком уход. Приобретение достаточного количества многоразовых подгузников, своевременная их смена плюс тщательная гигиеническая обработка — этого более чем достаточно, чтоб дитя, естественным образом справляющее нужду, не испытывало никаких особых проблем.

Но нельзя забывать и о том, что рассматривать здоровье ребенка в отрыве от здоровья его родителей — совершенно неправильно. Вышеупомянутый уход (приобретение, стирка, сушка, проглаживание) требует определенных затрат времени и сил.

Не вызывает сомнения и тот факт, что в первые шесть месяцев после родов здоровью, отдыху и образу жизни матери должно уделяться внимания не меньше, чем уходу за ребенком. Памперсы — один из способов решения этой задачи.

И именно поэтому, с точки зрения автора, человек, придумавший памперсы, совершил подвиг. При наличии памперсов пеленки и другие предметы одежды стираются по мере естественного загрязнения, что уменьшает их количество (и подлежащее стирке, и подлежащее приобретению) в несколько раз. Если в вашем присутствии кто-нибудь и когда-нибудь скажет, что памперсы — это плохо (не гигиеничны, давят, способствуют раздражению кожи и т. п.), знайте: либо у этого человека была прислуга, которая занималась стиркой, либо он памперса никогда не видел в глаза.

Запомните: даже ***если по каким-то вашим соображениям обычные марлевые подгузники лучше памперсов, то это может быть справедливым лишь по отношению к ребенку. По отношению к тем, кто за ребенком ухаживает, это однозначно и категорически неправильно.***

Небольшие неудобства (присутствие которых еще надобно доказать), доставленные ребенку, меньше отразятся на здоровье семьи в сравнении со многими часами, которые проведут его родители за стиркой и у гладильной доски.

В отношении памперсов есть лишь две действительно существующие проблемы — цена и умение ими пользоваться.

Про умение пользоваться мы еще поговорим, но решение первой проблемы (изыскание средств) целиком зависит от вас. Уверяю — все, что вы сбережете на собственноручной стирке, вы же и потратите на восстановление здоровья. Я уже и не говорю о том, что сама возможность выспаться и отдохнуть для мамы и не брать в руки утюг после возвращения с работы для папы — это целительный бальзам для морально-психологического климата в семье.

Поэтому на собственном здоровье не экономьте. Распространите среди своих друзей, родственников и сослуживцев лозунг: «Памперсы — лучший подарок!»[1], и часть финансовых сложностей решится сама собой.

«Экономия на здоровье», особенно в стране с теоретически бесплатным здравоохранением, достаточно скользкий аргумент. Но подсчитать убытки, объективно имеющие место при отказе от памперсов и выборе многоразовых подгузников, вполне можно. Это каждый сможет сделать самостоятельно, а мы лишь подчеркнем основные финансово-затратные направления.

Электроэнергия: использование стиральной машины и утюга, нагрев воды (если газ, так он тоже не бесплатный), освещение — гладить в темноте по ночам не очень приятно (имеется в виду гладить не супруга, а гладить утюгом).

Вода.

Мыло, стиральные порошки.

Приобретение значительного количества пеленок и детской одежды — распашонки, ползунки и т. д. (при отказе от памперсов их надо в 2—3 раза больше); марля для изготовления многоразовых подгузников.

Одежда, внешний вид которой пострадал от частых стирок.

Средства для чистки ковров, мягкой мебели и других бытовых предметов, сохранить которые в чистоте вам вряд ли удастся.

1 Более рационален лозунг: «Деньги на памперсы — лучший подарок».

Приведенные выше рассуждения позволяют сформулировать главный идеологический постулат общей теории использования памперсов:

ПАМПЕРС НУЖЕН НЕ РЕБЕНКУ!
ПАМПЕРС НУЖЕН РОДИТЕЛЯМ РЕБЕНКА!

Автор отдает себе отчет в том, что нормальные, любящие родители многим готовы пожертвовать ради благополучия потомства. И тот факт, что памперс в большей степени улучшает жизнь родителей, чем ребенка, вовсе не должен служить поводом к самобичеванию. Маме и папе от памперса очень хорошо, а младенцу — просто хорошо. Разумеется, в который раз это повторим, при правильном использовании.

КАК УСТРОЕН СОВРЕМЕННЫЙ ОДНОРАЗОВЫЙ ПОДГУЗНИК

Ни одна вещь не возникает беспричинно,
но все возникает на каком-нибудь основании
и в силу необходимости.
Демокрит

Памперс, включающий в себя бумажную прокладку, кнопки и пластиковые трусы, можно сейчас обнаружить ну разве что в музее и у коллекционеров памперсофилов (есть и такие). За более чем сорокалетний период активной эксплуатации одноразовых подгузников и технология их производства, и используемые материалы, и сама конструкция изменились очень существенно и в лучшую сторону. Более того, инженерная мысль не стоит на месте, и ежегодно фирмы-производители радуют детские попы и родительские умы всевозможными новинками, которые делают памперсы «еще удобнее, еще суше, еще безопаснее, еще экономичнее».

Так каков же он, современный одноразовый подгузник?

Самое принципиальное отличие от подгузника многоразового — это не прокладка (которую подкладывают), а более крупный предмет в форме трусов, который надевают.

Состоит памперс из трех основных слоев, и каждый из этих слоев выполняет совершенно определенные функции.

Внутренний слой — тот, который непосредственно контактирует с кожей ребенка, способен мгновенно пропускать влагу в одном направлении. Второй слой — суперабсорбент, изменяющий физическое состояние жидкости и превращающий ее в гель. Внешний полимерный слой, с одной стороны, защищает уже не ребенка, а одежду, с другой — фиксирует сам подгузник и придает ему определенную форму.

Края памперса, непосредственно облегающие детские ножки, включают в себя растягивающийся эластичный материал (по народному определению «резинки»), а верх подгузника, охватывающий талию, имеет застежки-липучки и верхний фиксирующий поясок, дабы без проблем подогнать окружность памперса под фигуру младенца.

К каждому составляющему элементу подгузника можно применить выражение «возможны варианты». И вариантов — множество. Именно совокупность свойств резинок, слоев, липучек и определяет в целом качество изделия, его удобство, продолжительность безопасной эксплуатации и, что очень важно, цену.

В этом аспекте, по крайней мере, если анализировать продукцию серьезных фирм-производителей, цена памперса прямо соответствует его качеству и потребительной стоимости. Последняя, по словам небезызвестного Карла Маркса, представляет собой «полезность вещи, ее способность удовлетворять какую-либо человеческую потребность». И как бы вы ни относились к творчеству основоположника марксизма, но в отношении соответствия цены и пользы подгузника великий философ был прав...

Так в чем же, применительно к памперсам, состоит суть выражения «возможны варианты»?

Внутренний слой: экологическая чистота материала; его эластичность; гипоаллергенность (низкая вероятность возникновения аллергических реакций) по отношению к коже малыша; обработка специальными средствами, улучшающими обменные процессы в коже и препятствующими развитию воспаления (например, крем алоэ); односторонняя проницаемость, т. е. недопущение обратного просачивания жидкости.

Абсорбент: поглощающая способность как соотношение количества сорбирующего материала и количества поглощаемой жидкости; скорость превращения жидкости в гель; способность быстро и равномерно распределять влагу по всей сорбирующей поверхности; жесткость (мягкость) самого сорбирующего слоя; способность абсорбента задерживать жидкость при надавливании. От ребенка всего можно ожидать, в частности, памперс может быть разорван, а абсорбент попасть на кожу или проглочен — отсюда жесточайшие требования к безопасности материала.

Внешний слой: эластичность и прочность полимерного материала; его непроницаемость для жидкости, на которую «не хватит сил» у абсорбента; наличие дополнительных свойств. Например, в некоторых моделях внешний слой имеет двухкомпонентную структуру — мягкий, похожий на хлопок нетканый материал и микропористый полимер. При этом поры имеют размер, пропускающий пары жидкости и воздух, но недостаточный для прохождения жидкости (так называемые «дышащие» подгузники).

Существенной характеристикой каждого слоя является вес материала — значимость этого показателя очевидна, тут и объяснять особенно нечего.

Резинки: эластичность и мягкость, проявляющиеся в способности и подгузник фиксировать, и жидкость не пропускать, и, в то же время, кожу не сдавливать.

Застежки-липучки и верхний поясок — надежность фиксации там, где липнет, и прочность прикрепления с противоположной стороны — на краю самого памперса; возможность многократного прилипания-отлипания (так называемые многоразовые застежки); способность выполнять свое предназначение после того, как на липнущую поверхность попадет влага, крем или присыпка. Главное, тем не менее, — именно надежность фиксации, что особенно актуально для активно двигающегося ребенка.

В МАГАЗИН ЗА ПАМПЕРСОМ

Я всегда могу выбрать, но я должен знать,
что даже в том случае, если я ничего не выбираю,
я тем самым все-таки делаю выбор.

Жан Поль Сартр

Итак, вы пришли к однозначному выводу, что самоистязание не к лицу современному здравомыслящему родителю. Вы решили: памперсы помогут вам сберечь силы и время. Поначалу у вас даже может сложиться впечатление, что это решили за вас, ибо уже в роддоме, помимо результатов флюорографии, марли, ваты и взноса в благотворительный фонд, от вас еще попросят принести и упаковку памперсов.

Но очень скоро вы начнете воспринимать памперс как неизбежность и даже признаетесь себе в том, что эта неизбежность совершенно вас не тяготит и не вызывает отрицательных эмоций.

Тогда-то и встанет на повестку дня вопрос о приобретении одноразовых подгузников. Приобретении регулярном, в достаточном количестве, приличного качества.

И вы отправитесь в магазин...

Читатель вполне резонно может возразить: дескать, в нашем географическом пространстве магазин не является тем единственным и безальтернативным местом, где можно делать покупки. Памперсы ведь продаются где угодно — на рынках, в торговых павильонах, на лотках. Мы уже и не рассматриваем вариант, при котором бомжеватого вида дама предлагает вам початую упаковку дорогущих подгузников за полцены, потому что «моему не подошли, ну не выбрасывать же...»

Но автор категорически настаивает: вы отправляетесь **именно в магазин** (вариант — в аптеку), и эта категоричность нуждается в аргументации.

Прежде всего отметим, что памперс — это средство гигиены (*личной* гигиены), которое способно самым серьезным образом повлиять на здоровье вашего малыша в том случае, если его (средства) качество будет оставлять желать лучшего. Мы прекрасно знаем: известное название достойной фирмы само по себе является гарантией качества, но уже привыкли к тому, что за этим названием и похожей упаковкой может скрываться подделка.

Вероятность приобретения заведомой имитации в магазине многократно меньше. Меньше хотя бы потому, что недобросовестный продавец, попытавшийся сбыть заведомо некачественный товар, не может быстро исчезнуть вместе с магазином. В магазине, при наличии сомнений, всегда можно попросить (и получить) сертификат качества, в магазин можно вернуться, дабы предъявить претензии. «И на старуху бывает проруха», и серьезная фирма иногда допускает брак. А в этой ситуации (липучки не липнут, резинки не держат, разорван один из слоев и т. д.) магазинный чек дает хотя бы теоретические шансы на восполнение потерь.

Нельзя забывать и о том, что памперсы чувствительны к условиям хранения, точнее, к перепадам влажности и температуры. В этом аспекте попытка сравнить магазин и рыночный павильон — явно не в пользу последнего.

Итак, мы в магазине.

Ассортимент одноразовых подгузников, особенно в специализированных отделах, просто поражает. Десятки наименований и вариантов. Как тут не ошибиться?

Читатель, наивно предполагающий, что автор сделает выбор за него, ошибается. Вы не найдете в тексте никаких конкретных названий, никаких хороших или плохих производителей. Наша задача — знать, «что такое хорошо и что такое плохо», а там уже и решение придет.

Первое, что надо учесть — для кого мы покупаем памперс. Для какого ребенка — какого пола, какого веса, какого возраста?

ВЕС

На каждой упаковке памперсов имеются цифры с черточкой между ними и двумя буквами — кг или kg. Это приблизительный ориентир веса ребенка, на которого этот конкретный подгузник рассчитан. Примеры: 3—6 кг, 4—9 кг, 9—18 кг и т. д. (опять-таки возможны варианты).

С одной стороны, если ваше дитя весит 5 кг, то сразу и не решить, что взять (3—6 или 4—9), с другой — вы ведь все равно не угадаете, «как сидит костюмчик», пока не оденете... Логичнее, особенно по отношению к мальчикам, немножко на вырост, ибо уж лучше пусть немного болтается, чем жмет.

Тем не менее, и это надо еще раз подчеркнуть, вес — это всего лишь приблизительный ориентир. Ибо взаимоотношение веса и размеров попы — явление весьма условное. Рост, упитанность и пропорции тела ребенка варьируют в достаточно широких пределах, упомянем, для примера, противоположные варианты — длинный-худой и толстый-коротышка. Понятно, что в первом примере высока вероятность того, что при общем весе 7 кг памперс с параметрами 3—6 кг будет «сидеть» идеально.

ПОЛ

Многие убеждены в том, что в зависимости от половой принадлежности младенца принципиально меняется форма памперса. На самом деле это не так.

Главное отличие «мальчиковых» и «девчачьих» памперсов — распределение абсорбента.

Поясняю. Многолетние родительские наблюдения за процессом мочеиспускания потомства позволили сделать удивительные выводы. Оказывается, «направление главного удара», точнее, преимущественная направленность струи существенно зависит от того, кто, собственно говоря, писает — мальчик или девочка. Особо проницательные инженеры учли этот факт, и в моделях для мальчиков сместили абсорбирующий слой поближе к животу, а для девочек — оставили посредине.

Имеются в продаже и модели бесполые, точнее, универсальные — производители, не мудрствуя лукаво, распределили абсорбент равномерно, дабы не морочить голову себе и покупателям.

Итак, в отношении пола и веса мы определились, заодно можем дать и два совета:

- если вы (а чаще всего «вы» — это молодой и нервный отец) впервые отправляетесь в магазин, то хорошо бы уточнить у жены, какого веса и пола ваше дитя;
- если вы осуществляете покупку до родов, когда вес и пол остаются загадкой, — «бесполый» подгузник в интервале 3—6 кг — это оптимально.

Продолжаем выбирать.

Обратите внимание: после того, как мы определились с весом и полом, диапазон выбора заметно сузился, но отдать деньги за нечто конкретное — по-прежнему задача не из легких. Попробуем, тем не менее, ее решить.

ОСНОВНЫЕ ПОЛОЖЕНИЯ СТРАТЕГИИ И ТАКТИКИ ВЫБОРА

1 Фирмы-производители вообще и коммерческие названия подгузников в частности бывают популярными и не очень. Популярность определяется двумя главными факторами — рекламой в средствах массовой информации и мнением (осведомленностью) о конкретном изделии ваших друзей и знакомых. С точки зрения здравого смысла и теории вероятности, ошибиться, приобретая подгузник известной и хорошо зарекомендовавшей себя фирмы, намного сложнее. Понятно, что чем знаменитее фирма и торговое название, тем больше в цене затрат на рекламу и средств, потраченных на совершенствование качества и технологии. Но только вы можете решить: покупать заведомо качественный товар или рискнуть. Риск, надо признать, понятие относительное, но всегда присутствующее, несмотря на героическую работу общества по защите прав потребителей. Однако, покупая памперс, имя и производитель которого «тайна великая есть», вы как это ни парадоксально, на 100% защищены от подделки. Никто ведь не подделывает продукцию неизвестных фирм.

2 Любой конкретный подгузник может быть непосредственно от фирмы-создателя и выпускаться по лицензии. Лицензионные, особенно те, что делают непосредственно в нашей стране, явно дешевле, ибо затраты на транспортировку и разборки с таможней, которая не всегда мирно «дает добро», на цене, разумеется, отражаются. Но если опустить из рассмотрения вопрос цены, качество этих подгузников часто отличается, и эти отличия явно не в пользу лицензионного товара. Теоретически этого быть не должно, но реальная родительская практика описанный факт уверенно подтверждает. При любом раскладе объяснение (и не одно) указанному явлению можно найти. Хотя бы, к примеру, такое: завод, выпускающий лицензионную продукцию, часто работает на бывшем в употреблении технологическом оборудовании.

3 Очень желательно, чтобы вашему походу в магазин предшествовал сбор информации. Ведь вы не одиноки в деле выращивания потомства. И было бы вполне уместно выяснить предварительно у знакомых мам и пап, какими именно памперсами пользуются они, были или нет проблемы и т. д. В этом направлении нет мелочей, и, что очень важно, это ведь будет не теоретическая информация, а очень конкретная и, что немаловажно, четко адаптированная и к конкретному месту жительства, и даже к конкретному магазину. Что надо выяснить, вы уже, наверное, догадались, но повторимся: фирма, название подгузника, сколько стоит, где покупали, есть ли скидки, фирменный товар или лицензионный. Если лицензионный (это очень важно) — где конкретно делали?

Понятно ведь, что памперс, сделанный по лицензии, может попасть в ваш город с завода, который находится в Польше, Турции, Китае, Украине и т. д. И если подруга утверждает, что очень довольна и не видела никаких проблем с лицензионным подгузником украинского производства, то найти на упаковке адрес завода-изготовителя — не так уж много времени надо.

4 Скорее всего, вы обратите внимание на то, что подгузники одной и той же фирмы, ориентированные на один и тот же вес и в одном и том же количестве, отличаются друг от друга названиями и ценой. Дело в том, что основная составляющая цены — это количество и качество абсорбента, и именно этим фактором определяется функциональная эффективность самого подгузника. Более дорогая модель — больше абсорбента, памперс надежнее, дольше срок эксплуатации. В названиях «особо эффективных» подгузников обычно присутствуют слова типа «экстра», «супер», «премиум» и т. п.

5 Еще один фактор, определяющий выбор и влияющий на цену изделия, — дополнительные функции. Наличие, например, микропористого полимера для прохождения воздуха, улучшенное качество застежек-липучек, использование крема алоэ, особые состав и структура абсорбента, резко увеличивающие скорость всасывания жидкости.

6 Это очевидно, но обратить ваше внимание надо: выяснив цену упаковки, не забудьте уточнить, сколько в ней подгузников, напрягите математические способности и подсчитайте цену одного. Именно это и есть настоящая цена[1].

7 Если вы приобретаете памперсы впервые или решили поменять модель, знайте, что любой подгузник — даже самый лучший и дорогой — может не подойти именно вашему ребенку. Почему не подойти? Выкройка не под вашу фигуру (попа большая или ножки изящные настолько, что резинки ничего не фиксируют) или аллергические реакции — все ведь может быть. А вдруг именно ваше дитя и есть то единственное из 10 тысяч, у которого имеется непереносимость крема алоэ?

Поэтому никогда не покупайте много. Пробуйте осторожно, и эта осторожность, нетрудно догадаться, преследует сразу две цели — и экономию средств, и здоровье младенца.

1 Да простят меня читатели за частое использование слова «цена». Но, к сожалению, именно этот фактор в большинстве случаев оказывает решающее влияние на стратегию и тактику выбора. Самое простое решение — фирменный и самый дорогой подгузник в неограниченном количестве, который меняется после каждого отхождения газов (про кал и мочу мы уже и не говорим). Но поскольку для очень-очень многих семей фактор цены имеет весьма существенное значение, большинство последующих советов учитывает, прежде всего, именно реальные возможности и размер бюджета наших соотечественников, которые, несмотря ни на что, решили заняться продолжением рода.

8 Если вы купили памперс конкретной фирмы и вполне удовлетворены качеством, с максимально возможной вероятностью другие модели этой же фирмы вполне устроят и вас, и ребенка (используемые материалы и технология производства — похожи). Понятно, что если малыш перерос конкретный размер или возникла потребность в дополнительных функциях — лучше опять-таки не рисковать и не менять предпочтения коренным образом.

9 На выбор подгузника оказывают самое принципиальное влияние индивидуальные особенности и состояние здоровья ребенка.

В дальнейшем мы подробно рассмотрим правила смены памперсов, но ведь уже сейчас совершенно очевидно, что частота смены определяет количество подгузников. Если у ребенка первого месяца жизни частота стула может достигать (и это нормально) и 8 и 10 раз в сутки, то нет никакого смысла расходовать средства на дорогой памперс с большим количеством абсорбента, ибо через 1,5—2 часа подгузник надо будет заменить, а емкость сорбента не будет реализована и наполовину. Но если именно ваше дитя оправляется 1—2 раза сутки — то почему бы и не потратиться?

Чем активнее дитя — тем больше внимания к качеству застежек-липучек.

Если кожа нежная и ранимая[1], если под памперсом возникло воспаление, если очень жарко — выбор именно «дышащего» подгузника (в котором, напомню, внешний слой сделан из микропористого полимера) — весьма актуален.

Если мама отличается повышенной заботливостью и каждые 20 минут заглядывает в памперс, дабы убедиться в сухости попы, — многоразовые застежки-липучки — это именно то, что вам надо.

10 Рациональное, с экономической точки зрения, использование памперсов не так уж и сложно. Оптимально иметь одну-две устраивающие вас и дитя модели и применять оные в зависимости от обстоятельств. На прогулку, в гости, на ночь — дорогие

1 То, что кожа маленького ребенка всегда нежная и ранимая — это очевидно. Но у вашего светлокожего блондина она может оказаться особо нежной и особо ранимой.

и надежные, днем и в ожидании «хождения по-большому» — попроще и подешевле.

11 ***Проверь подгузник, не отходя от кассы!***

Но не в том смысле, чтоб прямо в магазине менять дитю памперс... Средства личной гигиены обратно не принимаются, поэтому, после того, как выбор сделан и подгузники уже почти в ваших руках:

- самым тщательным образом убедитесь в целостности упаковки — вы ведь помните, что памперсы чувствительны к перепадам влажности и температуры, а именно упаковка должна от этих вредностей защищать;
- почитайте «выходные данные» — изготовитель, вес, пол, название, убедитесь в том, что упомянутая информация напечатана на языке той страны, где вы имеете удовольствие покупать подгузники;
- обратите внимание на дату изготовления — срок годности большинства изделий 2 года.

Все нормально? Ну и славненько. Можно оплачивать.

12 В ситуации, когда все «утряслось» — выбрали удачно, пользоваться научились, знаем средний расход[1] и т. п., — вполне резонно, опять-таки в целях экономии и средств, и времени, совершать мелкооптовые закупки.

ПРИСТУПАЕМ К ИСПОЛЬЗОВАНИЮ

Знание некоторых принципов
легко возмещает незнание некоторых фактов.

Клод Адриан Гельвеций

Доставленные из магазина памперсы вряд ли будут израсходованы в первый же день, отсюда некоторые правила хранения.

1 Средний расход — почти как топливо у автомобиля — количество памперсов на день жизни, с учетом режима эксплуатации — домашнего, прогулочного, загородного.

ПРАВИЛА ХРАНЕНИЯ

Распечатанную упаковку с подгузниками желательно разместить в непосредственной близи от пеленального столика или иного, но конкретного предмета мебели (комода, стола), который вы используете для приведения ребенка в порядок (одевание, пеленание, протирание, закапывание, смазывание и т. п.). Вскрывая упаковку, не суетитесь, ибо если она лишь слегка разорвана, то памперсы в ней чувствуют себя лучше, чем на свежем воздухе. Опыт показывает, что подгузник, оказавшийся на свободе, обязательно падает на пол, рвется, обливается молоком или укропной водой, в общем, пачкается до того, как будет испачкан ребенком. Если упаковка пришла в негодность, не поленитесь переложить памперсы в полиэтиленовый пакет.

Касательно подгузников, купленных впрок, в который раз повторим: памперсы не любят перепадов влажности и температуры окружающего воздуха, повышенная влажность им противопоказана в принципе. Балкон, кухню и ванную комнату использовать в качестве памперсохранилища не желательно.

Оптимально — чтоб было сухо и не очень жарко. Остается лишь надеяться, что такое местечко в вашем жилище найдется.

НАДЕВАЕМ ПОДГУЗНИК

Если памперсная тематика вас ранее уже интересовала, если вы внимательно читали предыдущие главы, то вполне могли обратить внимание на следующее. Все, кто пишет про одноразовые подгузники, подчеркивают: памперс — не одежда, а средство личной гигиены.

Но реальная эксплуатация подгузника начинается с парадоксальной ситуации. Эту «не одежду» на ребенка надобно надеть.

Задача, в принципе, не сложная, тем более что эту процедуру вы будете осуществлять сотни раз. Но некоторая скованность родительских движений поначалу, разумеется, будет присутствовать.

Итак, приступим.

1. Укладываем дитя на пеленальный столик животом вверх. Напоминаю, что ребенка любого возраста ни при каких обстоятельствах нельзя оставлять наедине с пеленальным столиком. Пеленающий родитель должен находиться на расстоянии вытянутой руки и не смотреть в это время телевизор.
2. Убеждаемся в том, что та часть тела, которая будет прикрыта подгузником, — чистая и сухая. Если мокрая и грязная — соответственно, приводим в порядок — моем и сушим (подробно чуть ниже).
3. Берем в руки памперс и выясняем, где у него перед, а где зад. Производители подгузников, понимая, что задача эта не из простых, делают все, дабы помочь неопытным родителям разобраться. Для этого на памперсе спереди имеется яркая цветная полоска. Повторяем, почти как в песне: «Где полоска — там перед».
4. Одной рукой берем дитя за ножки и приподнимаем попу, другой рукой — подсовываем подгузник. Опускаем попу и убеждаемся в симметричности конструкции. При необходимости поправляем (вправо — влево, вверх — вниз). В результате та часть

памперса, что расположена под спиной, должна быть на уровне пояса.

Обращаю внимание: поднимая дитя за ножки, желательно себя контролировать: совсем не обязательно, чтоб голова при этом отрывалась от стола и (или) возникала дополнительная нагрузка на шейный отдел позвоночника. Если вы в своих силах не уверены, можете поступить иначе — развернуть подгузник, положить его на столик и только потом уже водрузить сверху дитя.

5 Закрепляем по очереди правую и левую застежки, по-прежнему обращая внимание на соблюдение симметрии. Аккуратно расправляем резинки на ножках, следим, чтоб они (резинки) не врезались в кожу.

6 Окончательный контроль: памперс равномерно прилегает к телу, нет явных перекосов, между подгузником и кожей живота можно просунуть указательный палец мамы или мизинец папы (подразумевается, что мама и папа стандартных размеров).

Поздравляю! Все получилось.

Поскольку в первый месяц жизни памперсы расходуются очень быстро (по выражению родителей — «улетают»), опыт одевания стремительно возрастает. Ровно через две недели все происходит автоматически, и вы вполне можете участвовать в соревнованиях по скоростной замене подгузника.

КАК И КОГДА МЕНЯТЬ ПАМПЕРС?

Рекомендации по замене одноразового[1] подгузника существенно варьируются в зависимости от того, кто рекомендует. Для любой фирмы-производителя чем чаще вы поменяете подгузник, тем лучше (исключительно по коммерческим соображениям).

Отсюда, например, и такие советы: «памперс надо менять сразу после кормления». Мама, которая, используя подгузник, вынуж-

1 Простите за банальность, но должен все-таки подчеркнуть: подгузник называется одноразовым потому, что его можно использовать только один раз. С сушками, стирками и химчистками памперсы никак не связаны.

дена думать еще и о семейном бюджете, вряд ли позволит себе подобное ценное указание.

Все дети разные, простите за банальность, у каждого младенца формируется свой, индивидуальный режим отправления естественных нужд. Кратность и объем мочеиспускания, частота стула, состояние кожи, температурный режим помещения, количество потребляемой жидкости — все это факторы, принципиально влияющие на необходимость смены подгузника. Опять-таки, хождение по-большому часто взаимосвязано с удовлетворением других физиологических потребностей, и вариантов этой взаимосвязи множество. Каканье после еды — явление стандартное, но не обязательное. Иногда это происходит исключительно по вечерам, иногда — после купания, во время ночного сна и т. д. Никто лучше родителей не может знать особенностей поведения собственного младенца и без всяких рекомендаций решить — пора поменять, или, по крайней мере, проверить — как «там» у нас дела.

Теперь конкретные советы.

1. ***Обязательно менять памперс после каждого хождения по «большой нужде» — непреложное правило***. Какой бы ни была скорость всасывания мочи, она, тем не менее, в течение определенного времени контактирует с калом, а результатом этого контакта является образование веществ, раздражающих кожу ребенка. Чем быстрее этот контакт будет прерван — тем лучше.
2. Весьма рационально осуществить замену памперса в ситуации, когда в течение более или менее длительного времени не будет возможности контроля (выход на прогулку, поездка в городском транспорте, поход в поликлинику) или сил контролировать (ночной сон, например).
3. Даже если «большой нужды» не случилось, вероятность того, что силы памперса на исходе после ночного сна или после гуляния — очень высока. Отсюда и целесообразность смены.
4. Если в процессе контроля кожа под памперсом оказалось влажной — менять незамедлительно.

Вот, собственно говоря, и все. Теперь о том, как менять.

Мы уже подчеркивали: «часть тела, которая будет прикрыта подгузником, должна быть чистой и сухой». Понятно, что это требует определенных родительских усилий.

Перед сменой желательно удостовериться, что на пеленальном столике имеется клеенка, а на ней сверху — пеленка. Укладываем ребенка, расстегиваем застежки-липучки и сразу же фиксируем их, чтоб к дитю не липли.

Алгоритм дальнейших действий определяется степенью «испорченности» подгузника, в результате возможны три варианта действий.

1 *Обнаружены последствия успешно реализованной «большой нужды».*

Внутренняя поверхность памперса, как правило, не бывает полностью запачканной, поэтому вы вполне можете сухими и чистыми краями осуществить частичную «уборку территории», двигаясь в направлении от пупа к попе. После этого подгузник вынимается, складывается и в таком положении фиксируется липучками, дабы не пачкать окружающую среду.

Теперь приводим в порядок дитя. Совершенно спокойно можно отправиться в ванную комнату и подмыть ребенка тепленькой водичкой прямо из-под крана. Использование мыла совсем не обязательно. При подмывании девочек важно направление «подмывательных» движений — от живота к попе, а не наоборот.

Можно принести воду[1] в комнату и подмыть ребенка с использованием ваты, марлевых салфеток, мягкой ткани (фланели, например).

Многие фирмы выпускают специальные детские гигиенические салфетки. Уже купили? Пользуйтесь на здоровье. Салфетки эти особенно хороши в ситуации, когда «большая нужда» приключается

1 Автор всегда был категорическим противником рекомендаций о том, что для купания-подмывания надобно использовать только кипяченую воду. В то же время в большинстве городов качество водопроводной воды стремительно меняется, и далеко не в лучшую сторону. Количество хлора часто превышает все разумные пределы, поэтому предварительная обработка воды весьма желательна: кипячение, нагрев хотя бы градусов до 80 °C, установка на кран фильтра. Если же в вашем коттедже есть артезианская скважина — делайте, что хотите.

вдали от водопровода (вариант — при нарушении водоснабжения). Как здорово летом иметь возможность поменять подгузник, не возвращаясь с прогулки!

2 *Под памперсом не выявлено ничего подозрительного.*

Т. е. сам подгузник явно потяжелел, но при этом его внутренняя поверхность чистая и сухая. Кожа ребенка не менее прекрасна — тоже чистая и сухая. Стандартная ситуация, которую вам, собственно говоря, и обещали те, кто памперсы делает. С ребенком ничего делать не надо, меняем памперс, тема закрыта.

3 *Обнаружено «подмокание»* — кожа ребенка совсем не сухая из-за контакта с мочой, соответственно, внутренняя поверхность подгузника тоже влажная.

Памперс, однозначно, исчерпал свой ресурс и подлежит немедленной ликвидации.

Без воды можно обойтись, но как следует промокнуть (все те же марля, вата, фланель) и высушить — это обязательно. Гигиеническая салфетка в подобной ситуации — пожалуй, идеально.

Пункт 3 в приведенном списке самый ответственный, ибо надлежит принципиально разобраться в причине «подмокания». К ребенку, разумеется, претензий нет, так что на вопрос «кто виноват?» можно дать всего два варианта ответа: а) родители и б) подгузник.

Чаще все-таки родители, которые забыли о необходимости контроля и не вовремя осуществили смену (проспали, загуляли, замотались, отвлеклись и т. п.). Это не трагедия, всякое бывает.

Но если после смены прошло совсем немного времени или если дорогой подгузник оказался мокрым через два часа — тут уже надобно крепко задуматься и выяснить, почему это произошло.

Варианты:

- качество подгузника — подумать, где и что покупали, принять решение;
- подгузник для вашего ребенка мал — в следующий раз купить на размер больше;

направление основной струи не совпадает с тем местом, где находится сорбент. У девочек подобного не бывает, а вот если мальчика «нарядили» в памперс «как раз впритык», да еще при этом не разобрались с положением полового члена — т. е. не уложили его в направлении к ногам, так нет ничего удивительного, что в подгузнике мокро (пуп в этой ситуации тоже не сухой).

Иногда в родительской практике встречается вариант, при котором памперс «протекает» по бокам. Тут уже надобно думать, прежде всего, о качестве резинок (как частный случай качества подгузника вообще) или о том, чтобы более тщательно их расправлять в процессе одевания. Ну и второе возможное объяснение — выкройка памперса не под ваши ноги...

ИСПОЛЬЗОВАНИЕ В СООТВЕТСТВИИ С ИДЕОЛОГИЕЙ

Изучение предыдущего раздела может создать неверное впечатление о том, что вся жизнь ребенка протекает в подгузнике. Сняли (поменяли) — надели и т. д. до бесконечности. На самом деле это далеко не так. Постоянное использование памперса может привести к появлению определенных проблем. Проблемы — и реальные, и мифические — мы совсем скоро и подробно обсудим.

А сейчас повторим главный идеологический постулат общей теории применения одноразовых подгузников: ***«Памперсы нужны не ребенку, памперсы нужны тем, кто за этим ребенком ухаживает!»***

Все хорошее имеет, к сожалению, свойство рано или поздно заканчиваться. Подгузники в этом аспекте исключение. Их употребление — хорошо, а прекращение использования — еще лучше.

Отказ от памперсов — достойное и значимое событие в жизни современной семьи. Свидетельство того, что и наш ребенок вырос, и мы не хуже других. Но ***чем теснее, чем дольше общение с подгузником — тем сложнее этап перехода к взрослой жизни в нормальных трусах.***

Трудно переоценить значение памперса во время сна, здорово не думать о мокрых штанах, отправляясь на прогулку или к бабушке на день рождения. Но ведь жизнь не состоит сплошь из сна, гуляний и хождения в гости.

Мы за памперсы, но только тогда, когда от этого хорошо всем — и ребенку, и родителям. А постоянное использование подгузника — явный перекос плюсов в сторону мамы и папы. Детская кожа должна общаться не только с памперсом, но и с воздухом — это залог ее здоровья. И

очень важно никогда не забывать золотое древнее правило: хорошего — понемножку!

Ребенок первых месяцев жизни действительно спит большую часть времени. Для него вышеупомянутое «понемножку» вполне может растянуться на 22 часа в сутки. Но ведь с каждым месяцем спим мы все меньше, значит, и общение с подгузником должно постепенно сокращаться.

Между «стирать с утра до ночи» и «не стирать вообще» — дистанция огромного размера. И если в результате мочеиспускания мы имеем одну-единственную мокрую пеленку — так никакой трагедии в этом нет. Мало найдется семей, материально способных приобретать подгузники и не имеющих при этом стиральной машины. Так что не перегибайте палку.

Не торопитесь сразу менять памперс[1]. Ведь так приятно похлопать по очаровательной и самой любимой голой попе. Дать возможность спокойно полежать, подрыгать ногами. Подстелить пеленку и кормить грудью. В трусах усадить на детский стульчик есть из ложечки кефир с творожком или просто по дому походить. Летом запасные трусы положить в карман и пойти гулять — почему бы и нет? И таких поводов хоть на время от памперса отказаться — десятки.

Хорошего — понемножку!

1 «Менять» — согласно толковому словарю — «замещать одно другим», т. е. всегда, если есть такая возможность, желательно между старым и новым подгузниками сделать перерыв, чтоб памперсы не менялись, а надевались.

МИФИЧЕСКИЕ ПРОБЛЕМЫ

Люди ничему не верят так твердо,
как тому, о чем они меньше всего знают.

Мишель Монтень

МАЛЬЧИКИ И ПАМПЕРСЫ

Вредят ли памперсы мальчикам? Очень животрепещущая тема, и это вполне объяснимо — любые вопросы, относящиеся к области любви, половых отношений и продолжения рода, всегда были, есть и будут весьма острыми и волнительными.

В средствах массовой информации эпизодически и совсем нередко проскакивают сообщения о том, что использование одноразовых подгузников является причиной мужского бесплодия.

Типичное сообщение выглядит следующим образом:

> **«Использование памперсов угрожает детородной функции мальчиков**
>
> *Ученые утверждают, что применение памперсов (и прочих видов одноразовых подгузников) может привести к бесплодию мальчиков. Памперсы способствуют повышению температуры в области мошонки, что вредит нормальному развитию яичек. Известно, что у взрослых мужчин повышение температуры препятствует выработке полноценной спермы.*
>
> *Возросшее число случаев мужского бесплодия в последние 25 лет ученые целиком относят к практике использования памперсов»*[1].

Первое впечатление от подобной цитаты — доказавшие вредность подгузников ученые должны быть очень богатыми людьми. Ведь если можно научно обосновать тот факт, что бесплодие у конкретного мужского индивидуума вызвано именно ношением памперса, то у компании-производителя можно огромнейшие де-

1 Источник — «InfoArt News Agency».

ньги отсудить. Тем не менее о подобном судебном процессе никто и никогда не слыхивал.

Дело в том, что упомянутые в приведенной цитате «ученые» пишут, как правило, несколько по-другому.

В любом исследовании, а исследований таких совсем немного[1], выводы весьма далеки от категоричности.

Например, немецкие педиатры (университет г. Киль) на основании изучения аж 48 (!) детей публикуют в журнале «Archives of Disease in Childhood» результаты измерения температуры мошонки и высказывают предположение о том, что применение памперсов у мальчиков может в дальнейшем сказаться на качестве их спермы.

1 Употребляя выражение «немного», автор имеет в виду не общее количество исследований влияния памперсов на здоровье ребенка (их на самом деле предостаточно), а количество работ, в которых делаются предположения о том, что одноразовые подгузники вредны.

Понятно, что для науки ценность вывода «может сказаться» или «может не сказаться» — практически равна нулю, но для газет подобного предположения вполне достаточно. Ну разве не сенсация — это ведь, оказывается, из-за памперсов растет число бесплодных мужчин!

А оно (число) действительно растет. И причин — хватает:

- малоподвижный и большей частью сидячий образ жизни;
- курение, алкоголь, наркотики;
- избыток бытовой химии;
- переедание;
- глотание по поводу и без повода лекарств, начиная с малолетства;
- конкретные болезни, приводящие к бесплодию, — венерические или, например, эпидемический паротит (свинка);
- психоэмоциональные стрессы и дома, и на работе;
- экологическая обстановка.

Список не полный, но достаточный. Кто удивится, если написать о том, что сидеть целый день (на работе, за рулем автомобиля и дома перед телевизором), иметь лишний вес и ругаться с женой и начальством вредно для качества спермы? Да никто! А вот обвинить во всех бедах памперсы — гораздо интереснее... Ведь от одноразовых подгузников можно отказаться, а от жены и начальства — куда ж денешься.

Для того чтобы объективно разобраться в этой проблеме, совершим небольшой экскурс в область анатомии и физиологии.

Итак, в периоде внутриутробного развития у плода мужского пола яичко находится в брюшной полости и опускается в мошонку лишь к моменту рождения. Анатомически яички новорожденных имеют размеры относительно большие, в сравнении с взрослой мужской особью. Правое яичко несколько больше левого, но по мере роста их масса выравнивается. Конкретные арифметические параметры (это информация для любителей точных наук) составляют: высота 9—11 мм, ширина — 5—5,5 мм, толщина — до 5 мм, масса 0,2—0,3 г.

Семенные канальцы, по которым образующаяся сперма выделяется в семявыносящий проток, у детей первых 7 лет жизни фактически канальцами не являются, ибо никакого просвета в них нет — сплошные клеточные тяжи.

В яичках имеются особые клетки — клетки Лейдига. Их задача — продукция мужских половых гормонов — андрогенов и тестостерона. В первые 7—8 лет жизни клетки Лейдига фактически «простаивают» — это подтверждает хотя бы тот факт, что концентрация тестостерона в крови очень-очень низкая, а количество андрогенов в моче у десятилетнего мальчика такое же, как у девочки аналогичного возраста.

После семи лет жизни в семенных канальцах появляется просвет, начинают появляться клетки-предшественники сперматозоидов — так называемые сперматогонии и сперматоциты. Ну а полноценные, качественные и активные сперматозоиды могут быть обнаружены не раньше чем в 10 лет, а как правило, значительно позднее.

С точки зрения здравого смысла, приведенной информации вполне достаточно, чтобы убедится в несостоятельности утверждений о том, что памперсы влияют на качество спермы — *как можно влиять на то, чего до семилетнего возраста нет в принципе?*

Для тех, кому приведенной информации недостаточно, приведем еще несколько фактов.

Действительно, существует ряд исследований, доказывающих, что воздействие на мошонку взрослого мужчины повышенной температуры приводит к снижению активности сперматозоидов. Сразу же подчеркнем: речь идет не о бесплодии, т. е. полном прекращении движения сперматозоидов, а лишь о снижении их активности. Суть исследования такова: взрослых героев-добровольцев опускали на 30 минут в воду с температурой 45 °С. Указанную процедуру осуществляли ежедневно, и только через две недели удалось обнаружить снижение сперматозоидной активности. Попытаться из этого эксперимента сделать выводы о том, что памперс вреден, может только фантаст.

Конкретные цифры, исходя из данных многочисленных попыток измерения, таковы: при использовании марлевых подгузников температура мошонки составляет в среднем 34,9 °С, а при использовании памперсов — 36,0 °С. Ни о каких 45 °С речь не идет и близко. Но дело даже не в этом: ведь измеряется именно температура мошонки, а не температура яичка. А разница здесь очень и очень принципиальна.

Между яичком и окружающей средой имеются целых 7 (семь!) оболочек. Яичковая артерия, несущая кровь в мошонку, проходит прямо в середине мощного венозного сплетения, и это создает идеальные условия для отдачи тепла. Нагреть кожу мошонки не проблема, но разогреть (перегреть) сами яички — задача не из легких: уж слишком велики компенсаторные возможности системы теплорегуляции.

Последняя фраза подтверждается многочисленными опытами по изучению активности сперматозоидов у жителей теплых (очень теплых) стран, а также у мужчин, которые работают при высокой температуре окружающей среды. Все исследователи приходят к одному и тому же выводу:

если яичко от природы нормальное, т. е. если нет анатомических дефектов, никакое повышение температуры окружающей среды не сможет помешать человеку успешно (результативно) заняться продолжением рода.

И еще один бесспорный факт, способный убедить самых отъявленных скептиков, при условии, что упомянутые скептики согласятся задуматься и сделать выводы.

Мы уже упоминали о том, что у плода яичко находится в брюшной полости. Существует совсем не редкая болезнь, которая называется *крипторхизм*. Крипторхизм — это аномалия развития, при которой яичко (одно или оба) отсутствует в мошонке — оно не опускается и остается в брюшной полости после рождения. В подобной ситуации делается операция, в ходе которой яичко перемещается в место, для него природой предназначенное. Количество таких операций — миллионы.

Многочисленные исследования ткани неопустившегося яичка показали, что если операция проводится в возрасте ребенка до 2-х лет, никаких изменений в структуре яичка обнаружить не удается — ни на момент операции, ни в дальнейшем. Т. е. яичко, ***2 года***[1] находившееся в брюшной полости, никак — ни структурно, ни функционально — не отличается от яичка, которое нормальным образом присутствует в мошонке с момента рождения мальчика.

Но ведь температура в брюшной полости на 5 градусов выше, чем в мошонке. Выше постоянно, все 24 часа в сутки, 2 года подряд. И это еще не все. При крипторхизме охлаждение яичка затруднено, поскольку расстояние между яичковой артерией и венами заметно больше, чем при нормальном расположении яичка. Вот и оказывается:

даже если нарушена терморегуляция яичка из-за неправильного расположения сосудов, даже если в течение двух лет температура яичка превышает нормальную на целых 5 градусов — это все равно не приводит ни к каким отрицательным последствиям!

Температура мошонки (еще раз повторяю: именно мошонки, а не яичка) внутри одноразового подгузника выше, в сравнении с многоразовым, на 1 градус[2]. Ну и что из этого? НИЧЕГО. А чего шумим? Непонятно...

Вообще в попытках дискредитации памперсов много нелогичного.

Так, в любой газетной заметке, посвященной вредности для мальчиков одноразовых подгузников, упоминается явление под названием ***«парниковый эффект»***. Суть этого явления, с точки зрения авторов, — внутри памперса выше не только темпера-

1 2 года — это самая скромная цифра, в исследованиях чаще встречается 3 года.

2 Максимальная цифра разности температур — 1,2 градуса. Чаще 0,5—0,8.

тура, но и влажность. Именно сочетание двух этих параметров и оказывает губительное влияние на половое здоровье будущего мужчины.

Вот это и непонятно совершенно. Казалось бы, смысл применения одноразового подгузника состоит, прежде всего, в том, чтобы устранить влажность, на этом их польза и построена. Именно внутри памперса, благодаря специфическим свойствам абсорбента, никакой повышенной влажности не наблюдается: как раз наоборот — она (влажность) ниже, а кожа суше, в сравнении с подгузниками многоразовыми. Опять-таки памперс, как бы плотно его ни фиксировали, весьма далек от герметичности, а *какой же может быть парниковый эффект, если влажность ниже, а герметичность отсутствует?* Вопрос, разумеется, риторический. Сутками памперс не менять или в дополнение к многоразовому подгузнику обмотать дитя тремя пеленками, сверху клееночку, чтоб не замочить ценное одеяло, и в таком виде пойти гулять — в подобной ситуации поговорить о парниковом эффекте вполне можно. Но связь парникового эффекта с одноразовым подгузником уж больно проблематична.

И еще один литературный шедевр. Уникальная фраза: «Яичкам очень нужен холод, повышенная температура им противопоказана». Как опустишь глаза в конец заметки — автор обязательно женщина. Откуда этот опыт, эти наблюдения? Уверен, что если у миллиона мужчин спросить, что нужно их яичкам, ни один не попросит холода...

Опять цитата: «Мужские яички любят прохладу, поэтому они и находятся в мошонке, а кверху подтягиваются только перед семяизвержением». Рядом фотография молодой журналистки-специалистки. Может ли мужчина оспаривать подобное утверждение? Ну разве что обратиться к писательницам с просьбой: попросите своего любимого снять плавки в тот момент, когда он выходит после купания в реке. Вы с удивлением сможете обнаружить, что «любящие холод» яички подтягиваются кверху не только перед семяизвержением...

Подводим итог:

памперсы и мальчики совместимы, будущие свекры и свекрови могут спать спокойно, будущие тещи — не волноваться*[1]*.

ПРИУЧЕНИЕ К ГОРШКУ

Непрекращающийся процесс стирки пеленок — лучший стимул к тому, чтобы как можно скорее приучить ребенка к горшку. Памперсы лишают родителей указанного стимула. Это объективная реальность, позволяющая опять-таки не специалистам делать вывод: применение памперсов затрудняет формирование гигиенических навыков.

На самом деле это не так.

Между ребенком и горшком всегда находится важнейшее промежуточное звено — родители. Элементарная логика — не в подгузнике дело, а в маме и папе.

Этап приучения к горшку длится определенное время, понятно, что чем раньше вы начнете, тем больше памперсов сэкономите. Но реальное обучение, с устойчивыми результатами и редкими промахами, возможно лишь после того, как психофизиологическое развитие ребенка достигнет уровня готовности к обучению.

1 Дабы закрыть тему взаимоотношения памперсов и младенцев определенного пола, отметим, что если «мальчики и памперсы» — проблема мифическая, то «девочки и памперсы» — реальная. Несвоевременная смена подгузника и (или) нарушение техники подмывания, способствуют попаданию кишечных бактерий во влагалище и возникновению конкретных болезней. Понятно, что причина этих болезней — нарушение правил ухода, а вид подгузника никакого принципиального значения не имеет. Недостаток памперса — сложнее обнаружить сам факт «укакивания», недостаток многоразового подгузника — кал, смешанный с мочой, имеет более жидкую консистенцию, легче происходит инфицирование.

Проще всего списать собственную лень на ни в чем не повинные памперсы. Но

если младенец готов учиться, а родители готовы учить, проблемы подгузника не существует как таковой.

Это, кстати, подтверждают и результаты многочисленных исследований — средний возраст приучения к горшку не зависит от вида применяемых подгузников и колеблется в интервале от 22-х до 30-ти месяцев.

КРИВЫЕ НОГИ

Еще одна якобы проблема: «Из-за памперсов у детей искривляются ноги». Если бы это было правдой, то большинство нынешних первоклассников должны быть весьма кривоногими. Поскольку указанного явления не наблюдается, нужды в подробном рассмотрении этого вопроса нет.

Отметим только основные факторы, способные оказывать влияние на ровность ног:

- наследственность;
- особенности формирования костной ткани, в частности, достаточное поступление в организм кальция, фосфора, витамина D;
- работа системы пищеварения, т. е. способность усваивать и кальций, и фосфор, и витамин D;
- деятельность желез внутренней секреции, например, щитовидной и паращитовидной, регулирующих обмен веществ, рост и формирование костной ткани;
- вертикальные нагрузки, т. е. возраст начала регулярной ходьбы и развитие к этому времени мышц и костей; злоупотребления в этом направлении — раннее поощрение стояния-хождения,

чрезмерное использование бегунков-скакунков и прочих прыгунков.

Понятно, что сами по себе памперсы никакой связи с ровностью ног не имеют. Ситуация, скорее, обратная. Педиатры всего мира уже давно пропагандируют так называемое «свободное пеленание», при котором ножки разводятся в стороны. Доказано, что такое положение наиболее физиологично и благоприятно сказывается на формировании и развитии тазобедренных суставов.

РЕАЛЬНЫЕ ПРОБЛЕМЫ, КОНКРЕТНЫЕ БОЛЕЗНИ И ЧАСТНЫЕ ВОПРОСЫ ЭКСПЛУАТАЦИИ

То, что полезно по своей природе и сущности,
нельзя отвергать из-за какого-то зла,
наличествующего в нем побочно.

Ибн-Рушд

ПСИХОЛОГИЧЕСКИЕ АСПЕКТЫ

Отечественная система воспитания детей предусматривает активное участие в этом процессе бабушек и дедушек. У нас это общепринято, это вполне рационально, это в рамках нашей ментальности и это можно только приветствовать.

Появление в доме внука (внучки) — прекрасный повод для старшего поколения поделиться опытом. Понятно, что любая бабушка уже прошла школу материнства и лучше знает (или думает, что знает лучше), как поступать в той или иной ситуации. И тут возникает серьезнейшая проблема: касательно приобретения и использования памперсов молодежь кое-что знает, а информированность бабушки практически равна нулю. Весь лично выстраданный опыт многочасовой стирки, сушки, глажки и изготовления марлевых подгузников оказывается совершенно невостребованным.

Неудивительно, что бабушки от памперсов не в восторге, памперсы явно мешаю поддерживать укоренившиеся традиции — вы ничего не знаете, а мы знаем, мы говорим, вы прислушиваетесь

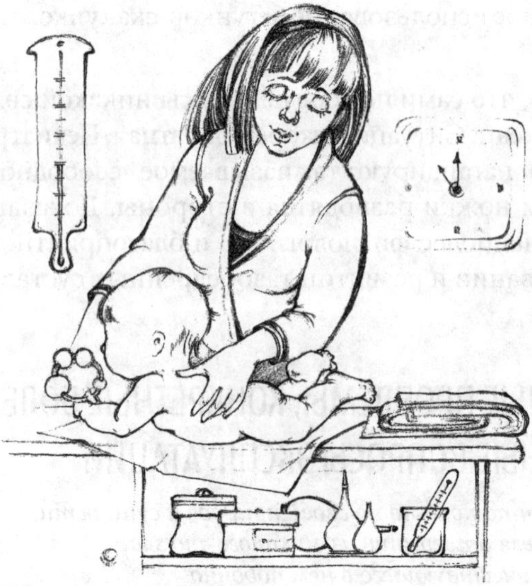

и делаете. И эта психологическая нестыковка нередко определяет принципиально разное отношение к памперсам, а это отношение удивительно часто служит поводом для семейных конфликтов. Само собой разумеется, что в основе этих конфликтов лежат эмоции и элементарная нехватка информации. С информацией мы, разумеется, можем помочь, но эмоции — штука малоуправляемая.

Весьма интересен еще один факт, с которым автору приходилось и приходится сталкиваться неоднократно: бабушки памперсы, как правило, не любят, а вот прабабушки относятся к ним очень даже благосклонно. И этому, странному на первый взгляд, явлению есть довольно простое объяснение, уходящее своими корнями в специфические психологические законы.

Бабушкина логика проста, но признаться в ней сложно. Мол, если я стояла, простите, попой кверху, и с утра до ночи стирала, то неплохо и тебе, девочка, испытать, каково это мне было тебя растить. А ты, цаца, хочешь и дитя вырастить, и не стирать, и не гладить с утра до ночи? Очевидно, что в отношении внуков (внучек) подобной логики чаще всего не наблюдается, оттого и настроены прабабушки более мирно.

Кстати, именно индивидуальным опытом и особенностями взаимоотношений поколений может быть объяснен тот факт, что появление в нашей стране одноразовых подгузников (в начале 1990-х годов) породило волну отрицательных отзывов в специфических средствах массовой информации, посвященных именно вопросам здоровья. И это были отзывы не журналистов, а конкретные мнения конкретных педиатров.

Опыт применения памперсов отсутствовал. Однозначных выводов о том, хорошо это или плохо, специалисты еще не сделали, да и сделать не могли. Дело в том, что специалистами, по крайней мере такими, что дают интервью и пишут статьи, у нас становятся годам к сорока, а детей рожают значительно раньше. Таким образом, вышеупомянутые специалисты сами памперсами никогда не пользовались, личного опыта не имели, явная настороженность присутствовала. А педиатрия у нас специальность все больше женская, вот и сработали по полной программе вышеупомянутые психологические законы, а бабушки-врачи[1] превратились в значимое явление, представлявшее собой конкретную угрозу распространению одноразовых подгузников.

К счастью, угроза эта почти миновала. Еще лет 10, и повода для конфликтов не будет — у бабушек появится реальный опыт общения с памперсами, и ничто не сможет помешать нормальным (в нашем понимании) контактам: вы ничего не знаете, а мы знаем, мы говорим, вы прислушиваетесь и делаете.

УСЛОВИЯ ОКРУЖАЮЩЕЙ СРЕДЫ

Приятное для дитя и беспроблемное для всех членов семьи использование одноразовых подгузников в обязательном порядке предусматривает учет условий окружающей среды — прежде всего, температуры воздуха в помещении.

Почти во всех книгах и учебниках, посвященных уходу за детьми, обращается внимание на тот очевидный факт, что у младенца

1 Кстати, это именно бабушки-врачи сочинили сказку о том, что яичкам очень нужен холод. Ни один дедушка-врач до такого не мог додуматься по определению.

несовершенны механизмы регуляции температуры тела, в связи с чем существует большой риск переохлаждения. Из этого, в общем-то, абсолютно правильного положения зачастую делаются абсолютно неправильные выводы[1]. Защите ребенка от переохлаждения уделяется первоочередное внимание, вплоть до того, что покупка электрообогревателя представляет собой одно из наиболее обязательных действий при подготовке к встрече новорожденного. Панически боясь холода, родители зачастую и не задумываются о том, что упомянутое нами несовершенство механизмов терморегуляции чревато не только переохлаждением, но и перегревом.

С учетом быстрого роста обмен веществ у малыша протекает очень интенсивно и сопровождается выработкой значительного количества тепла. От этого тепла организму ребенка необходимо избавляться. Сделать это можно двумя путями — через легкие и через кожу (непосредственный перенос тепла при контакте двух сред с разной температурой плюс испарение пота).

Воздух, вдыхаемый человеком (грудной ребенок — не исключение), достигая легких, нагревается до температуры тела. Т. е. дитя вдыхает воздух с температурой 18 °C, а выдыхает, соответственно, 36,6 °C. При этом определенное количество тепла теряется. Если температура вдыхаемого воздуха 23 °C, то очевидно, что потери тепла заметно снижаются. Но терять тепло надо! И ребенок активизирует второй путь потерь — через кожу.

А вот это уже принципиально — выработка пота у детей, с точки зрения возрастной физиологии, заметно отличается от аналогичного процесса у взрослых. Вообще кожа ребенка, особенно грудного ребенка, — предмет отдельного рассмотрения. И это рассмотрение мы начнем с того, что проанализируем ***анатомо-физиологические особенности детской кожи.***

Начнем с недостаточности барьерной функции. Барьерная функция кожи — это, по большому счету, основная ее (кожи) задача (может быть, и не главная, но самая очевидная) — защита организма от неблагоприятных внешних воздействий (химических, механических, термических, инфекционных). Поверхностный слой кожи, так называемый *эпидермис*, у детей заметно тоньше, чем у взрослых, а его кровоснабжение — намного активнее.

1 Выводы эти, как правило, делают не авторы книг и учебников, а родители.

Неудивительно, что малейший «перегиб» в общении с неблагоприятными факторами окружающей среды приводит к повреждению эпидермиса. Выраженность возникающего при этом воспаления очень высока: это легко объяснимо с учетом анатомических особенностей кровотока и того факта, что в детской коже не только сосудов больше, но и нервных окончаний. Следствие вышеизложенного — высокая чувствительность, легкость повреждения, короче говоря, все то, что укладывается в не очень медицинский термин «нежность».

Изобилие нервных окончаний — повод к тому, что малейшее повреждение вызывает боль и, как следствие, бессонные ночи ребенка и его родственников.

Еще одна принципиально значимая функция кожи — терморегулирующая. Главная особенность — недоразвитость потовых желез.

Вот мы и подошли к тому моменту, когда можем сделать определенные выводы, соединив в единое целое три составляющие: особенности кожи, особенности терморегуляции и, наконец, одноразовые подгузники.

С учетом функциональной недостаточности потовых желез ребенок самой природой приспособлен к тому, чтобы регулировать температуру тела, прежде всего, посредством дыхания. При низких температурах и избытке одежды перегреть ребенка практически невозможно, поскольку организму не составит особого труда «сбросить» лишнее тепло через легкие. Но в условиях высокой температуры окружающей среды возникает необходимость активной работы потовых желез, а с этим у дитя проблемы.

Именно поэтому ни в коем случае нельзя забывать о том, что

перегрев ребенка не менее, а, как правило, значительно более опасен, чем переохлаждение[1]!

1 Отсюда **два правила**, не имеющие, казалось бы, прямой связи с памперсами, но знать их (правила) надо:

1) лучше переохладить, чем перегреть;

2) оптимальная температура детской комнаты составляет 18—19 °С.

Мы уже говорили, что тепло теряется не только в процессе испарения пота, но и путем непосредственного переноса тепла при контакте двух сред с разной температурой — кожи и воздуха, соответственно. Чем активнее движется воздух, тем легче перенос тепла.

Никакого особого движения воздуха под памперсом нет, каким бы «дышащим» он ни был. Перегрев плюс памперс — вся надежда только на потовые железы, а на них надежды мало. Очевидное следствие — повреждение кожи.

Вывод: одноразовые подгузники являются уникальным устройством, позволяющим быстро и объективно ответить на вопрос: перегрели вы ребенка или нет.

Практическая рекомендация: если кожа под памперсом не отличается по цвету от кожи за его пределами, значит, температурный режим ребенка устраивает. Если более розовая (красная) — типичнейший признак перегрева[1].

Приведенное правило, безусловно, подразумевает исключение. Ребенок, вследствие повышенной заботливости родственников, может быть перегрет настолько, что под памперсом кожа не будет «краснее» потому, что краснее просто некуда...

Помимо температуры воздуха, существенное значение имеет и его влажность.

Опять обратимся к физиологии. Воздух, достигающий альвеол[2], не только нагревается до температуры тела, но и имеет 100% влажность (увлажнение происходит при контакте струи воздуха со слизистыми оболочками дыхательных путей). Чем суше воздух, тем больше жидкости теряет организм на его увлажнение. А это дополнительная нагрузка на потовые железы — пот гуще, концентрация в нем солей — выше, повреждение кожи не заставит себя ждать.

1 «...более розовая (красная)» — чаще всего именно перегрев. Но не только. Что еще может быть — вы сможете прочитать через несколько страниц.

2 Путь вдыхаемого воздуха: носоглотка — гортань — трахея — крупные бронхи — мелкие бронхи — бронхиолы (самые мелкие бронхи) и, наконец, альвеолы — мельчайшие пузырьки, в которых происходит газообмен — перенос в кровь кислорода, а из крови — углекислого газа.

Главный вывод:

чем выше температура воздуха, чем суше воздух, тем больше вероятность возникновения проблем при использовании одноразовых подгузников.

Главные практические рекомендации:

1 Обнаружив под памперсом *чистую и сухую, но красную* попу, не торопитесь ругать подгузник. Подумайте лучше о том, что хорошо бы:

- завести термометр, а еще лучше и термометр, и гигрометр[1];
- проветрить комнату;
- выключить обогреватель;
- избавиться от накопителей пыли, убрать книги за стекло;
- осуществить, и не единожды, влажную уборку;
- подумать о количестве одежды.

2 Чем суше и теплее вокруг, тем:

- менее продолжительным должно быть пребывание в памперсе, вне зависимости от качества последнего и возраста младенца;
- более продолжительными должны быть интервалы между сменами подгузников.

ПЕЛЕНОЧНЫЙ ДЕРМАТИТ

Покраснение под памперсом может быть не только следствием перегрева, но и проявлением пеленочного дерматита.

1 Гигрометр — прибор для измерения влажности воздуха. Бытовые гигрометры — это не дорого и дефицитом не является. Для здорового ребенка влажность должна быть не менее 50%, для больного респираторной инфекцией — не менее 70%. Более 80% не надо. В любом случае, лучше переувлажнить, чем пересушить.

Что же это такое — пеленочный дерматит?

Дерматит — воспаление кожи. Пеленочный — значит, связанный с пеленками. Это перевод с медицинского на русский. Суть — если пеленка пропитана мочой и длительно контактирует с кожей (т. е. моча не имеет возможности в этом месте испаряться), возникает раздражение кожи, связанное с воздействием некоторых веществ, входящих в состав мочи, например мочевой кислоты[1].

Пеленочный дерматит — явление очень частое, широко распространенное во всем мире, его частота колеблется в интервале от 30 до 60%. Читатели не удивятся, наверное, если узнают, что именно у нас эта цифра приближается к 60%.

Пеленочный дерматит возникает, что, впрочем, очевидно, только у детей первых лет жизни, неспособных к контролю над выделительными функциями. Основные предрасполагающие факторы — во-первых, описанные выше физиологические особенности кожи и, во-вторых, нарушения правил ухода за ребенком.

Механизм развития дерматита не сводится только к контакту кожи с мочой. Еще большую роль играет одновременное воздействие и мочи, и кала. В этом случае повреждающий эффект многократно усиливается. К мочевой кислоте добавляется аммиак, образующийся при контакте кала с мочой, а также присутствующие в кале ферменты (протеаза, липаза).

Симптомы пеленочного дерматита — отечность и покраснение кожи ягодиц и (или) области половых органов, иногда возникновение пузырьков и шелушения.

Таким образом, в развитии пеленочного дерматита играют роль два основных фактора: объективный (особенности кожи) и субъективный (особенности ухода).

Не позволяющие усомниться в диагнозе покраснение, отечность и шелушение могут возникнуть вне зависимости от того, какой вид подгузников применяется. И многоразовые, и одноразовые подгузники используют люди, а люди бывают разные...

1 Обращаю внимание: сам термин «пеленочный дерматит» применяется только тогда, когда изменения кожи обусловлены именно воздействием мочи. Покраснения щек или сыпь за ушами не имеют никакого отношения к пеленочному дерматиту, поскольку если у ребенка здоровые родители, то за ушами и на щеках мочи обычно не бывает.

Принципиальный же момент состоит в том, что именно ***памперсы способны заметно уменьшать как частоту возникновения, так и выраженность симптомов пеленочного дерматита***[1], потому, что:

- во-первых, препятствуют воздействию мочи на кожу;
- во-вторых, разобщают кал и мочу.

Понятно, что после одновременного «справления» большой и малой нужды временной интервал (т. е. время контакта кожи с калом и мочой), необходимый для возникновения дерматита, при использовании марлевых подгузников будет заметно короче, ибо больше повреждающих факторов.

Но есть один момент, способный отрицательно повлиять на развитие ситуации именно при использовании одноразовых подгузников. Дело в том, что малейшее трение многократно усиливает симптомы дерматита, поэтому надо уделять самое пристальное внимание тщательной «подгонке» памперса по фигуре, аккуратно, надежно и симметрично фиксировать застежки-липучки, расправлять резинки на бедрах.

С учетом содержания предыдущей главы отметим, что чем выше потери жидкости организмом ребенка (т. е. чем суше и теплее), тем концентрированнее моча, тем больше ее повреждающая активность, тем легче «заработать» пеленочный дерматит.

Таким образом, меры профилактики пеленочного дерматита вполне очевидны — использование и выбор памперсов в соответствии с изложенными выше идеологией и правилами выбора, поддержание оптимальных условий окружающей среды.

Но даже самые внимательные и заботливые родители не всегда могут уберечь ребенка от проблем. Уложили спать, а малыш покакал в самом начале ночного сна, но было сухо, и спали спокойно всей семьей. А утром...

В подобной ситуации не надо заниматься самобичеванием. Надо всего лишь знать правила лечения. А главное из этих правил состоит в том, что ***самым эффективным, самым надежным***

[1] Это доказано многочисленными исследованиями.

и самым безопасным способом лечения пеленочного дерматита является максимально возможный контакт поврежденной кожи с воздухом.

Способности детской кожи восстанавливаться мы, взрослые, можем только позавидовать. Стоит только устранить повреждающие факторы, и за день-два проблемы как не бывало.

Для лечения, разумеется, используют и лекарственные средства — присыпки, масла, специальные мази и кремы. Выбор конкретного препарата и рекомендации по его использованию — прерогатива вашего педиатра, и нет ничего зазорного в том, чтобы вовремя проконсультироваться, а не заниматься самолечением, тем более, что выбор средств просто удручающе велик.

Отметим только, что поврежденный участок кожи может быть либо мокрым (выделения тканевой жидкости), либо сухим (трещины, шелушение). Основной принцип обработки — сушить мокрое (присыпки, специальные подсушивающие мази) и увлажнять сухое (масла, кремы).

Настоятельно не рекомендуется обрабатывать поврежденную кожу зеленкой, синькой, йодом, марганцовкой и т. п. Во-первых, это чистой воды садизм, а во-вторых, после того, как вы удовлетворите свои малярные наклонности, ни один профессор не разберет, что там было на самом деле.

И еще раз подчеркнем: любая (!) одежда препятствует восстановлению целостности кожи, поэтому необходимо максимально использовать всякую возможность, дабы подержать малыша голеньким.

АЛЛЕРГИЧЕСКИЙ ДЕРМАТИТ

Разговор о влиянии одноразовых подгузников на кожу ребенка был бы не полным без упоминания об аллергическом дерматите.

Начнем опять-таки с терминологии. Дерматит, как мы уже знаем, это воспаление кожи. Аллергический — обусловленный аллергией, т. е. повышенной чувствительностью кожи к определенным веществам. Вещества эти могут попадать в организм ребенка с едой — пищевая аллергия (например кормящая грудью женщина съела шоколад) или непосредственно контактировать с кожей — контактная аллергия (например постирали пеленки стиральным порошком).

Все симптомы, перечисленные нами в описании дерматита пеленочного, могут иметь место и при дерматите аллергическом — т. е. можно обнаружить и покраснение, и отечность, и шелушение, и пузырьки.

Принципиальные различия:

1 пеленочный дерматит имеет четкую локализацию — ягодицы и область половых органов, а аллергический может возникнуть где угодно — и на попе, и на голове;
2 при аллергическом дерматите изменения на коже очень часто носят характер сыпи — т. е. не вся спина (вся попа, вся нога, весь живот и т. д.), а отдельные пятна, пятнышки, точки, прыщики;
3 если причина возникновения пеленочного дерматита всегда очевидна — несвоевременная смена подгузника, то в отношении дерматита аллергического все не так однозначно. Даже опытный врач не всегда разберется, что (кто) виновато (виноват).

Теперь конкретная информация о вариантах взаимосвязи одноразового подгузника и аллергического дерматита.

Таких вариантов три.

1 ***Кожа ребенка чистая, но под памперсом четкое покраснение, пятна и т. п.***[1] При этом поводов для возникновения пеленочного дерматита не наблюдалось. В подавляющем большинстве случаев речь идет о контактном аллергическом дерматите, обусловленном именно подгузником.

Подобная ситуация обычно имеет место после того, как на ребенке был испытан новый для него подгузник (новое название, новый производитель). Возможны две версии:

1 Надеюсь, что про возможность перегрева вы не забыли.

а) плохой подгузник — низкое качество, подделка, нарушение условий хранения. Ваши действия — подумать о том, где, у кого и что купили, разобраться и сделать выводы;

б) индивидуальная непереносимость. Явление редкое, поскольку все современные подгузники делаются из специальных гипоаллергенных материалов. Но даже в отношении товара идеального качества возможна именно ваша «особая везучесть» — всем подходит, а вам нет.

Отдельный вопрос — присутствие в подгузнике дополнительных компонентов. Например крема алоэ. Доказано, что крем алоэ у тысяч детей уменьшает вероятность развития пеленочного дерматита, способствует быстрому восстановлению поврежденной кожи. Но будет или нет аллергическая реакция на этот крем именно у вашего младенца — не знает никто. Вероятность очень-очень невелика, но понятие «особой везучести» сохраняет свою актуальность.

Действия очевидны — принципиально поменять вид подгузника, с ассортиментом, к счастью, никаких проблем нет.

2 ***По всему телу, и под памперсом в том числе, имеются элементы сыпи.***

Подгузник и сыпь не связаны друг с другом. Разбираемся, разумеется, с помощью врача, в причинах появления изменений на коже и продолжаем спокойно пользоваться любимыми подгузниками.

3 ***На теле имеются проявления аллергического дерматита, но под памперсом кожа чистая.***

Самый «интересный», с точки зрения автора, вариант и, кстати, очень распространенный.

Аллергический дерматит — явление, мягко говоря, нередкое, представляющее собой реальную и серьезную проблему для десятков тысяч детей и их родителей.

При анализе причин возникновения аллергического дерматита и врачи, и родственники ребенка думают, прежде всего, о пищевой аллергии. Лечение при этом направлено на исключение опасных в отношении аллергии продуктов из рациона кормящей мамы и (или) ребенка и на улучшение пищеварения (ферменты, полезные кишечные бактерии). Сплошь и рядом кормящая мама сидит на хлебе и воде, ребенок ест только соевые смеси, а проявления аллергии никуда не исчезают. А все потому, что сводить причину аллергии только к еде — совершенно неправильно.

Всеобщая химизация окружающей среды привела и приводит к тому, что понятие контактной аллергии становится с каждым днем все актуальнее:

- хлорированная вода:
- стиральные порошки с биосистемами;
- токсичная пластмасса и, что не редкость, сомнительного качества игрушки из нее;
- ткани из синтетических материалов;
- красители одежды и все тех же игрушек...

Список далеко не полный, но достаточный. И очень часто «диатезному» ребенку с красными щеками, которому «ничего нельзя», можно, на самом деле почти все — надо только постирать его постельное белье не порошком с биосистемой, а детским мылом и прополоскать все это в нехлорированной воде.

Разбираться с причинами аллергии должны, разумеется, врачи. Но очень хочется обратить внимание родителей и посоветовать им: если *на теле имеются проявления аллергического дерматита, но под памперсом кожа чистая* — думайте, прежде всего, о контактной аллергии: о воде, об одежде, о моющих средствах и т. п.

ДИАРЕЯ

В переводе с медицинского на русский диарея — то же самое, что и понос. Значение слова «понос» общеизвестно, но напомним: это учащенная дефекация, при которой кал имеет жидкую консистенцию.

Памперсы, применительно к диарее, имеют ряд специфических аспектов, как положительных, так и отрицательных.

Для начала о плюсах.

Самое главное из положительного — одноразовые подгузники уменьшают саму вероятность возникновения поноса.

Объяснить это несложно, особенно с учетом того факта, что указанное явление неоднократно подтверждено специальными исследованиями.

Бактерии, живущие в кишечнике, способны ощутимо загрязнять окружающую среду вообще и жилище человека в частности. До появления памперсов уход за ребенком не обходился без «эксцессов», когда малышу удавалось испачкать ковер, диван и штаны родственников. Что легче, проще, гигиеничнее: выбросить подгузник одноразовый или отстирать многоразовый? При каком варианте действий окружающая среда вообще и руки мамы в частности будут чище? Вопросы риторические.

Уменьшение интенсивности загрязнения помещений, а следовательно, снижение риска кишечных инфекций, особенно актуально тогда, когда речь идет об уходе за детьми вне пределов индивидуального жилья — в больницах, домах ребенка, детских садах и т. п.

Существует такое понятие, как «реинфекция», т. е. повторное заражение возбудителями одной и той же инфекционной болезни. Понятно, что при заболевании ребенка, например дизентерией, в кале присутствует огромное количество дизентерийных палочек. Очевидный факт: если понос есть, а одноразового подгузника нет, вероятность повторного инфицирования заметно выше.

Еще одно положительное свойство памперсов активно используется именно при лечении тяжелой диареи в условиях стационара. При поносе организм ребенка теряет большое количество жидкости и солей. Восполнение этих потерь (питье специальных растворов, введение жидкости внутривенно) — основа интенсивной терапии тяжелых форм кишечных инфекций. Взвешивая одноразовый подгузник после каждой его замены, врачи имеют возможность определить выраженность потерь и на этом основании уточнить объем жидкости, которую должен получить больной ребенок.

Теперь про минусы.

Самое главное из отрицательного: любые подгузники — и многоразовые, и одноразовые — в сочетании с диареей способны очень быстро привести к развитию пеленочного дерматита.

Причин, почему памперсы не могут помочь, несколько:

- из-за значительных потерь жидкости ресурс абсорбента быстро заканчивается;
- при любом поносе в кале значительно повышается содержание и активность раздражающих кожу ферментов;
- разобщить мочу и кал одноразовый подгузник уже не в состоянии[1].

Пеленочный дерматит легче «заработать», чем вылечить, и в этом аспекте памперс явно уступает подгузнику многоразовому — начало поноса сложнее обнаружить.

МОЧЕИСПУСКАНИЕ

Существуют некоторые болезни — и острые, и хронические, и врожденные, — при которых одним из первых проявлений заболевания является изменение частоты мочеиспускания.

При использовании многоразовых подгузников этот симптом обнаруживается очень быстро и позволяет вовремя осуществить соответствующее обследование и назначить лечение.

С подгузниками одноразовыми в этом отношении проблема. О частоте и объеме мочеиспускания родители судят исключительно по весу памперса, а сколько раз дитя «сходило» по малой нужде — это вообще загадка.

1 Заметим, что существуют памперсы, специально разработанные для использования в ситуациях, когда имеют место жидкие выделения. Акцент — на максимально возможную скорость превращения жидкость-гель. С конкретным названием и фирмой-производителем вас познакомит любой продавец-консультант в специализированных отделах магазинов.

Рекомендации:

1 родители должны знать хотя бы ориентировочные нормы частоты и объема мочеиспускания и при любых сомнениях обращаться к врачу. Диагностика, подразумевающая, как правило, стандартный клинический анализ мочи и ультразвуковое исследование почек, — безболезненна, безопасна, может быть осуществлена практически в любой детской поликлинике и расставить все точки над i;

2 при повышении температуры тела и отсутствии других явных симптомов (насморка, кашля, сыпи, увеличения лимфоузлов и т. д.) нельзя забывать о том, что это может быть проявлением инфекции мочевыводящих путей. В подобной ситуации отказаться на время от памперса и проследить за частотой и объемом мочеиспускания — весьма целесообразно. Диагноз, разумеется, поставит врач, но будет просто здорово, если, дождавшись прихода педиатра, вы сможете поделиться с ним конкретной информацией: «мочится как всегда» или «мочится часто, но по чуть-чуть»;

3 если ребенок, как говорится, «на ровном месте» начинает вдруг плакать, но через непродолжительное время успокаивается, убедитесь в том, что эти короткие эпизоды «плохого настроения» не связаны с мочеиспусканием — снимите подгузник и дождитесь малой нужды.

А теперь небольшая табличка[1] с теми нормами, о которых мы упомянули в пункте первом наших рекомендаций.

Ориентировочные нормы объема и частоты мочеиспускания в зависимости от возраста

ВОЗРАСТ	Объем одной порции мочи в мл	Число мочеиспусканий в сутки	Суточный объем мочи в мл
1 день		4—5	До 60
До 6 мес.	30	20—25	300—500
От 6 мес. до 1 года	60	15—16	750

1 Источник информации — монография И. Н. Усова «Здоровый ребенок», Минск: Беларусь, 1984.

ПОВЫШЕНИЕ ТЕМПЕРАТУРЫ ТЕЛА

Повышение температуры тела — наиболее типичное проявление любой инфекционной болезни. Организм таким образом сам себя стимулирует, вырабатывая при этом вещества, которые будут бороться с возбудителем.

Главное для нас следующее.

При повышении температуры тела необходимо сделать все для того, чтобы организм имел возможность терять тепло. Тепло теряется двумя путями — при испарении пота и при согревании вдыхаемого воздуха.

Два обязательных действия:

1 обильное питье — чтобы было чем потеть;

2 прохладный воздух в комнате (оптимально 16—18 °С).

Если эти условия выполнены, вероятность того, что организм сам не справится с температурой, очень невелика.

Памперс покрывает до 30% поверхности тела ребенка и препятствует, таким образом, отдаче тепла.

Этот факт следует учитывать в обязательном порядке, и это тем актуальнее, чем меньше ребенок (больше процент закрытой поверхности).

Если обойтись без подгузника не получается, следует самое пристальное внимание уделять другим способам отдачи тепла, например посредством дыхания. Т. е. памперс надеть, но обогреватель выключить, а форточку открыть. Если же в комнате жарко, а изменить это вы не в состоянии, использовать памперс опасно. Интенсивность волнений прямо связана с температурой тела ребенка и температурой воздуха в помещении.

ПАМПЕРСЫ И БОЛЬНИЦА

Повседневную жизнь грудных отделений детских стационаров и домов ребенка одноразовые подгузники изменили самым реши-

тельным образом и в лучшую сторону. Сейчас даже трудно себе представить, как медики и ухаживающие за детьми мамы могли раньше без памперсов обходиться.

Стойкий запах мочи, развешенные по коридорам и палатам пеленки, вечно стирающие и меняющие постели нянечки, постоянная нехватка белья... Как хорошо, что все это в прошлом.

Если болезнь ребенка требует госпитализации, упаковка одноразовых подгузников — чуть ли не главное в перечне того, что обязательно следует взять с собой.

ОКРУЖАЮЩАЯ СРЕДА

Одноразовые подгузники как бытовые отходы способны наносить ощутимый вред окружающей среде. Это одна из самых реальных и самых ощутимых проблем. И эта проблема особенно актуальна именно в нашей стране, где технология переработки мусора оставляет, мягко говоря, желать лучшего.

Все серьезные производители утверждают, что материалы биоразлагаемы, а если нет — то инертны и не способны отравлять окружающую среду, но легче от этого не становится. Никакой специальной программы для утилизации использованных подгузников нет и в помине, основания для беспокойства однозначно есть, и это беспокойство провоцирует реальные действия «зеленых» и других общественных организаций.

Крайний пример таких протестов — вручение в США специальных премий от ассоциации «Женщины в защиту окружающей среды» роддомам, которые возобновили практику использования многоразовых подгузников.

РЕКЛАМА

Реклама одноразовых подгузников в средствах массовой информации, прежде всего, на телевидении — вот уж действительно проблема. Рекламы этой много, она порядком надоела всем, даже

тем, кто памперсами пользуется. Радикальный способ борьбы с этим явлением только один — называется он «пульт дистанционного управления».

Производители демонстрируют чудеса изобретательности, предлагая именно свой товар, который суше, удобнее и комфортнее. Рекламные девизы прочно вошли в народный фольклор, стали темой шуток и анекдотов.

Например, такой диалог:

— Ты не слышала, сегодня ночью наш ребенок жутко храпел!

— Не волнуйся, это памперсы, которые дышат...

Главная проблема рекламы, с точки зрения врача, состоит в том, что очаровательные телевизионные малыши далеко не всегда могут рассматриваться в качестве объекта для подражания.

Типичный пример: в ясный солнечный день компания облаченных в одноразовые подгузники младенцев играет в футбол на зеленой лужайке. Надеюсь, вы сделаете правильные выводы, и именно ваше дитя на лужайке, да еще и в теплую погоду, будет бегать в обычных трусиках...

ЭПИЛОГ

Памперсы — бесспорное свидетельство того,
что человечество выросло из пеленок...[1]

Сказать по правде, я им завидую. Им — нынешним мамам и папам. Они могут растить детей и находить при этом время для книг, телевизора и любви. А надо ведь для этого совсем немного — знать, как растить, и пользоваться при этом достижениями цивилизации. Мое поколение этого не знало...

Нет, руководств по выращиванию человеческих детенышей и на тот момент хватало, а вот с достижениями цивилизации было заметно сложнее.

1 Финальный эпиграф пришлось придумывать самому, ибо ничего глобально мудрого на тему памперсов в обозримой литературе встречать не приходилось. Даже вспомнился Станислав Ежи Лец, который написал как-то: «Я знал человека до такой степени необразованного, что ему приходилось самому выдумывать цитаты из классиков».

Я прекрасно помню собственную однокомнатную квартиру и крошечный балкончик, всегда завешанный разноцветными пеленками. Помню, как перед купанием малыша мы освобождали от пеленок ванную комнату, а после купания они (пеленки) занимали привычное место на бельевых веревках. Помню, как после бессонного ночного дежурства я гладил пеленки, помню руки жены... Руки молодой, двадцатилетней женщины, которые, которые... да что тут говорить, ну просто не должны были так выглядеть руки женщины в таком возрасте.

В проблемах и сложностях нашей семьи не было ничего сверхъестественного, странного, необычного. Мы понимали — иначе ведь не получится, так надо, без этого нельзя ребенка вырастить. И у всех наших друзей было точно так же — такие же пеленки, стирки, глажки, сушки. Такие же руки и спины наших девочек-мам.

Кто из нас знал, что без пеленок можно обойтись, кто из нас вообще мог себе представить, что бывают одноразовые вещи — мы ведь даже полиэтиленовые пакетики стирали и сушили. А касатель-

но одноразовой пеленки — так далеко наши мечты не распространялись, ибо предмет мечтаний отсутствовал как таковой.

Какое счастье, что наши дети имеют возможность избежать всех этих трудностей. Как здорово, что некий предмет одежды, испачканный малышом, может быть просто выброшен, за ненадобностью.

И, повторюсь, я им завидую. Завидую доброй завистью. Ибо прекрасно, что девиз «все лучшее — детям» хотя бы частично может быть реализован на наших детях, которые уже и не дети, а сами мамы и папы.

Понять тех, кого не устраивает нынешнее положение вещей, я не могу — по крайней мере, на уровне логики и здравого смысла. Но на уровне эмоций и чувств крики борцов за возврат к пеленкам легко объяснимы — скорее всего, они тоже завидуют...

ЧАСТЬ ТРЕТЬЯ
ГЛАВНАЯ ЗАДАЧА НАЧАЛА ЖИЗНИ

(несколько важных слов на прощанье)

Мы вечно то, чем нам быть в свете суждено.
Гони природу в дверь, она влетит в окно.

Н. М. Карамзин

Появившийся на свет младенец (человеческий детеныш) — такой же биологический объект, как волчонок, поросенок или медвежонок.

Природа заложила в ребенка способность жить по своим законам, которые вовсе не предусматривают идеальную чистоту, строгий режим сна и отдыха, регулярный прием пищи, отсутствие сквозняков, кипяченую воду, теплые носки и т. д. И не надо сознательно ставить Природу в тупик. Ведь когда не действуют законы Природы, действуют законы другие — законы Любви и Страха. Которые, мягко говоря, совсем не лучше.

Решиться следовать Природе, выбирая принципы воспитания, родители должны сами. И не требовать, и не ждать, и не надеяться на то, что хоть кто-нибудь добровольно согласится делить с ними ответственность. И постараться обойтись своими силами, подумать и найти, в конце концов, золотую середину между мудростью Природы и прелестями Цивилизации.

В каждом человеке заложены с момента рождения две половинки — биологическая и социальная. Биологическая — это как раз и есть природные корни, именно о них мы все время говорили. Социальная половинка больше относится к педагогике, и осталась она нами почти нетронутой. Наверное, так и надо было. Когда ребенок из болезней не вылезает, самое замечательное воспитание не в радость.

Поэтому **самая главная задача на этапе начала жизни — не растерять биологическое, дабы иметь потом возможность развивать социальное.**

Вот и не теряйте! Ведь это здоровье!

Вашего ребенка здоровье!

Решайте сами.

*Ведь это **ваш** ребенок...*

Научно-популярное издание

КОМАРОВСКИЙ
Евгений Олегович

НАЧАЛО ЖИЗНИ ВАШ РЕБЕНОК ОТ РОЖДЕНИЯ ДО ГОДА

Публикуется в авторской редакции

Ответственный редактор *Т. Решетник*
Корректор *А. Шуклинова*

Подписано в печать 25.11.2016. Формат 60×84 $^{1}/_{16}$.
Бумага офсетная. Гарнитура Миньон. Печать офсетная.
Усл. печ. л. 14,00. Усл. кр.-отт. 14,21. Уч.-изд. л. 18,68.
Тираж 7 025 экз. Заказ № 4416.

ООО «Клиником»

ООО «Издательство "Э"»
123308, Москва, ул. Зорге, д. 1.
тел. 411-68-86, 956-39-21, факс. 411-68-86.
Home page: **www.eksmo.ru**. E-mail: **info@eksmo.ru**

Сведения о подтверждении соответствия издания
согласно законодательству РФ о техническом регулировании
можно получить по адресу: **http://eksmo.ru/certification/**.

Отпечатано в ОАО «Можайский полиграфический комбинат»
143200, г. Можайск, ул. Мира, 93.
www.oaompk.ru, www.оаомпк.рф тел.: (495) 745-84-28, (49638) 20-685

БИБЛИОТЕКА ДОКТОРА КОМАРОВСКОГО
Е.О. Комаровский
НЕОТЛОЖНАЯ ПОМОЩЬ
Знать, чтобы помочь
СПРАВОЧНИК ЗДРАВОМЫСЛЯЩИХ РОДИТЕЛЕЙ
КЛИНИКОМ
Е.О. Комаровский
СПРАВОЧНИК ЗДРАВОМЫСЛЯЩИХ РОДИТЕЛЕЙ
Все, о чем вы хотели спросить детского врача.
РОСТ И РАЗВИТИЕ
АНАЛИЗЫ И ОБСЛЕДОВАНИЯ
ПИТАНИЕ
ПРИВИВКИ
КЛИНИКОМ
КЛИНИКОМ

КЛИНИКОМ
Е. О. Комаровский
ОРЗ:
Наболевшая тема
впервые в доступном
и подробном изложении
доктора Комаровского
РУКОВОДСТВО
ДЛЯ ЗДРАВОМЫСЛЯЩИХ
РОДИТЕЛЕЙ
КНИГА, КОТОРУЮ
ТАК ДОЛГО ЖДАЛИ
Е.О.Комаровский
ОРЗ:
РУКОВОДСТВО
ДЛЯ ЗДРАВОМЫСЛЯЩИХ
РОДИТЕЛЕЙ

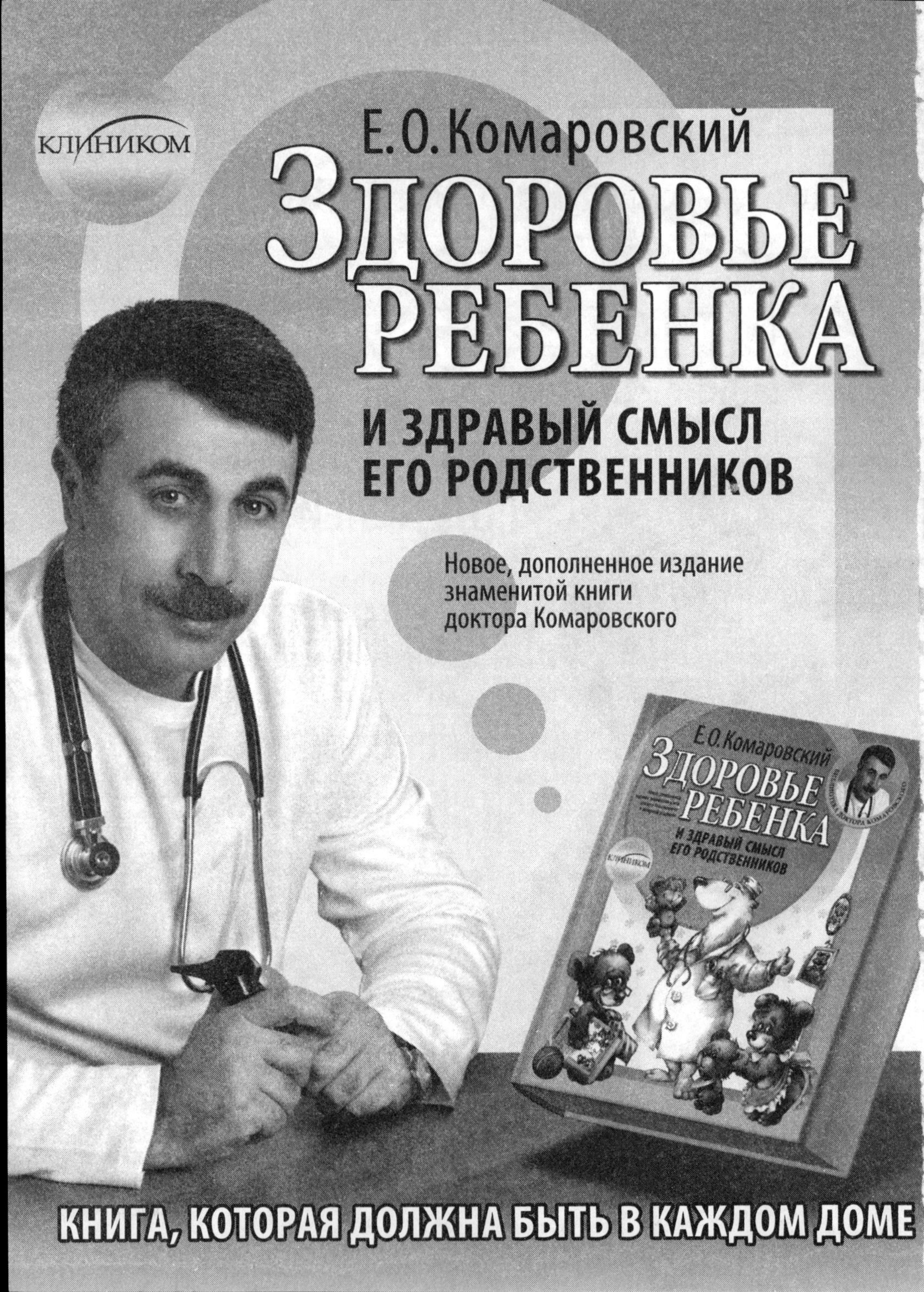
КЛИНИКОМ
Е. О. Комаровский
ЗДОРОВЬЕ РЕБЕНКА
И ЗДРАВЫЙ СМЫСЛ ЕГО РОДСТВЕННИКОВ
Новое, дополненное издание знаменитой книги доктора Комаровского
Е.О. Комаровский
ЗДОРОВЬЕ РЕБЕНКА
И ЗДРАВЫЙ СМЫСЛ ЕГО РОДСТВЕННИКОВ
КЛИНИКОМ
КНИГА, КОТОРАЯ ДОЛЖНА БЫТЬ В КАЖДОМ ДОМЕ